● 2019年湖南省教育厅重点科学研究项目
● 湖南省应用特色学科(中国

U0456360

潜行的风景

——现代小说评论集

赵洪涛／著

四川大学出版社
SICHUAN UNIVERSITY PRESS

项目策划：陈克坚
责任编辑：陈克坚
责任校对：傅　奕
封面设计：璞信文化
责任印制：王　炜

图书在版编目（CIP）数据

潜行的风景：现代小说评论集 / 赵洪涛著．— 成
都：四川大学出版社，2021.9
ISBN 978-7-5690-4849-0

Ⅰ．①潜… Ⅱ．①赵… Ⅲ．①小说评论－世界－现代
－文集 Ⅳ．① I106.4-53

中国版本图书馆 CIP 数据核字（2021）第 150352 号

书名	潜行的风景——现代小说评论集
著　　者	赵洪涛
出　　版	四川大学出版社
地　　址	成都市一环路南一段 24 号（610065）
发　　行	四川大学出版社
书　　号	ISBN 978-7-5690-4849-0
印前制作	四川胜翔数码印务设计有限公司
印　　刷	四川盛图彩色印刷有限公司
成品尺寸	170mm×240mm
印　　张	12.75
字　　数	244 千字
版　　次	2021 年 9 月第 1 版
印　　次	2021 年 9 月第 1 次印刷
定　　价	60.00 元

◆ 读者邮购本书，请与本社发行科联系。
　电话：(028)85408408/(028)85401670/
　(028)86408023　邮政编码：610065
◆ 本社图书如有印装质量问题，请寄回出版社调换。
◆ 网址：http://press.scu.edu.cn

四川大学出版社
微信公众号

故事的风景——兼自序

赵洪涛

这本书包含着我阅读十几部中外风格迥异小说的一些理解与想法。阅读小说是一件惬意的事情，我跟随着文字行走在不同的地方，见识不同的人，游览不同的风景，在一个个自洽的世界中领悟作者的存在之思。这部书要说有一个特点，就是没有简单根据理论来臧否作品，这是我有意为之。因为我平时在阅读一些小说研究的文章时，有一个比较深的体会是研究者运用各种理论来分析小说的方式常常会导致北辕适楚的结果，即研究者一厢情愿地娓娓道来，旁征博引，却可能与小说作者的本意相去甚远。故有不少作家不屑于看评论文章。

其中原因大概在于研究者过于迷信理论无往不胜的功能，而忽视了对小说故事的阅读，随随便便翻看几页抓住几个场景、几句人物对话就急不可耐地援引理论来做天马行空的发挥，这些文章读起来深不可测，但将其与作品一对照，常常发现它们不是言过其实就是方向偏了。换言之，一些研究者在作品与理论之间缺乏平衡感，从而导致了研究与作品之间的裂痕。数年前读一篇文章，作者指出，《纽约时报书评》中的一些评论者根本不认真读作品，一般就是略翻一下小说就开始大发议论。这使得某些评论文章变成了脱离文本的顾影自怜、自说自话。评论"指点江山"的功用被削弱了。

所以在这本书中，我对小说的故事表示了尊重，尽可能在了解小说的故事线索与情节架构、人物关系的基础上展开研究。没有理论的先在约束，阅读是一件非常愉快的事情，穿行在文字的世界里，通过想象的渗透、经验的交汇、思想的碰撞来理解一部小说，这种收获是拿着理论的锤子把小说分崩离析为某些部件逐一分析的做法无法比拟的。当然，阅读小说的目的并非为一己之愉悦，同时也有学术研究上的考量，因此，我也将阅读过程中的一些感悟、体会、思考形诸笔端，使之具有某种阅读的价值。

我读中学时对小说就有比较严重的偏见，认为就娱乐而言，它比不过电影、音乐；就功效而言，小说只能算雕虫小技，与探幽索微的自然科学、启迪思想的哲学无法比较。这种狭隘的小说认识观导致我很长时间没有阅读小说的兴趣，虽然从事的是文艺理论方面的研究，但很少做小说研究。随着年龄渐长，对小说的偏见逐渐得以修正，我在小说中获益良多，它不仅能够提供高质量的娱乐，还能激活我被生活磨砺得渐趋粗糙的感觉。我常在阅读小说时有被电击般的惊醒，觉得那白纸黑字间影影绰绰藏有一个深邃无边的世界，甚至有定睛细看必须看出所以然来的执念，小说的魅力让我叹为观止。

近期有人大放厥词说"文科误国"，这是推崇工具理性者的极端做派，文科的意义不在于直接创造经济价值，而在于塑造人性、启发思想、导引生活，这在恨不得点石成金的人看来自然算不上有价值，但是它的意义谁能否定？如果世界都是按照工具理性来规划，人都是工具理性的实践者，那种生活状态一定会非常令人沮丧，因为人变成了滴水不漏、严丝合缝的利益算计者，眼里只有精打细算，没有审美与思想，先哲念兹在兹的"人诗意地存在着"的理想就无从谈起了。幸亏人类没有堕落到因鼠目寸光的经济考量而抛弃小说的地步，不然，人们的生活会失去多少乐趣与意义。

古人说仓颉造字有鬼夜哭，意思是文字的发明能够使人类的生活发生翻天覆地的变化，小说的意义不在此下，古往今来通过读小说改变自我的人俯拾皆是，小说潜移默化地影响着社会。然而在互联网与智能手机大行其道的今天，阅读变得越来越无序，知识像太空中的陨石一样漫漶琐碎，这使小说的价值也受到了损害，人们满足于囫囵吞枣地阅读各种图像化与简化版作品，而不能在闲暇时找一本喜欢的小说凝神屏气细细品读。我觉得，在流光溢彩的数字化生活时代，小说不但没有失去存在的意义，反而凸显出自己的价值。数字化技术将人们变成关系网络中的一个个棋子，技术变成了控制者，人类在安享技术的便利时变成了被控制对象。而小说不是这样，它提供给人们的是没有凝定成形的世界，它时时在提醒人们，发挥你们的想象与感情，你才是这个故事的主角。

这是我第一本研究小说的作品，这既是我个人与小说"握手言和"的结果，也是未来研究的一个兴趣点。

是为序。

目　录

第一章 青春困境与诗意

第一节 从宏大叙事到日常生活
——评王安忆的小说《69 届初中生》

王安忆的长篇小说《69 届初中生》描写了上海知青上山下乡到折返回归的生活与心路历程，表现了上海青年从时代宏大叙事回归到日常生活的嬗变。王安忆用冷静的笔触描写了这群成长于特殊时代年轻人的追求、迷惘与回归，在都市与乡镇的差异中探讨他们的生存感悟。与一般知青小说不同的地方是，王安忆没有一味地思苦或者忆甜，她立足又超越了具体时空，用一种深邃的目光看待知青们所经受的磨难，视其为生命价值不可剥离的部分，从而使小说在对生命探索的过程中获得了更为深远的意义。

王安忆在访谈中说："回首那段往事，我会想，倘若先知道后来的发展，并不像预期准备的那样无望，我会更充分地体验经历，不让烦愁遮蔽眼睛。"[1] 这与其他作家不同。鲁迅曾经说过："我们都不太有记性。这也难怪，人生苦痛的事太多了，尤其是在中国。记性好的，大概都被厚重的苦痛压死了；只有记性坏的，适者生存，还能欣然活着。"[2] 阎连科说："我看到的只有苦难……苦难、疼痛是我能够触及和把握的。"[3] 王安忆看到的不只是苦难，还有与苦难交织在一起的希望。王安忆超出了苦难文学表现的窠臼，陈丹青谈到《69 届初中生》时指出："这是三十年来写农民和青年最没

---

① 王安忆：《王安忆回忆知青岁月：青春的丰饶和贫瘠》，《凤凰文化：热点》，2014 年 3 月 24 日。

② 鲁迅：《鲁迅全集》（第 3 卷），北京：人民文学出版社，2005 年，第 58～59 页。

③ 李春阳：《阎连科：离开乡土我无法写作》，《传记文学》，2004 年第 6 期。

有教条、最自然主义的一部作品。"①。

追本溯源，这也许与上海的生活环境有关系，夏志清说在一般青年女作家顾影自怜时，张爱玲却很少这样，"这原因是她能享受人生，对于人生小小的乐趣都不能放过"②。"小小乐趣"对王安忆也是有效的，她说："上海给我的动力，我想也许是对市民精神的认识，那是行动性很强的生存方式，没什么静思默想，但充满了实践。他们埋头于一日日的生计，从容不迫地三餐一宿，享受着生活的乐趣。就是凭这，上海这城市度过了许多危难时刻，还能形神不散。"③ 这使王安忆眼里的苦难并不只有单一的色彩，"痛苦原来是和欢乐掺和在一起的，苦和甜怎么分也分不开地搅和在一起，变成了一团忘也忘不掉的回忆，变成了一片抹也抹不掉脱的眷恋"④。在经历了生活的酸甜苦辣后，雯雯从虚无、狂热中成熟起来，她回归到平凡的生活状态，并从中发现了新的生活意义。

一、从集体主义到个体意义

小说主人公雯雯生活在一个集体主义观念盛行的时代，个体的价值是隐匿不彰的，念小学时，雯雯不怎么和其他同学来往，只和家庭成分不好的娜娜交往，老师在她的学生手册上就写了："只和个别同学接近，集体主义观念很不强。"⑤ 一次学习活动小组安排在雯雯家。妈妈弄到一张文联的联欢会请柬，可以带一名孩子去参加晚会，晚会上有好吃好玩的还可以看电影，这对雯雯很有吸引力，但是同学陈建江故意刁难雯雯，以告诉老师为要挟阻止她参加晚会，雯雯权衡再三后含着眼泪放弃了去晚会的机会。这件事后来成了雯雯竞选小队长的资本，当有人老调重弹说雯雯只和少数同学关系好，放学就往家里跑时，陈建江在班会上向老师汇报了雯雯为搞好活动小组而放弃去晚会这件事，这使雯雯缺乏集体主义精神的观点难以立足，雯雯因此当选为小队长。在宣誓仪式上，雯雯幸福得差点要哭了。集体主义观念从小就牢牢镶嵌在雯雯的脑海中。

---

① 陈丹青：《读安忆的小说及其他——来自美国的信》，《文学自由谈》，1986 年第 5 期，第 133 页。

② 夏志清：《中国现代小说史》，杭州：浙江人民出版社，2016 年，第 407 页

③ 郑逸文、王安忆：《作家的压力和创作冲动》，引自王安忆：《忧伤的年代》，北京：新世界出版社，2002 年，第 391 页。

④ 王安忆：《69 届初中生》，北京：人民文学出版社，2018 年，第 317 页。

⑤ 王安忆：《69 届初中生》，北京：人民文学出版社，2018 年，第 34 页。

雯雯自发捍卫着国家利益、集体利益。雯雯的好友娜娜家有一个阁楼，她们在那里找到一本新中国成立前的账本，雯雯认为这是变天账，涉及她理解不了的阴谋，她果断地让娜娜把这本账本交给老师，娜娜左右为难，但架不住雯雯对她选择正确道路的劝诫，大义灭亲地将"变天账"交给了老师，虽然事后证明这只是一本平常的家庭日常生活记账本，但这件事旗帜鲜明地表现出雯雯和娜娜很强的集体主义观念。学校大队组织歌咏比赛，参赛歌曲是关于理想的。每个同学都声情并茂地表达着自己想当农民的理想，陈建江却不愿参加歌咏比赛，他表示自己不想当农民，这让雯雯大为恼火，她认为陈建江是一个没有集体观念的落后分子，没有戴红领巾的资格。

同学舒志刚报名去支援新疆建设，送别大会上，姐姐霏霏对他冷嘲热讽，说舒志刚是因为害怕留级被开除而选择去新疆的，雯雯冷冷地说："你错了，他去新疆是为了建设边疆。"[①] 雯雯总希望能够为集体为国家做点什么，像革命英雄那样炸碉堡、堵枪眼、打小日本和蒋介石，但苦于找不到机会，这让她有一种莫名的失落感。为了体现出自己的集体观念，雯雯等同学四处寻找义务劳动的机会，但都被拒绝，最终雯雯好不容易在托儿所找到一个"大展宏图"的机会，这让她感到无比的幸福。雯雯最盼望的时刻就是周三、周六下午与同学们一道去托儿所参加义务劳动。这种义务劳动有些一厢情愿，因为托儿所的阿姨并不需要他们这些孩子来帮忙，是雯雯等孩子好说歹说连带保证才让阿姨们勉强同意他们来帮忙。雯雯忙着张罗义务劳动与家庭规范产生了冲突，保姆阿宝觉得雯雯"野了"，以告诉父母相挟，雯雯全不在意，在她看来，集体比家庭重要。

在学校轰轰烈烈开展的"文化大革命"活动中，雯雯被"挥斥方遒"的场面激励着，虽然她的认识并不清楚，但是她心里涌动着一股青春的激情，"先是聚集在校园里等待，广播里嘟嘟嘟地响了八点钟，最新指示下达了。于是大家听一遍，欢呼一阵；再听一遍，再欢呼一阵。然后队伍就欢呼着走出校园。锣鼓震天，红旗漫卷，哪个学校高举着火炬在奔跑。雯雯走在队伍里，心里有点激动。她不甚明白最新指示的内容，可她陶醉于这种气氛，她感到血液在沸腾。她随着队伍走着，浑身洋溢着一种莫名的热情"[②]。看着年轻人响应号召踏上去往各地建设的行程，雯雯感觉到融入集体才是人生意义之所在，她越来越觉得上海生活的贫乏。在别的同学担心被分配到农村而

---

①　王安忆：《69届初中生》，北京：人民文学出版社，2018年，第79页。

②　王安忆：《69届初中生》，北京：人民文学出版社，2018年，第130页。

哀嚎一片时，雯雯却无比向往去农村，她在欢送下乡知青的送别队伍中内心再一次受到了冲击。

王安忆善于表现人在某种环境影响下的内心活动，阎连科对王安忆的《我爱比尔》十分推崇，他说："小说中有个情节使人久久想念，称颂不已。她写一群女罪犯在监狱里边，因为春天到了，百草皆绿，万物花开，一切植物都从冬眠中苏醒过来。而这些女罪犯也因为春天的到来而性情复苏，她们莫名地烦躁和激情。于是，开始了彼此之间对对方人格和肉体的辱骂和打闹。"① 雯雯并不具备离开家的心理力量，在学校组织下乡劳动的三周时间里，雯雯感到抑制不住的思家之情，回到上海见到姐姐，姊妹俩抱头痛哭。雯雯告诉姐姐，如果打起仗来，一定要回上海守着家。对雯雯来说，家始终是支撑着的动力之源。

在理想的感召下，雯雯不顾家人的苦苦劝阻，执意要到千里之外的安徽淮北农村插队落户，她的理由是锻炼自己，父母不能只顾一己之私。表哥阿卫劝雯雯不要为一时冲动下乡，并得意洋洋地说自己在上海有了工作，雯雯嗤之以鼻："人活在世上，不能只为了一碗饭。"② 她不想像表哥那样做一个碌碌无为的小市民。小说写了这样一个细节。一次在人民广场游行，妈妈在水果店买了甘蔗想送给雯雯，但雯雯见到妈妈却没有去接甘蔗，而是转身进入了游行的队伍。妈妈拿着甘蔗伫立在街头很扫兴。这个情景言约意丰，道出雯雯的精神世界，她看不上小市民那种过小日子的习气，内心向往着大而无边的理想世界，她认为那个世界才是芸芸年轻人的归属。在插队淮北大吴庄时，目睹好友绍华去省城念医科大学，雯雯一点也不羡慕，"她觉得离家这么远，来到这异乡，吃了偌多的苦，绝不仅仅是为了上个大学"③。当下放知青为招工的消息搅得纷纷扰扰时，雯雯内心却水波不兴。

雯雯喜欢热闹的场景，在她看来这意味着集体的力量与精神。与同时代作家在意识形态表现上喜欢跳出叙事说教不同，王安忆贯穿于作品中的道理都是建立在叙事的基础上，不突兀，不游离。叶兆言在《闲话王安忆》一文中说："王安忆私下里说过的一段话对我很有启发。她认为优秀的作家，不是布道的牧师，也不是技艺高超的调酒师。作家是什么，也许永远也说不清。作家是疯子或被放逐者，是不同于牧师和调酒师之外的第三种人。"④

---

① 阎连科：《神实主义小说的当代创作》，《中华读书报》，2011年5月18日，第13版。
② 王安忆：《69届初中生》，北京：人民文学出版社，2018年，第178页。
③ 王安忆：《69届初中生》，北京：人民文学出版社，2018年，第219页。
④ 叶兆言：《红沙发》，济南：山东人民出版社，2018年，第208～209页。

正因如此，《69届初中生》给读者以自然化、生活化的感觉。

雯雯下乡走的时候气氛冷冷清清的，并没有锣鼓喧天的欢送队伍，这暗示着她的未来并没有想象的那么绚丽。对这种选择，雯雯也有着迷惑，在开往安徽淮北的车上，对着车窗里的影子，她感到有些茫然。在下放地淮北大吴村，雯雯内心上演了无数次的理想场景并没有出现，村民对这个来自上海的女孩感到陌生，称她为"上海小蛮子"。这种基于地域的身份认同，在小说中时有出现，娜娜尝试用饼子卷着葱吃，"那味道莫名其妙极了。她们默默地吃完了，一时上谁也谈不出任何感想，只是一个接一个地打着气味怪诞的嗝儿"①。山东爷爷想和阿宝结婚，"阿宝阿姨不同意……还嫌他是北方人，脏"②。在大吴庄，社会子向雯雯求爱，雯雯虽然没有从言语上拒绝，但两人的气质与生活很容易让观众得出他俩在一起不合适的结论，上海在小说中具有文化和物质的优越性，乡村与上海之间存在着难以逾越的隔膜。

雯雯在大吴村的生活很艰苦，村里承诺的单人宿舍迟迟没有兑现。书记让雯雯住在兰侠妈家里，兰侠妈当着雯雯的面毫不客气地说只让她住到收麦，雯雯举目无亲，伤感油然而生。村民生活困难，他们以各种原因从雯雯那里借钱借物，最后不是不还就是还不起，雯雯自己也不宽裕，就拒绝了人们的诉求。队长被拒绝后，就把雯雯的劳动任务加重了，这让雯雯感到既委屈又生气。小说将生活在淮北村民的形象写得很立体，既写出了他们的狭隘自私，又写出了他们的善良质朴。与雯雯最合得来的是兰侠，她从不要雯雯任何东西，雯雯过年回上海，她在雪地里踏出一条路送她去码头，雯雯上船后她难过得直抹眼泪。

村里的知青为了获得招工、读大学的机会，出现分歧，村里绍华祖奶奶去世之后，几位知青着送了一个花圈去，知青小楚不声不响另外送了一块幛子，这让其他人怫然不悦，知青间的感情出现了裂缝。小说不动声色地将雯雯理想的面纱一块一块撕掉，裸露出生活的本来面目——那是满目疮痍的现实。这是王安忆小说的魅力所在，陈思诚曾对王安忆表示："我喜欢看你的小说，就是因为你把普通人写得很丰富。"③

绍华祖奶奶去世后，腾出了一间空房子，兰侠妈提议让雯雯住到绍华祖奶奶那间老房子去，雯雯从外在世界到独守一隅。有了一间可以独居的房子

---

① 王安忆：《69届初中生》，北京：人民文学出版社，2018年，第41页。
② 王安忆：《69届初中生》，北京：人民文学出版社，2018年，第91页。
③ 张新颖、金理编：《王安忆研究资料》（上），天津：天津人民出版社，2009年，第219页。

后，雯雯发现了孤独的意义："在这里，她毕竟是一个人了。她可以做一点自己个人的事情，自己单独地想着点什么，自己单独地流几滴眼泪，甚至是自己单独地怕着点什么。她原先以为自己是怕孤独的，而如今发现，自己喜欢孤独。孤独很可怕，可是在这熙熙攘攘的世界里，孤独也很可贵。"① 这与雯雯过去沉湎在大鸣大放的热闹游行队伍的做法判若霄壤，也是她开始审视内心世界的时候。这让人想起罗素的名言："殊不知惟寂寞才能产生果实。"②

雯雯想组织一个宣传队去外地讨口粮，大家貌似热情挺高，但并没有把这个真当回事，只是说说而已，不明就里的雯雯还热情高涨，等到兰侠告诉她真相时，雯雯陷入深深的失望中，现实好像一盆冷水从头浇下来，让她变得意兴阑珊。雯雯所希望的东西不会在这样的群体中开花结果，如同王安忆与陈思诚交谈时所说："理想的最大敌人根本不是理想的实现所遇到的挫折、障碍，而是非常平庸、琐碎、卑微的日常事务。"③

雯雯过年前回到了上海。在回家的日子里，雯雯享受着过去她排斥和不屑的小日子，"回到上海之后，雯雯一直觉得很幸福，她对上海挺满意。她依然要买菜、烧饭，依然是很空闲，可她不觉得无聊和烦闷。她像是打了一场恶战，这会下了阵地，精神松弛下来，觉出了疲倦。她感觉有点绵软，很爱睡觉。睡着时，像是醉了，又甜又醇。半睡半醒着，她觉得身轻如一片羽毛，随着和风飘荡"④。在以知青为表现对象的小说中，上海常具有使人焕然一新的功能，灰头土脸的知青们在下放的地方黯淡无神，回到上海马上变成了另一个样子。在叶辛的《蹉跎岁月》中，下放知青华雯雯"一回上海便打扮得花枝招展……经过精心修饰，变得愈加娇美可爱了。她穿件大红的尼龙棉袄罩衫，透明的尼龙荷叶花边，窄小的袖口，高领衬，标准的中西式贴袋，头发用电梳子烫成了几个卷儿，全毛哔叽裤子，高帮棉皮鞋。尽管在乡下插队落户，她还是很快补上了没在上海期间的缺档衣服，赶上了一九七一年初的时髦样装"⑤。

享受着暂留上海美好生活的雯雯与她最初离开时的感觉截然不同，离开

---

① 王安忆：《69届初中生》，北京：人民文学出版社，2018年，第217页。
② 罗素：《幸福之路》，引自夏明钊：《孤独这滋味》，深圳：海天出版社，2000年，第211页。
③ 张新颖、金理编：《王安忆研究资料》（上），天津：天津人民出版社，2009年，第218页。
④ 王安忆：《69届初中生》，北京：人民文学出版社，2018年，第235页。
⑤ 叶辛：《蹉跎岁月》，上海：东方出版中心，2008年，第88页。

上海之前，雯雯内心是看不起这种小市民生活的，认为它脱离了火热的时代。在经历了插队后，雯雯从内心喜欢上这种生活，她评价生活意义的尺度发生了变化，过去她用一种大到自己也说不清的尺度来衡量周围的生活，现在雯雯用个人的感觉来度量日子。后者使雯雯感觉到人生的意义不只在大开大合的集体与社会运动中，它还在那些先前被忽略的起居饮食中。

回到上海后，雯雯恢复了对过年的热情，她忙着张罗年货、下厨做菜、走亲访友、馈赠礼物。大吴村好像离她越来越远。假期结束后要回去，雯雯一时买不到回大吴村的票，她反而感到一阵轻松，这与她当初插队时的急迫心情不可同日而语。王安忆对回上海后做短暂停留时的雯雯的内心世界的刻画极具张力，赖翅萍指出："在日常生活实践个体形象的塑造中，王安忆最擅长塑造的是女性形象。究其原因，既因为王安忆的女性身份，也源于王安忆对城市与女性关系的审美认识。"①

变化的不只是对小日子的态度，雯雯对招工、念大学也萌生出兴趣。村里有一个推荐读大学的指标，雯雯与小高、小楚展开明争暗斗。雯雯约小高去公社打听招生的消息，小高满口答应，第二天雯雯去找他时，发现小高早就动身去了公社，这时雯雯才明白，一旦有了利益冲突，小高就不再是送她上火车时那个竭尽全力照顾她的小高了。雯雯和小高没有通过招生审查。小说写了这样的情节：两人坐在吴主任家听他说起上海酒店的川菜、粤菜，他们一头雾水不明就里；雯雯去县招生处打听招生情况时，招生处的蒋老师对雯雯不怀好意，雯雯对此有所察觉，她挣脱了在自己背上游移的蒋老师的手。

有了这次失败的经历，雯雯变得慎重起来，她特别从上海带来烟酒以备不时之需。雯雯三天两头往公社、县城跑，有话没话找招生干部聊，为了不让人发现自己的目的，她小心翼翼地压制住书包里酒瓶碰撞的乒乓声。这时的雯雯目标特别明确，就是为得到一个招生指标，离开大吴村。曾经雯雯是多么不屑于招生与招工一类的事情，这种变化让省里下放干部老梁也觉得不可思议，他印象中的雯雯并不热心这些个人升迁的事情。在生活的起落中，雯雯也觉得自己"退步"了。后来雯雯去县城百货商店工作。有天晚上有贼入室盗窃，雯雯等八个女孩听到玻璃碎落的声音，哆嗦着不敢出声，她安慰

① 赖翅萍：《未竟的审美之旅：论新时期女性小说对日常生活的诗性探寻》，郑州：河南大学出版社，2011年，第47页。

自己:"这是人的本能,自卫的、求得安全感的本能。"① 雯雯从集体主义理想的热情中脱身而出,回归到个人的生活诉求,这体现在她坚定想离开上海到想尽办法回上海的过程中。

二、从虚幻爱情到现实情感

自小学开始,雯雯就被要求感情表达要谦虚,她自觉与老师的要求相一致,即不要有骄傲自满的情绪。在写帮助其他同学的作文中,雯雯"免掉了一切带有感情色彩的修饰成分"②,也就是将个人化的东西拿掉。雯雯的身边发生着巨大的变化,人们被要求剪除辫子,脱掉奇装异服和高跟鞋,人们成了美学意义上的单调个体。但这并没有妨碍雯雯寻找美的尝试,她没有被规训得失去了对生活的审美鉴别力——在文艺演出上看红卫兵跳舞时,雯雯关注的焦点不在批斗的内容,而在其中一位女孩很优雅的动作上,回家后她揽镜自舞,乐在其中。雯雯和姐姐看《红太阳照亮芭蕾舞台》,她最喜欢看里面女孩子的服饰、发型,并乐此不疲地模仿女演员们的装扮。雯雯为显出腰身,跟一个名声不怎么好的女同学换衣服穿,她觉得有腰身的衣服就显得人很不一样。一定程度上,美将轰轰烈烈的文化运动祛魅了,它使有些激烈的东西变得正常化。这是王安忆匠心独具的地方,有研究者指出,"在安忆笔下,非常历史时期的重大事件和一个女孩的成长经历相重叠,重大的事件便被日常化了,也就是说,对小说中的人物而言,这些重大事件是从身边日日经历的生活中感受到的"③。

雯雯对美的追求影响着她的爱情观念,在她心里,爱情既是严肃的,也是美好的,它是对世俗生活的超越。雯雯被达吉雅娜的爱情感动得热泪盈眶,《红楼梦》和《呼啸山庄》里主人公爱情的缠绵悱恻也深深感动着她。雯雯沉浸在文学的爱情世界里无法自拔。雯雯对爱情的态度很矛盾,当她收到匿名的情书时,显得惊慌失措,恨不得将信剪烂。渐渐地,雯雯内心平静了下来,甚至她开始想写匿名信的人了。写信人的形象慢慢渗透到雯雯的思想中来。雯雯对爱情的期盼是很奇怪的,既包含着打发个人寂寞的考量,又有着不能言说的顾虑——就像她帮助了同学却不能热情洋溢地写进作文里,

---

① 王安忆:《69届初中生》,北京:人民文学出版社,2018年,第298页。
② 王安忆:《69届初中生》,北京:人民文学出版社,2018年,第55页。
③ 华霄颖:《市民文化与都市想象:王安忆上海书写研究》,上海:上海文化出版社,2009年,第77页。

当她收到写信人的"我爱你"的告白时，雯雯显得有些失望，这不符合她对爱情的认知，爱情应该是不逾矩的，一旦说出来就逾越了雯雯内心那根安全线的尺度，从"没什么"变得"有什么"了。

王安忆将雯雯的爱情观以恍兮惚兮，其中有象的方式写了出来，看起来云山雾罩，其实心中藏有千千结。爱情在小说的语境中是一件不合时宜的事情，"在这轰轰烈烈的大革命时代，结婚好像是一桩极不适宜的事"①。雯雯之所以从抵触到渐渐接受是因为她内心有对美的渴望，尤其是她深受文学作品的熏陶。王安忆在小说中的爱情观带着对身体的排斥，这也许是她受到顾城影响的缘故，王安忆在《蝉蜕》一文中谈道："曾有一回听顾城讲演，是在香港大学吧，他有一个说法引我注意，至今不忘。他说，他常常憎恶自己的身体，觉得累赘，一会儿饿了，一会儿渴了。当时听了觉得有趣，没想到有一日，他真的下手，割去这累赘。"②

雯雯希望自己不落后于时代的节奏，她投身于去往广大农村的青年队伍之中，像他们那样在广阔的农村天地中实现自己的价值。这使雯雯在爱情上抹掉个人化的东西，以与大时代相适宜，雯雯觉得自己的爱情是遥远的、隐隐约约的，它不能在日常生活的土壤中落地生根，"她不能想象和他在一起烧饭、吃饭、爬山、干活，是一番什么情景。雯雯的爱情。只能是写信。一封信去，一封信来，即便是散步，那也须是一条挺直平坦的路。路上没有冷饮店，也没有拥挤的人群"。雯雯的爱情没有生活的具体内容，它是一种"爱情的想象"③。

雯雯男友叫任一。雯雯对他的认识一直都处在模糊的状态。那是一种理想与诗意并存的状态。但在回城这件事情上，两人的爱情从云端跌落。任一在雯雯眼里从抽象的存在变得具体起来。任一比雯雯想得远，他争取上大学的推荐名额，并鼓励雯雯也重拾课本积极备战高考。两人看对方的视角是错位的，任一觉得任性的雯雯生动莫名，雯雯觉得任一并不是心目中那个"任一"。事实上，任一没有多少变化，只是雯雯对他的认知在不断深入。任一对雯雯解释自己爱她不需要理由，这种模糊不清的答案很对雯雯的胃口，她心目中的爱缺乏目的和内容。

在外滩雯雯看到一对对的恋人卿卿我我，觉得难以接受，"她怀疑起这

①　王安忆：《69届初中生》，北京：人民文学出版社，2018年，第164页。
②　潘凯雄、王必胜编：《太阳鸟文学年选　2013中国最佳随笔》，沈阳：辽宁人民出版社，2017年，第77页。
③　王安忆：《69届初中生》，北京：人民文学出版社，2018年，第182页。

爱情来了，也许这根本不是爱情。爱情应该是更加丰富，更加崇高，更加神秘，更加美好，是的，那是非常非常美丽的。雯雯对爱情的希望是那么无边无际"①。雯雯招工进了县城以后，有人给她介绍对象，雯雯始终不愿说自己有男朋友，她不愿在县城谈恋爱。一个成长在大都市的女孩子不会将爱情安放在县城和农村，大都市培育了雯雯对爱情的美好理想，在县城这些地方，活着都是很不容易的事情，遑论爱情！在大吴村时，求爱被拒绝的社会子满怀怨恨地问她，是不是把农村作为跳板？雯雯对此并不否认。

随着和任一交往的深入，雯雯的爱情有了生活的内容，"雯雯真想叫他来，马上来。……她要带他去看一场电影，每半小时必断一次片；她还要带他在馆子里吃一顿饭，那厨子会有这等本事，在一只锅里同时盛出四个不同的菜；她还将带他去买菜，买五角钱一斤的清水大闸蟹，烧给他吃。凡是雯雯走过的路，看到的景色，生活过的地方，她全希望他能体味一下"②。这与雯雯过去设想的爱情之路判然有别，过去那条路光秃秃的，什么也没有，过去她对爱情是遮遮掩掩的。现在，雯雯主动告诉周围的朋友，她们都知道雯雯的男友在江西插队落户。任一从江西来看雯雯，雯雯为他织毛衣、做饭，这些原本俗不可耐的琐事在感受到爱情意义的雯雯眼里也具有了意义。雯雯开始喜欢身边那些生活着的人们和围绕他们各自生存的衣食住行的内容。甚至，别人告诉她，和任一的爱情意味着两地分开，雯雯也毫不悲观，她觉得真正的爱情可以抵御一切障碍。

当爱情有了生活的内容后，矛盾也开始产生。为了帮助雯雯走捷径回到上海，任一带着一袋子烟酒从上海风尘仆仆来到县城，跟公社、大队领导拉关系，他在酒桌上跟领导套近乎的本事让雯雯瞠目结舌，才见一会的人任一能跟他熟络得像多年故友。任一顺利完成了在雯雯看来不可能的任务。但雯雯觉得任一变得陌生了，她真想把他带来的烟酒统统踩碎。小说写任一穿的破袜子，"袜子上破了一个洞，后跟的颜色很深，可以看出那是很硬的一块，是让脚汗浸透了板结的。浓重的脚臭弥漫了整个屋子。雯雯感到一阵嫌恶，她站起身走出了房间"③。两人的矛盾在生活的细节上引发出来，在这之前，爱情都是浮在生活表面的东西，一旦进入生活的深层次，矛盾会随时产生。

爱情也变得复杂起来，它不再是雯雯所设想的船上走下一位王子，带着

---

① 王安忆：《69 届初中生》，北京：人民文学出版社，2018 年，第 261 页。
② 王安忆：《69 届初中生》，北京：人民文学出版社，2018 年，第 289 页。
③ 王安忆：《69 届初中生》，北京：人民文学出版社，2018 年，第 315 页。

鲜花那样美好。雯雯对任一四处送礼拉关系的做派感到丢人，任一却认为雯雯什么都不会做，只会发牢骚，两人针锋相对，最终牛衣对泣，任一哭道："我们都是很普通的人，我们都是小人物，我们没法子把这里变成上海，可我们能回上海去，我们从小在那里生长。"① 两人不得不与现实妥协。

雯雯的爱情从最初的虚无落实到日常生活中来，她曾经赋予了爱情太多的希望与理想，当理想与希望在现实面前频频碰壁后，雯雯不得不转而从日常生活中寻找填充的内容，她将那些曾经抗拒的东西纳入爱情的世界中来。在一切都变成现实之后，梦想成了明日黄花，雯雯开始怀念在淮河边小城的生活，那时候她还可以做回家的梦。回到上海之后，雯雯被分配到压瓶盖的工厂，每天机械作业，四周一片喧嚣，雯雯发现生活一眼可以望到头，曾让她绞尽脑汁想回来的上海，如今看来不过如此。

三、从咸与革命到平凡活着

雯雯读书的时候正值"文化大革命"运动风起云涌。老师们从高高在上的权威变成了众矢之的，老师批评学生不敢像过去那样戟指怒目，变得温顺起来。新旧教育路线处在交替的过程中，旧的教育路线被推翻了，新的还在摸索中。学校的学风变得自由散漫，学生可以在上课时随意离开教室，老师不敢过问，一问便受到学生的质疑，到底是"圣贤书"重要还是"窗外事"重要？老师对学生的质问噤若寒蝉，对学生的闲散学习风气放任自流，听之任之。

学生们受到"文化大革命"运动的洗礼，他们积极回应着火热时代的号召，以反叛的姿态表明自己的觉悟与上进。绝大部分课程最终被停止了，独有政治课一枝独秀，但内容基本脱离了课堂教学，大多以辩论会、报告会为主。雯雯对去学校提不起兴趣了，她三天两头缺课。雯雯对群情汹涌的游行活动感到兴奋与激动，狂热的集体活动让雯雯找到了存在感，这是她喜欢的生活。雯雯变得自我，她不喜欢人云亦云地喊口号，老师劝她也无济于事。

老师越是苦口婆心劝她，她越是抵触，"革命小将自己革命，自己管理自己，自己教育自己。雯雯喜欢造反派的脾气，她就是造反派。于是便演出了一出革命剧；喜欢达吉雅娜、她就是达吉雅娜，于是便演出了一出爱情

---

① 王安忆：《69 届初中生》，北京：人民文学出版社，2018 年，第 319 页。

剧。她想做谁就做谁，想不做谁就不做谁，很自由"①。不喊口号的雯雯被工宣队的汤师傅勒令写检讨，雯雯执拗不写，检讨最终由邹老师代写，反叛让雯雯看到了自己的力量。在学校，不学习被视为革命的象征，不学习也就具有了一种普遍的正当性，雯雯与其他同学因此都不学习，这是他们在时代中展现自己价值的方式，她觉得劝他们学习的邹老师很可怜。

经过下放的波折从外地回到上海后，任一让雯雯好好学习考大学，雯雯觉得这没什么用，学了几天就学不下去了。在压盖厂做了一名普通女工后，雯雯感到人生变得灰暗无趣。工厂没有什么娱乐项目，唯一的娱乐是一个精神病人唱"文化大革命"时候的热门歌曲，这勾起人们很多回忆。姐姐霏霏考上了师范学院的中文系，姐夫也考入复旦大学生物学系，任一为自己不是正规大学生只是工农兵学员懊恼不已，踌躇满志准备考数学专业的研究生。雯雯对学习始终提不起神来。任一喜欢逛书店，她喜欢逛生活用品店。任一带雯雯去参加同学聚会，他们能说会道，还会唱悲伤的歌，雯雯更觉得与他们之间存在着障碍，同时她感到与任一之间也隔着很远的距离。别人都在忙着各奔前程，或者幸福地生活着，雯雯感到自己一无所有。只有与生产组女工娟娟、阿钰在一起时，雯雯才平静下来。

雯雯的生活好像烟雾渐渐散去，什么都显出清晰的轮廓，生活在不断祛魅。她看到姐姐伏案写小说，发表在省级刊物上，雯雯觉得小说失去了神秘感，她不再被小说的悲欢离合感动了，生活也好像如此，"她好像把什么都看透了，看穿了"②。姐姐要雯雯请假照顾外甥，理由是大家都很忙，她觉得雯雯闲得无聊。任一也在忙，连着几个月没有来找雯雯。雯雯在一堆忙碌着的人之间显得多余，她变得敏感起来，看到孩子们打闹也会情不自禁地伤感起来。这一细节极为传神，它使复杂敏感的雯雯形象跃然纸上。

她开始思考自己的事业，"雯雯忽然发现自己过去对他们的认识是错误的，他们两人的生活不仅仅只有爱情一个内容。他们有他们的事业，这事业就是用自己的力量建设起一个幸福的家庭。这事业产生于他们的爱情，又反过来推动并充实他们的爱情。雯雯想到她和任一之间没有这种事业，没有。他们不须为钱操心，也不须为恋爱顺利通过红灯操心。他们之间没有任何可以共同为之操心、为之快乐和痛苦的事情"③。为了找到自己存在的价值，

---

① 王安忆：《69届初中生》，北京：人民文学出版社，2018年，第136页。
② 王安忆：《69届初中生》，北京：人民文学出版社，2018年，第338页。
③ 王安忆：《69届初中生》，北京：人民文学出版社，2018年，第345页。

雯雯报考了戏文系，她紧锣密鼓地复习，这其实渺茫的希望充实了雯雯的生活，虽然雯雯铆足干劲备考，但她却失败了。

雯雯仍然做着压盖厂的女工。一次，在回家的公交车上，雯雯遇到一位临产的孕妇，她主动请缨将孕妇送到了医院。安顿好孕妇走出医院，雯雯忽然感到一阵"开朗、明澈"，她蓦然之间明白了自己需要的是什么，那就是做力所能及的事情，哪怕是一些很平凡的事情，也是她的价值之所在。雯雯决定做"一个好人，一个少烦恼的人，一个有少许价值的人"，这就像雅斯贝尔斯所言："只要我真的是我自己。我便确信，我并非由于我而是我自己的。"① 雯雯经历了一个错误的时代，这已经无法改变，与其怨天尤人，不如踏踏实实生活下去。走在漏下碎银般阳光的梧桐树下，雯雯觉得自己被碎银包围住了，她与梧桐树、太阳融为了一体，"她的'我'好像没有了，又好像更博大了，博大得无边"②。雯雯将自己的生活放在辽阔的历史、地理中比较，这样个人就显得微不足道了，这种渺小并不让雯雯觉得悲观，反而让她感到平静。

有了这样的认识，雯雯开始努力考电大中文系。在单位，她变得平和、宽容，因为她内心无比的充实。雯雯从一个热衷于参加革命运动的少女成为在生活中寻觅人生意义的女人，曾经她活在时代的价值判断中，她的脚步跟随着错误的时代轨迹，现在她活在自己领会的生活意义中，普通的工作、生活对她而言才是最真实、最重要的意义。王安忆曾说："上海给我的动力，我想也许是对市民精神的认识，那是行动性很强的生存方式，没什么静思默想，但充满了实践。他们埋头于一日日的生计，从容不迫地三餐一宿，享受着生活的乐趣。就是凭这，上海这城市度过了许多危难时刻，还能形神不散。"③ 在另一篇文章《朝圣》中，王安忆这样表达了自己的生活观："就这样，风俗画，那些有人物、有生活的图画，总是它让我安静下来。我喜欢人世的热闹，中国古画的山水总是有寂寞之感，水墨亦是虚无，所以倾向写实的西画。在二维平面中由透视原理、明暗影调立体出来的具体和生动，让人喜悦。"④ 研究者在论及上海文学时喜欢将张爱玲与王安忆相提并论，这一

---

① 萨尼尔著，张继武、倪梁康译：《雅斯贝尔斯》，北京：生活·读书·新知三联书店，1988年，第162页。

② 王安忆：《69届初中生》，北京：人民文学出版社，2018年，第349页。

③ 郑逸文、王安忆：《作家的压力和创作冲动》，引自王安忆：《忧伤的年代》，北京：新世界出版社，2002年，第391页。

④ 朱航满编选：《2016中国随笔年选》，广州：花城出版社，2017年，第25页。

比较并非牵强附会。两人都喜欢世俗的生活并形诸文字，从而形成了带着鲜活生活气的小说风格。

第二节　小城年轻人的成长生态
——评绿妖的小说集《少女哪吒》

　　作家绿妖与路内的经历有不少相似处，但在文风上两人相去甚远。路内喜欢以插科打诨的方式来写他的青春，写年轻人特有的活泼气息。绿妖的小说带着忧愤深广的特点，他忧虑地凝视着小城年轻人的成长。这种忧虑源自她对自己成长经历的深切体会："很多年里，我为成长的贫瘠荒凉耿耿于怀。为什么，我不能在小时候就听到莫扎特，看到《红楼梦》与《百年孤独》？但这就是命运，给你什么你只能双手接受。"[①]　如果不对绿妖的小说集《少女哪吒》做时间的刻度，很容易让我们以为这是五四时期的小说。绿妖的小说在人性开掘上有自己的特点，她擅长表现女性的深层意识，通过人物的微言细行来揭示其内心深处的情感。《少女哪吒》里的年轻人对抗着让他们窒息的环境，作为故事背景的小城沉闷到看不出时代变化的痕迹，它仿佛被定格在时间深渊之中，与外面的世界毫无关系，里面的人日复一日地活着。这种沉闷的生活对年轻的生命构成了禁锢。禁锢是这本小说集的主题之一，《硬蛹》《少女哪吒》《寻人启事》等几个短篇都是针对禁锢展开的抗争。

一、逃无可逃

　　《硬蛹》中的"黄玲玲"是一个底层社会少女，也是一个小城某部门领导的女儿，二者并非一个人的两种属性，而是两种社会属性，她们之间的身份被人做了手脚，一个"黄玲玲"变成了两个"黄玲玲"，身份置换最终使两人都走向悲剧的宿命。底层少女黄玲玲是一个胸怀大志的女孩，她努力学习着，并刻苦锻炼着身体，为的是能够考上师范，活出自己希望的样子来。这是一个底层孩子的励志榜样，她不但成绩优秀，而且各方面都符合老师家长的要求——不正眼看男生，不荒于嬉，即便和其他女生一样受到武侠小说影响练功，也是偷偷摸摸的，不想被别人看到。

---

　　① 　要力石、何芸主编：《你又回到我心上：怀旧卷》，北京：新华出版社，2015 年，第 35 页。

在其他女生眼里，黄玲玲是一个缺乏感性内容的符号，它凝聚着各种优秀与自律，但缺少这个年龄女孩应该有的生活内容，因此别的学生都敬而远之。黄玲玲跳高能够到第六阶，这是其他女同学难以企及的高度，她喜欢用高度来度量一切，这在"我"看来不可思议，但"我"用普通女孩的青春期习性解释了这一不合理的表现，因为"那一阵我们都有点疯疯癫癫"①。不同的是，"我"和其他女孩子追求的只是一种虚幻——一种受到武侠小说蛊惑而追求的超越物理规律的高度，而黄玲玲追求的是一种具体的人生高度。这是她和"我"之间的区别。"我"活在浑噩迷糊中，她一早就有了坚定而清晰的目标。按照这个规律，黄玲玲的成功是指日可待的。她有着相当不俗的追求：做数学家、作家、企业家。

我们从黄玲玲身上看到了"特别庞大，跟现实生活比例严重失调的东西"②。这是一个少女身上蕴藏着的巨大的信念与理想的力量。黄玲玲内心有一个挣脱的动作，她觉得"脑子好像被什么撕开，撕成两半，我自己的肉身子像要从那个缝里挣脱出去，跑到外面，疯狂地往天上往随便什么地方跑"③。这源于她生活的家庭环境。父亲因为生了个女儿在外人面前抬不起头，常常找着茬来羞辱她。黄父很在乎面子，虽然家里条件不好，但是一件"白衬衫异常干净"，烟草局发的裤子"裤缝压得笔直"，家里开着一个小卖部，但来了客人他从不管买卖的事情，而是喊一声"老板，有生意了"。然后妻子风风火火地从屋内赶出来应付生意。生女儿对黄父来说是一件有失颜面的事情，黄玲玲动辄得咎。

严苛的父亲使黄玲玲对自己的性别产生严重的排斥心理，第一次来例假黄玲玲哭得一塌糊涂，例假被她视为某种罪恶。故事中的孩子大多有一种被培养起来的负罪感：他们的日记被老师和校长检查，隐私被公之于众，大家处在被监视的状态，由此产生强烈的负罪感。绿妖在《硬蛹》中写了一个意味深长的细节，学校的女厕所被人抠出一个小孔，这暗示着无处不在的窥私欲。班上有一个女学生常常向老师告发同学，最终她自己也被揭发，这导致了她的退学乃至后来的堕落。由于生活太过压抑，学生们都沉湎在武侠小说里，只有在武侠小说的虚幻世界中，他们的精神才能找到寄托。为此，他们苦练"轻功"，从中得到一种虚幻的满足，甚至还有以古龙为精神领袖的男

---

① 绿妖：《少女哪吒》，桂林：广西师范大学出版社，2015 年，第 15 页。
② 绿妖：《少女哪吒》，桂林：广西师范大学出版社，2015 年，第 18 页。
③ 绿妖：《少女哪吒》，桂林：广西师范大学出版社，2015 年，第 22 页。

同学练功走火入魔，落得形销骨立，不得不退学。

黄玲玲虽然生活在"太闭塞"的环境里，而她的"思想跑得太快"，在报考师范学校失败后，她去了卫校，毕业后又找不到工作，成日窝在家里，她的思想陷入了混沌之中。黄玲玲与"我"书信来往探讨哲学与爱情，她仿佛发现了生活的意义，那是她所谓的爱，这种爱是抽象的，那种环境成长起来的孩子领悟不到真正的爱。在学业遭遇失败，爱又无所附丽的困境中，黄玲玲去了曾经就读的中学，然后从教学楼上一跃而下，结束了年轻的生命。

小说采用了双重视角写黄玲玲的死，一个是"我"的视角，这是一个与黄玲玲平等的视角，"我"将看到的黄玲玲的经历说出来，像把内心积累了很久的淤泥呕吐出去。另一个是站在一旁窥视着黄玲玲又审视着内心的"黄玲玲"的视角。"黄玲玲"与黄玲玲的家庭有着霄壤之别："黄玲玲"出生在一个优渥的家庭中，她喝咖啡、穿着讲究；黄玲玲出生在一个底层社会家庭中，父亲是集体工，母亲经营着一个小杂货铺。两人却又具有许多相似之处：她们的父亲都非常强势，对女儿的生活有着非常严格的规范，黄玲玲考试没有一百分会挨父亲打；"黄玲玲"在家也得对父亲的意志百依百顺，父亲为阻止她去南京进修，将她囚禁在家里。两人对各自的家庭都有着强烈的抵触心理，都想早点离开那里，找到自由的空间。"黄玲玲"在遗书中说："我和黄玲玲都是地洞里爬出来的多余人，我们对世界的贡献就是恨。"①

法国叙事学家托多罗夫指出："构成叙事语境的各种事实从来不是以它们自身出现，而总是根据某种眼光，某个观察点呈现在我们面前……视点问题具有头等重要性确是事实，在文学方面，我们所要研究的从来不是原始的事实或事件，而是以某种方式被描写出来的事实或事件。从两个不同的视点观察同一个事实，就会写出两种截然不同的事实。"②"我"与"黄玲玲"眼中的黄玲玲有着不同的内容，从而使这一人物被赋予了更多的内蕴。

"黄玲玲"原名叫王贺美，她依靠在某部门任领导的父亲篡改了黄玲玲的中考成绩，然后一直以"黄玲玲"的名字学习、工作。在"我"叙说黄玲玲的故事时，王贺美不动声色但又掩饰不住慌张，绿妖对这一人物的心理的捕捉相当敏锐与细致，当听到"我"说黄玲玲在日记中有写真话的习惯时，王贺美"脸色发白"；说到她日记里写同学们偷偷看武侠小说时，王贺美

---

① 绿妖：《少女哪吒》，桂林：广西师范大学出版社，2015年，第32页。
② 托多罗夫著，黄晓敏译：《文学作品分析》，引自张寅德编选：《叙述学研究》，北京：中国社会科学出版社，1989年，第65页。

"真着急",因为这关系到她冒名顶替的事情可能在黄玲玲的日记中留下线索。"我"在聊起黄玲玲时无意使王贺美内心的秘密逐一暴露出来,她一面了解到黄玲玲这个人,一面又在回溯自己的生活与审视内心。王贺美与黄玲玲有着异曲同工的人生,黄玲玲如同王贺美的生命镜像,照出了她光鲜外表下的软弱与丑陋。

"硬蛹"象征着难以脱身的世界,黄玲玲与王贺美努力摆脱加在身上的枷锁,她们都有破茧成蝶的愿望,都希望在自由中飞翔,但这道枷锁始终难以摆脱,最终两个女孩选择了自杀来结束这种让她们抑于呼吸的生活。两个女孩承受的压力让人感到透过纸面的寒气。

二、虚席以待

《少女哪吒》的故事背景在宝城。这是一个被作者感觉化了的地方,它和寒冷联系在一起。寒冷不仅使人们的动作变得迟缓、僵硬,更使得宝城变得死气沉沉,这有点像鲁迅《示众》中的北京城,只是季节不同,《示众》里的北京城热得没有一丝风,也没有一丝活力,人们忽然被一个押解的犯人吸引着围了过去,好像一颗石子投射在死水微澜的池子里,泛起了丝丝波纹,然而事情过后一切仍然照旧,人们各行其是。绿妖笔下的宝城冷得没有一丝暖意,这与鲁迅笔下的京城具有某种质的相似,两者虽然隔了好几十年,但是中国社会的某种特性并没有随着时间的流逝发生变化,它依然顽固地存在于日常生活中。

寒冷对于学生们而言另有一番滋味,他们在地上挖坑烧炭取暖,这一行为被取缔后,学生们利用教室里的煤炉玩起了花样——"这个煤炉迅速被利用,班里开始流行开餐厅,有琼瑶餐吧,海洋饭店,好美丽饭馆。放学后,我们轮流用煤炉做饭,从屋檐下摘一根透明的冰凌,搁到搪瓷茶缸里,放上白糖,烧开就是一杯热糖水。菜谱还包括面条、糖炒芝麻。我们严肃地做饭,成为自己的爸爸妈妈,也轮流当对方的爸爸妈妈。"① 学生们活活泼泼的,使冷天有了生气,这种热火朝天的气氛容易促进学生们之间的友谊,"我"乐此不疲地呼朋唤友利用煤炉做着各种食物,好友王晓冰却没有加入这一活动,她置身事外,看着我们玩乐,她和"我"之间的友谊建立在文学之上。如果说食物代表着现实主义,"我"和王晓冰的友谊属于理想主义。

---

① 绿妖:《少女哪吒》,桂林:广西师范大学出版社,2015年,第43页。

这一部分是小说中为数不多充满生气的地方,它像是一块"飞地",因为这里没有老师和父母的介入,孩子们可以充分表现自己的兴趣与天赋。

王晓冰处在母亲无微不至的庇护下,这种庇护超出了母爱的限度,它演变成将女儿据为己有的自私,王晓冰的母亲不允许女儿有自己的隐私,她会偷听女儿和朋友的聊天,甚至女儿洗澡的时候她也要守在身边。这种超出了限度的爱使王晓冰不堪重负,她对"我"说希望自己是个孤儿,无父无母,这样就不欠谁,可以浪迹天涯。王晓冰十分羡慕家庭管教宽松的"我",这让"我"不能理解。"我"转学后,王晓冰常常给"我"写信,询问"我"的情况,同时她也告诉"我"生活的琐事。

王晓冰非常在乎"我"这个朋友,也害怕失去"我"这个朋友。王晓冰没有朋友,读了 P 市的卫校后,她只能通过与"我"的书信来往寻找寄托。渐渐地,王晓冰扮演起了她母亲那样的角色,她不但急于了解"我"生活的一切,还干预起了"我"的生活,她截下了黄玲玲写给"我"的信,并私拆了那封信。王晓冰将生活事无巨细地写在信里,她要求"我"回复书信的页数不得少于她,这等于说,王晓冰通过倾诉自己的生活来控制"我"。这是一种控制人的技巧。依稀记得法律上有这样的观念,好意施惠包含着隐秘对人的控制。

母亲对王晓冰的控制丝毫没有因为她念卫校而变得松缓。王晓冰厌倦了实习的生活,想通过自考去郑州医学院念书,母亲发现后召集了三位舅舅对她开家庭批斗会。王晓冰执意要去念书,她找到了父亲,他勉为其难答应为她提供一学期学费,母亲知道后变本加厉找来三位舅舅打了她一顿。王晓冰最后还是去了郑州念书,但她很少出现在学校,大家不知道她在做什么。在郑州,王晓冰依然没有什么朋友,在酒吧做了一阵之后,后又去了丧葬一条龙服务店上班,王晓冰很喜欢这个工作,因为收入高竞争少。

"我"明白王晓冰的心思,"她像哪吒,剔骨还母,彻彻底底把自己再生育一回。只是她能力有限,没办法把自己养育得更好"[1]。自考毕业后,王晓冰在郑州努力找工作却一无所获。之后她去了气候很冷的石家庄,在化妆品公司做美容师。在绕了一圈后,王晓冰还是回到了母亲身边。王晓冰的铩羽而归具有某种必然性,母亲过多约束的成长经历将她塑造得有些不合时宜,她虽然努力争取到了外出求学的机会,却无法在短时间内重塑自我,改变成长经历在她性格基因里埋下的伏笔。

---

[1] 绿妖:《少女哪吒》,桂林:广西师范大学出版社,2015 年,第 59 页。

　　宝城是一个短时间内让人觉得幸福的地方，在家呆了几天之后，王晓冰就觉得厌倦了。她又回到了石家庄，她试着和一个大她许多的秃头男人交往，最后还是放弃了。王晓冰开始信奉独身主义，不结婚，一个人过，自得其乐。王晓冰在书信中不断告诉"我"生活的秘密，然后又故弄玄虚地让"我"不要告诉别人。王晓冰用秘密暗示"我"这是两个人之间的世界，不允许第三个人进来。"我"恍然大悟，少女时代和王晓冰彼此戏谑的"没有人能够替代你在我心中的位置"对她来说不是一句戏言，她这么些年来一直用秘密的方式暗示"我"，虚席等着"我"进入她的生活。

　　《少女哪吒》是一篇令人回味的小说，它幽微地表现了同性之间的感情。王晓冰拒斥其他人进入自己的世界，因为她期待着"我"步入其生活世界。王晓冰通过不断写信来激活"我"对她的感情，故意将自己的生活写得惨不忍睹：比如要捡地上的食物吃来博取"我"的同情。她又向"我"兜售独身主义的好处，为的是提醒"我"少女时候许下的诺言。父母离婚后母亲强烈的控制欲使王晓冰失去了对家庭生活的兴趣，她像哪吒，在剔骨之后苦苦寻觅生活的意义，却一无所得，她将希望建筑在少女时那番戏言上，努力为这个经不起风吹雨打的誓言"施肥浇水"，想让这颗种子能够长成苗壮的大树，但是，这毕竟是一个虚幻的种子，它怎么能够变成大树呢？

三、排斥异己

　　《寻人启事》中，宝城的孩子具有某种同质性，他们生活在相似的环境中，有着相似的成长经历与观念，所以他们在参加唱歌比赛时的眼神都是"齐刷刷"一致的，如果不能与其他人保持一致，就很难被宝城容纳。"我"的朋友赵海鹏的父亲是个具有典型宝城气质的人，他有宝城人共有的"习惯"，他随着季节的变换有顺序地穿烟草局发的服装，每次来"我"家找父亲喝酒翻来覆去就是那几句话，喜欢问"我"多大了、考试第几之类的话，他们喝完酒之后喜欢骂领导。宝城的人在"我"眼里都差不多，走在大街上看到熟人，"我"认不出谁是谁，因为他们太相似了。宝城是一个让人感到窒息的城市。

　　那些不与宝城人们观念、习性保持一致的人，会被视为"神经"，"这儿的神经，不是蓬头垢面，走在街上被小孩扔石头的那种，而是说，大家不知道她在想什么，她跟别人不一样"①。赵海鹏的母亲是这样一个"神经"，她与嗜酒的丈夫离了婚，这种做法让其他人很不理解。"神经"就像掉队的候鸟。在"我"结婚并有了自己的孩子后，理解了赵母当年离婚的勇气，她在努力寻找新的生活。赵海鹏在学校不合群，他成绩不好，也不会打架，所以屡遭同学欺负。赵海鹏喜欢看课外书，上课的时候看，下课的时候也看，他喜欢坐在阳光里看那些书。这是一个与其他同学缺乏共同"习惯"的孩子。"我"笨手笨脚，融不进去同学们的圈子。赵海鹏是不合群，"我"是合不进去，这是相去甚远的两个概念，前者基于对环境的排斥而自我放逐，后者是因为能力欠缺而"挤"不进去，属于想而不能，"我"就属于后者。由于比较笨拙，同学们在跳皮筋、踢毽子的时候"我"不敢加入他们的活动，只能在一边干瞪眼。赵海鹏和"我"的共同之处是处于被同学嘲笑、欺负的境地。

海德格尔说："语言是存在的家。"② 赵海鹏不善于言辞，这意味着他无法在宝城找到自己的栖身之地，有一天他带着"我"翘课，"我们"去了河堤。在河堤上，赵海鹏用歌声招来鸟儿，他的歌声使"我"想起了清真寺做礼拜时听到的声音，"那是一种和黑暗浑然一体的声音，长长的颤音，热切浑厚地震动黑夜，像暗中的一根长绳，你攀着它，就能走到一个光明之地"③。在人与自然和谐无间的氛围中，"我"忘记了学校里的陈规旧律，与赵海鹏手拉着手，沉醉在美好的世界中。"我"觉得人们一本正经生活的样子非常可笑，赵海鹏父亲喝酒的样子也滑稽无比。赵海鹏带着"我"到了一个新的世界里，"我"因此发出了喜悦的呐喊。河堤上的鸟儿有序地生活着，赵海鹏的歌声和鸟叫声混同在一起，这一切让"我"感到前所未有的真实。

赵海鹏教"我"学鸟的语言，渐渐地，"我"能听得懂鸟的叫声，天空宛如对我打开了一个通道，不仅如此，"我"还发现，宝城在死气沉沉之外还具有另一副面孔，她是如此美丽不可方物。"我"发现了自然之美，每一棵枯干的树，在光影的剪裁下姿态万千，令人叹为观止。自然生气勃勃，即便在冬天，她依然魅力不减，"一切都会唱歌，都有灵魂，都是活的"④。"我"还发现了人所具有的美，一个六岁的小姑娘戴上赵海鹏用野花编织的

① 绿妖：《少女哪吒》，桂林：广西师范大学出版社，2015年，第74页。
② ［德］海德格尔著，郜元宝译：《人，诗意地安居》，上海：上海远东出版社，2011年，第32页。
③ 绿妖：《少女哪吒》，桂林：广西师范大学出版社，2015年，第79页。
④ 绿妖：《少女哪吒》，桂林：广西师范大学出版社，2015年，第81~82页。

花冠，就具有了惊人之美；那些平素被视为古怪的人其实都各有故事。"我们"唱着歌，不断有骑着自行车的人停下来，他们对歌声发出了由衷的赞美。

一回到现实，美好的景象消失了，一切回到单调乏味的状态。"我"熟悉身边的一切太缺乏色彩了。这种贫乏让"我"感到很不真实，河堤上的感觉才是真实的。宝城人的"习惯"使"我"不敢把河堤上的经历说出来，因为一旦打破了惯性，会被他们认为"神经"，会被排斥。赵海鹏告诉"我"，在另一个世界里有他和"我"，"我们"过着不一样的生活。在河堤上的生活是自由美好的，现实生活中"我们"被习惯紧紧约束着，学习委员因为"我"没带作业本而当众打了"我"一耳光，"我"也逆来顺受了，没觉得什么不妥，"如果每个人都挨上一耳光，我会更习惯"①。这是一个需要救赎的"习惯"，绿妖略带反讽地将暴力的规训以看似温和的方式表现了出来，起到强烈的戏剧效果。

现实一如既往延续着沉闷。家里来客人时，父亲便要"我"去找赵伯伯来喝酒，他家里很沉闷。赵伯伯坐在沙发上一动不动地看着黑白电视机，另一台彩色电视机却闲置在一边，这让"我"觉得很奇怪。这个情节再一次强化了宝城人生活在一个黯淡无光的"惯性"世界里，"我"家买了一台彩电，刚进门就坏了，换显像管价格昂贵，于是彩电被搁在一边，一家人看黑白电视机。这一幕让"我"想起赵海鹏家，忍不住大笑，结果被父亲暴揍了一顿。宝城的"惯性"积习已久，改变起来很困难。

小说写赵伯伯与"我"父亲除了喝酒之外就再没有别的交往，两人每次喝酒都是同一模式，赵伯伯都会喝得酩酊大醉，赵海鹏和母亲会来找他。赵父对儿子的关怀显得僵硬，缺乏温情，他会买一些本地产的苹果回来，赵海鹏不愿意吃这些口味糟糕的苹果，最后就会被父亲骂哭。赵海鹏像母亲，带着敏感的眼神，那眼神带着对现实的不满。人们认为赵海鹏跟他母亲都是"神经"，母子俩在世俗强大的惯性力面前显得孤立无助，进退失据。

只有在河堤上，赵海鹏才会轻松起来，他把"我"当好朋友。赵海鹏说在黄河三角洲，冬天会有上万只鸟儿起飞，场面十分壮观。而这一切"我们"却看不到。鸟儿起飞是一个暗喻，意味着外面的世界在变化着，时代正在变得生气勃勃，但宝城像是被世界遗忘的角落，还是那么陈旧、乏味。这死气沉沉的宝城其实是作者绿妖故乡的写照："之前，我在县城一所变电站

---

① 绿妖：《少女哪吒》，桂林：广西师范大学出版社，2015年，第84页。

上班，上一天，休三天。主要工作是用拖把清洁值班室地板及黑色皮革绝缘垫。时间太充裕了，对于一个县城青年来说，充裕到让人绝望。我拿这么多时间干什么？县城太小，像一件不合身的外套，像紧身衣，捆精神病用的。县城的夜晚，过了 12 点，只有我的窗户还亮着灯，视线所及，一片漆黑。这漆黑也让人发疯。"① 赵海鹏内心的失望可想而知，小说写母亲常常给他买一些封面花花绿绿的书籍，他通过阅读来了解外面的世界，这也是他为什么喜欢写而不喜欢说话的原因，文字是世界的共性，"说"的只是宝城一隅的方言，赵海鹏选择"写"是因为他希望以这种方式来与时代保持同步，而不愿意用宝城的方言来束缚自己。

"希望"在宝城是件奢侈的事情。赵海鹏的母亲想要一件棉袄而被父亲训斥，她只能郁郁寡欢地穿着旧棉袄过年；赵海鹏想要一个望远镜久而不得；我仍然戴着破了四分之三的眼镜去上学；赵海鹏的母亲离婚后搬出了家，约好结婚的另一个男人迟迟不见行动。不符合宝城人"习惯"的人结果常常不怎么好。赵海鹏的母亲和"小眼睛、黄皮肤"的宝城人不同，她"皮肤白皙、浓眉深目"，所以她被斥为"神经"。宝城排斥异己的力量很强大，凡是不符合宝城规矩的人，都会受到斥责和排挤，街上的疯子最后会消失。赵海鹏的母亲最后也不见了。涂尔干认为："即便为规范赋予权威的不是惩罚，惩罚也能够防止规范丧失权威，如果允许日常违规行为不受惩罚，那么这样的行为就会侵蚀掉规范的权威。"② 宝城用清除"神经"的方式维护着"习惯"的权威性，它不允许"习惯"受到威胁。

赵海鹏的母亲是小说中为数不多的具有生动性的人物，这缘起于她的反抗与强烈的自我意志，她与小城之间格格不入，小城暗淡的背景使赵母越发变得鲜明。这使人想起王安忆在《过去的生活》中谈到的上海老太太，她们在城市的背景下变得立体、鲜活起来，"一日，走在上海虹桥开发区前的天山路上，在陈旧的工房住宅楼下的街边，两个老太在互打招呼。其中一个手里端了一口小铝锅，铝锅看上去已经有年头了，换了底，盖上有一些瘪塘。这老太对那老太说，烧泡饭时不当心烧坏了锅底，她正要去那边工地上，问人要一些黄沙来擦一擦。两个老人说着话，她们身后是开发区林立的高楼。新型的光洁的建筑材料，以及抽象和理性的楼体线条，就像一面巨大的现代

---

① 苏七七、王犁：《时钟突然拨快——生于 70 年代》，杭州：中国美术学院出版社，2017 年，第 112 页。

② ［法］涂尔干著，陈光金、沈杰、朱谐汉译：《道德教育》，上海：上海人民出版社，2006 年，第 128 页。

戏剧的天幕。这两个老人则是生动的，她们生活在高科技的现在，却过着具体而仔细的生活，那是过去的生活"①。

候鸟经过的季节，"我"和赵海鹏又出现在河堤上，"我"向往那些自由飞翔在天空的猛禽、大雁、天鹅，为它们强盛的生命力感动着，"我"感慨着鸟儿身体结构的精密与它们飞翔能力的强大，在确定冥冥之中有造物主的同时，"我"又感慨："为什么老天爷创造宝城时，显得如此麻木冷漠。"②赵海鹏说候鸟有惊人的记忆力。说起鸽子、麻雀、乌鸦的时候，他显得很轻蔑。这也许是作者夫子自道，绿妖放弃了家乡的安宁生活去了外地，辗转奔波，就像候鸟，不管多么艰难也会朝着目标方向飞去，路径明确，思维清晰。

赵海鹏觉得宝城这个地方不适合"我们"呆下去，他和"我"都不属于宝城，因为"我们"和宝城人不一样。赵海鹏最终离开了宝城，带着希望，在群鸟的簇拥下去了别的地方。宝城总是这样轻易吐出她"不习惯"的异物，像酒鬼吐出胃里的赘物。福柯在论及疯癫的时候指出："疯癫在人世中是一个令人啼笑皆非的符号，它使现实和幻想之间的标志错位，使巨大的悲剧性威胁仅成为记忆。它是一种被骚扰多于骚扰的生活，是一种荒诞的社会骚动，是理性的流动。"③宝城人们强大的"习惯"在制造着疯癫，排除异己，"疯癫不是自然的产物，而是文化的产物"④。

在赵海鹏离去的日子里，一切美好都离"我"远去了，不再有人赞美"我"的歌声，身边的奇人们失去了色彩，春天满枝的花朵"我"视而不见。宝城在驱逐走那些不合"习惯"的人以后，天空又关闭上了去往美的通道，一切还是那么陈旧。在一个与宝城同质异形的吕城里，绿妖以令人触目惊心的文字写小城的生活，"在吕城，天黑显得极为宝贵，因为天黑就可以睡觉。这是一种稠得搅不动的时光，所有东西都被冻上，像零下四十度时赤手摸钢管，然后一筹莫展地被它黏住。内在时间被无休止拉长，事物纷纷崩塌变形，近乎停滞的荒凉。这是适合中年人与老年人的节奏"，在这样的背景下，绿妖异常沉重地点明主旨："在这样的黏稠中，衰老也被放缓慢了，只有青春备受煎熬。"（《所有失败的鱼》）⑤《少女哪吒》里大部分小说都是围绕这

---

① 读者丛书编辑组编：《春暖花开的日子》，兰州：甘肃人民出版社，2019 年，第 61 页。

② 绿妖：《少女哪吒》，桂林：广西师范大学出版社，2015 年，第 92 页。

③ ［法］福柯著，刘北成，杨远婴译：《疯癫与文明》，北京：读书·生活·新知三联书店，1999 年，第 32 页。

④ ［美］布莱恩·雷诺著，韩泰伦译：《福柯十讲》，北京：大众文艺出版社，2004 年，第 46 页。

⑤ 绿妖：《少女哪吒》，桂林：广西师范大学出版社，2015 年，第 107 页。

一主题展开故事的，绿妖为那些在小城中蹉跎青春的年轻人呐喊，颇有些鲁迅"救救孩子"的影子。

绿妖写小说给人以不小的震撼，但是她也存在着一些缺点，就是在观念的表现上有点用力过猛，她为了表现理念写故事的目的过于强烈，人物被理念牵引的力度有些大，这使得小说的叙事有些不够自然，对此，我们可以孙佳音评论韩寒的电影《平凡之路》时所说的一段话作为某种参照："只是，电影太韩寒了。在大大小小、层层叠叠的寓言背后，是依旧带着叛逆的小镇青年，抖着无穷无尽的机灵。那些陈旧的符号和老套的意象，的确可以证明，他从没有抄袭。只是心智、观念，修辞手法，全部停留在十几年前，毫无长进。这一点，倒是跟那个长久的对手像极了，郭敬明也依然保留着第一次来上海时满腔拜金的赤诚，正用镜头编织着幻想中的优渥生活。"①

第三节　青春的江湖——评路内的小说《追随她的旅程》

擅长写工厂、技校生活的 70 后作家路内的作品中透着一股生猛之气，有论者指出："作者用街头语言和青春往事构筑起了一道九零年代初青少年的生存状态的风景画，反映了那个年代局部的生存状态与市井风貌。"②路内笔下的路小路等青年带着满腔热血活跃在 20 世纪 90 年代初的戴城的舞台上，路内用充满底层生活气息的笔触勾勒出这群少年的爱恨情仇，奉献了一幅截然不同于时下矫情得有些过头的文艺作品的青春画卷，张艳梅指出："路内借淡漠和油滑的姿态击退了人们对成长的习惯性预期，成长自身的沉重和痛苦稀释了青春期的热情、梦想和躁动。"③《少年巴比伦》《花街往事》《追随她的旅程》《十七岁的轻骑兵》等作品构成了一个比较完整的 90 年代青春叙事的系列，作品中的路小路、白蓝、顾小山、顾小妍、于小齐、曾园等人物跃然纸上。按照文学史过于严苛的"经典"的标准，这些作品中的人物可能不会成为当代文学史的座上宾，但他们在当代青春文学作品中毋庸置疑会占有一席之地。

① 孙佳音：《为什么是李安》，上海：上海人民出版社，2017 年，第 48 页。
② 韩阳：《重庆出版社推出中国版的麦田守望者〈少年巴比伦〉》，《出版参考》，2008 年 10 月下旬刊，第 21 页。
③ 张艳梅：《边缘青春与普遍时代——路内小说简论》，《当代小说评论》，2011 年第 3 期，第 182 页。

一、"社会的过敏症"——放肆的青春

《追随她的旅程》中的戴城，时间刻度在 1991 年夏天，这是一个青春荷尔蒙随着炎热酷暑一并升腾的季节。路小路等技校生找不着北，只能浑浑噩噩活着，等待他们的命运是被各类化工厂招去做工人，经年累月在被各种化学试剂包围着的暗无天日的环境中工作。小说中的工厂已经过了光辉岁月，等待它们的历史安排是破产或改制，被安排进这样的工厂就意味着前程黯淡。技校生就处在一个相当尴尬的境地中。

在命运迷雾笼罩下的技校生，仿佛脱缰的野马，在无人管教也无人敢管教的技校，将沸腾在体内的热情恣意发挥出来，书中极具画面感地写道："这就是夏日的戴晨，无数青少年像捅了马蜂窝一样，没头没脑到处乱窜。这群乌合之众用拳头和砖头维系着彼此之间的关系，用木棍和砍刀去认识这个世界。"① 但技校生们还是有所克制，他们清醒地认识到这已经是 20 世纪 90 年代，而不是"一九六六年"，所以他们虽然桀骜不驯，但在技校老师面前，拳头与砖头还是不敢轻举妄动。研究者指出："路内已经有意识地避免使用一切诸如谋杀、强暴、死亡之类极端事件来推动叙事和点染情绪。将某种生活的可能性认真追究下去，直至力所能及的歧路尽头，且为之歌哭。"②

小说中的描写有着路内技校生活的鲜明痕迹，他在《沪生琐记》中回忆念技校的时光："我中学时代念的是个技校，有一位女老师是上海人，她上课用上海话，讲的是机械制图。班上全是苏州人，大家都听得懂，那时她挺年轻的，非常受学生的欢迎。这个班级是一群混账少年，将来全都是去厂里做苦力的，他们在任何课上都能打起来，或者抽烟，吃冷饮，只有机械制图课非常安静，考试成绩很好。现在想起来，她讲课时的样子还是会浮现在眼前，大方，斩截，洋气，好像那个口音非常有说服力。谁要是说这里带有性启蒙的成分，我也没有意见。"③ 我们容易从路内的小说中发现现实与虚构之间的某种同质性，这使他书写青春的小说不只有模糊的情感涌动，更具有厚实的生活经验依托。

《追随她的旅程》草蛇灰线般的道出了少年暴力的历史渊源。这种对渐

---

①　路内：《追随她的旅程》，北京：人民文学出版社，2019 年，第 47 页。

②　张定浩：《身份共同体　70 后作家大系　职业的和业余的小说家　文学批评卷》，济南：山东文艺出版社，2017 年，第 84 页。

③　上海市妇女联合会编：《上海女声》，上海：上海书店出版社，2015 年，第 47 页。

行渐远暴力史的描写，间接表现了少年们崇尚暴力、无拘无束行为的渊源。这种暴力印记没有被时间冲淡。

中学时期的路小路与杨一响应老师教导做一个有理想的人，两人去图书馆借了《约翰·克里斯朵夫》，回家途中遇到一群小混混，小混混抢去他们的零花钱后，还将两人打了一顿，路小路等人对此不解，质问小混混，一个戴眼镜的混混说："谁让你们爱看书的？还看《约翰·克里斯朵夫》！你们就欠一顿抽！"[①] 少年们过着不是被人打就是打人的狼狈不堪的日子，路小路骑着自行车去拿成绩单，不小心和两个赤膊少年撞了一下，结果被打得人仰马翻、鼻血满脸，汗衫被撕成"一条一条"的。同学们对此不感到骇然，反而"笑翻了"。暴力已经成为他们生活中的一部分，大家对此见怪不怪。路小路将这种暴力解读为心理层面的受虐，不但逆来顺受而且乐在其中，"若干年之后，我和杨一一看 SM 录像，看到相似的场景，彼此沉默无言。那时候我们才明白，在领受那一皮带的时候，为什么没有恨她，相反还有点甜蜜，这种被抽打的感觉好像是处男遭到强行开苞，虽然是羞辱，但也挺别致的"[②]。

技校教育一塌糊涂，教他们仪表修理的技工说话含混不清，写字像"甲骨文"，"最拿手的是偷窥女生"[③]；班主任对学生幸灾乐祸，"因为开除学生而高兴"，老师们像"灵魂拆迁队"[④]，他们让学生们感到厌恶。校长大而无当地用"资产阶级自由化"定义学生们的打架、斗殴、迟到、早退、旷课、早恋，并谆谆告诫学生们要杜绝这种倾向。这种莫名其妙的教育方式不但没有使学生反思，反而让他们充满嘲讽。缺乏合适教育又看不清前程，一群别人眼里的惨绿少年生生地将自己混成了过街老鼠，他们可以证明自己存在的方式就是惹是生非，他们动辄怂恿同学、朋友去打架或者去看别人打架，将打架斗殴演化成一种街头表演秀——去观看打架有点心可以吃，打架需要一群"观众"助兴。

技校学生招摇过市，让行人闻风丧胆，路小路觉得打架的人比城管还厉害。打架是不分男女的，那时候街头有一个"少女帮"。"少女帮"在戴城中学率众打过一架，她们将门卫刘大爷与教导主任打翻在地。"少女帮"成员之一黄莺与路小路原是中学同学，因为路的死党杨一给黄莺起了一个"双叉

---

① 路内：《追随她的旅程》，北京：人民文学出版社，2019 年，第 34~35 页。
② 路内：《追随她的旅程》，北京：人民文学出版社，2019 年，第 76 页。
③ 路内：《追随她的旅程》，北京：人民文学出版社，2019 年，第 9 页。
④ 路内：《追随她的旅程》，北京：人民文学出版社，2019 年，第 101 页。

奶"的绰号，杨裁赃嫁祸给路小路，所以路黄二人结下了怨，路小路虽然自认为很牛，看到"少女帮"威风凛凛还是不寒而栗，他被黄莺大胸撩起的"情欲与斗志齐刷刷退去"①。

打架并非不顾后果，路小路的朋友大飞看到虾皮抡起板砖把戴城中学的教导主任打伤，认为他根本不能算一个合格的街头混混，虾皮的作为已经触及刑法，而不是简单的"打群架"。打架的本质是不触碰法律的底线。这群少年大都有一个绰号，它是彼此之间认同的一种符号，这个符号凝结着这群不谙世事少年的热血与想象——大飞之所以管自己叫"大飞"而不愿意叫充满亲切感的"小飞"，是因为很多香港警匪片里的混混都叫这个名字，这个名字满足了大飞的江湖想象，虽然他五短身材，像极了一只甲鱼，但热衷打架，无事就掇唆路小路去打这个收拾那个。

小说中的戴城是一个单调无趣的地方，无趣到上班时分，有人大喊一声"打架"，也会马上围过来数百人，等着好戏开锣上演。这让人想起鲁迅小说《示众》中的看客们，一个个在热得让人窒息的午后伸长脖子看押解的犯人，发出空洞的声音："阿，阿，看呀！多么好看哪！"② 戴晨没有什么地方可去，"去哪儿都是一样，几个游戏房，几个录像室，几个舞厅，如是而已"③。这与主流文学作品中阵马风樯飞驰在现代性大道上的城市镜像大异其趣，后者是充满活力的空间，充满资本的张力、去芜存菁的变革、对未来的热情。但路内的作品下的城市凝固得像充斥着油污的河道，单一色调之下看不到多少活力，倪湛舸特别强调路内小说的时间、空间的意蕴："风云际会思想激荡的 80 年代以动乱终结，经济腾飞的年代尚未到来，90 年代初被夹在政治理想的幻灭与经济变革前的彷徨之间，忍耐着最难耐的平静，这平静中又深藏着前不着村后不挨店的恐慌。"④

这种压抑的城市镜像一方面是小说对某种效果的追求使然，另一方面也说明路内对青春记忆的抗拒心理。金理认为："在很多作家那里，作为个体与世界之间隔膜与对抗的证明，它不仅出于文学惯习，也未必是对现实的客观反映，而往往来自某种特定主体——历史关系的想象与再生产。但是路内

① 路内：《追随她的旅程》，北京：人民文学出版社，2019 年，第 27 页。
② 鲁迅：《鲁迅小说集》，沈阳：万卷出版公司，2013 年，第 156 页。
③ 路内：《追随她的旅程》，北京：人民文学出版社，2019 年，第 32 页。
④ 倪湛舸：《在 90 年代初的戴城——路内长篇小说〈追随她的旅程〉与〈少年巴比伦〉中的青春叙述》，《上海文化》，2010 年第 1 期，第 62 页。

小说却可以置放到具体的社会结构和权力关系中去解读。"①

小说中的城市空间与路内的少年时光具有同构性，它并非纯然是个体的想象。小说中的青春与城市之间存在着冲突，少年们想释放活力遭到了一个无趣城市的阻击——曾园、于小齐、路小路等人想去游泳都找不到一个地方，不得不驱车去几十公里外的吴县。倪湛舸指出："对路小路而言，这个疆域里的自己，就是没有出路的死循环。他所看到所呈现的世界，社会结构僵硬，运作方式残酷，却被麻木的人群毫无保留地接受，甚至还能苦中作乐。"② 突破这种单调无趣的栅栏就成了少年们彼时的目标，他们无法去建构什么，只能用多余的激情与活力去破坏这个阻碍。

路小路等人在不被法律问责的框架内想象着属于他们的江湖，少年们崇尚英雄，却常常得不到盖世英雄与江湖义气的庇佑。路小路带着于小齐走在夏日的街道上，遇到三个烹饪技校的学生，他们戏谑于小齐的平胸。路小路与烹饪技校生理论，报出了"大飞"的名号，孰料对方不给面子，在将"大飞"奚落一顿后又将路小路打得鼻青脸肿、在街上四仰八叉。路小路等人拜一个在包子铺做事、绰号"飞天大侠"的伙计做大哥，此人带着威风八面的气场，着一条军裤，背着一把宝剑，这身不伦不类的打扮暗合了少年们的异想天开。大侠以去包子铺吃包子作为保护路小路等人的条件，众人忽得大侠相助喜不自胜、欣然应允，以为从此可以平步江湖，佛挡杀佛、魔挡杀魔，却不料好梦不长，"飞天大侠"被一个混混一板砖打倒在地，磕头求饶。少年们如惊弓之鸟四下散去，自此以扮傻自保。

二、"永远这种词，最好不要去用"——爱与痛的边缘

路小路们呼朋引类、招摇过市看起来挺神气，其实缺乏自信，他们不被社会待见，路小路穿着杨一的校服去戴城中学踢球，不料被欧阳慧识破，差点被戴城中学的师生们群起围攻，在众人眼里他们不务正业，是社会败类。路小路和好友——戴晨中学的杨一——被邻居们划出泾渭清浊，后者在众人看来有一个美好灿烂的未来，前者意味着前程渺茫黯淡。三炮拎着棍子打傻子弟弟，邻居老太说："路小路，还不拉住三炮！"杨一要上去劝架，老太

---

① 金理：《〈十七岁的轻骑兵〉与 90 年代青年的情感结构》，《学术月刊》，2020 年 4 月刊，第 131 页。

② 倪湛舸：《在 90 年代初的戴城——路内长篇小说〈追随她的旅程〉与〈少年巴比伦〉中的青春叙述》，《上海文化》，2010 年第 1 期，第 60 页。

说："杨一不要上去啊，你是高考生，被打坏了不值得。"① 处在社会边缘的路小路们，声名狼藉，他们平时还不觉得有什么，一旦遭遇爱情，不自信就流露出来了。路小路喜欢品学兼优的戴城中学学生欧阳慧，但自惭形秽，觉得配不上她，只能干从宣传栏偷她的作文满足情感需求的勾当。低人一等的社会地位使路小路们通过嘲笑女学生的生理特点来获得平衡，他们站在戴中门口，等女学生经过的时候大喊一声："平胸！平胸！"然后在她们羞愧的神色中实现一时心理的平衡。

欧阳慧后来成了杨一的女朋友。在替杨一送欧阳慧去上海的火车上，路小路终于明白自己与欧阳慧的差距在哪，"写诗或者不写诗，是我和她之间最大的区别，根本不是一路人"②。这让人想起《少年巴比伦》中，路小路与白蓝之间的分开——白蓝考上了上海高校的研究生。很多研究者喜欢把路内和王小波相比较，其实更适合与路内比较的是王朔，因为他们都具有正统教育之外的经历与身份，都在书写读书人的时候带着一种嘲讽与故作不屑。

路小路和于小齐却没有这种隔膜，他可以成为她的模特，和她一起无约束地在街上喝可乐，畅谈未来——虽然路小路没有所谓的未来，但这无碍他倾听于小齐说自己的未来，那是一个让路小路壮怀激烈又失落迷惘的未来：于小齐希望自己将来在上海台资企业工作，月薪可以拿到几千块，而路小路上班之后的月薪不过区区两百块。爱情使路小路忽然陷入痛苦中去，那种还没来得及品尝的甜蜜被一段记忆狠狠蜇了一口。

路小路在于小齐家充当模特后，于小齐给他做了一碗莲子羹。这碗莲子羹勾起了路小路的记忆，他在技校读书时认识一个叫王宝的人，王宝曾在众人面前夸耀自己泡妞的战绩，其中有一个女孩为他做了一碗莲子羹，王宝以轻佻的言语描述这个女孩，原来她就是于小齐。后来，路小路与于小齐在波士顿商场地下室遇到了王宝，怒火中烧的路小路与王宝大打出手。坠入爱河的路小路感受到了那种因为在乎而引发的力量——一种想把王宝撕碎的力量。于小齐让路小路一起去上海，路小路却觉得那不是自己去的地方，他生活的地方只在方圆三公里之内，仿佛重复着机械运动的摆钟。这段感情结束得很匆忙，于小齐去了上海没多久就找了新的男朋友，路小路感觉这段爱情

---

① 路内：《追随她的旅程》，北京：人民文学出版社，2019年，第142页。
② 路内：《追随她的旅程》，北京：人民文学出版社，2019年，第238页。

"像一名歌者在台上唱错了歌词，那样的抱歉。而我仍要对你的抱歉还以掌声"①。路小路缺乏为爱情做轰轰烈烈壮举的勇气，他看起来有激情与热血，其实不过是青少年阶段的普遍性生理特征，而不是他独有的特点，一旦到了独立面对生活，他就变得保守怯懦。

告诉路小路于小齐有了新恋情的是曾园，一个戴城大款的女儿，她为了男朋友楚怀冰而到马台镇美工技校陪读。后来楚怀冰傍上一个在上海广州都有公司的老女人，把曾园给甩了，她对此痛不欲生。曾园虽然心乱如麻，却相当克制，她阻止虾皮去打楚怀冰替她出气，并在食堂让虾皮不要违反学校规定抽烟。于小齐和曾园不同的地方在于前者柔情似水，后者刚柔并济，她会拿着西瓜刀到处跑，于小齐就不会这样。为排遣失恋的苦闷，曾园"换了一条白色的裙子，头发也梳好了，涂了口红，下面穿一双亮晶晶的高跟鞋"②。曾园甫一出场就成为舞场焦点人物，她让路小路陪跳舞，并在众目睽睽之下亲了他，弄得路小路一脸口红印。曾园告诉路小路自己即将离开马台镇，他对此感到难过，当曾园把亲他的事情告诉于小齐后，路小路的难过烟消云散，"有点发急"，这个细节清晰地标注出曾与于在路小路心目中的位置。曾园这个手拿西瓜刀江湖气十足的女孩并不是路小路最喜欢的类型，他骨子里喜欢的还是于小齐，那个巧笑倩兮的女孩。她有着让路小路一见难忘的善良与天真。

送欧阳慧到了上海后，路小路闲逛外滩的时候巧遇了曾园与于小齐，三人在外滩合影，路小路说"曾园很主动地挎住我的胳膊……另一只胳膊被于小齐挎住了"。这张照片是三人唯一也是最后的留念。后来，小齐与丈夫在太湖游泳时溺水身亡，留下了一个女儿李蓓。曾园因为父亲投资酒店失败，为逃避债务跑路了，她也不得不去广州母亲那里。离别之际，路小路希望曾园能带自己去深圳——那里有于小齐。曾园说自己去的是广州。路小路说："广州，深圳，我都想去。"③ 此时在路小路内心，两个女孩都让他割舍不下。但她们的世界又让路小路觉得遥不可及，他只有在报春新村和杨一打游戏、看动画时才觉得生活是正常的，路小路没有办法离开这个想逃却无法逃离的圈子。

在外滩与曾园、于小齐相逢的这一天让路小路五味杂陈，曾园、于小

---

① 路内：《追随她的旅程》，北京：人民文学出版社，2019年，第152页。
② 路内：《追随她的旅程》，北京：人民文学出版社，2019年，第213~214页。
③ 路内：《追随她的旅程》，北京：人民文学出版社，2019年，第344页。

齐、欧阳慧"这三个女孩儿……要是每一天都能凑在一起就好了，可以打麻将了"。三个女孩他都喜欢，但是他无法对她们承诺未来。路内将路小路的迷惘青春写得入木三分。"打麻将"的调侃表现出路小路的无奈，他对未来有一种无力捕捉的迷惘，因为很多东西转瞬就变了，他在上海见到于小齐时"感觉她变得陌生了，仅仅只是一个月前，她还在那间昏暗的屋子里给我画人体素描，在阳台上给我剪头发，仅仅一个月前我还在地下室为了她挨打，这些事情忽然变成了久远的往事。一个月是流逝的时间，十年也是流逝的时间，只是我们有一种错觉，以为后者比前者更遥远，也许它们本质上没有区别"[①]。这让人想起张爱玲在《半生缘》中所言："人这辈子，总是越活越快。年轻时轰轰烈烈的三五年，或许比平淡的一生还刻骨铭心。另外，年轻人毕竟阅历浅，喜也好，悲也好，持续上三五年，却好似比一辈子还漫长。"

"打麻将"式的调侃也是路内招牌式的幽默，在《花街往事》中，顾小山细数姐姐顾小妍交往的三个男朋友，顾小妍不高兴地说："凑一桌打麻将吗?"[②] 路内习惯将沉重的情感化解在看似不经心的调侃中。他写感情不用太多笔墨，片言只语中，便给人以无数情绪漫天席卷的感觉，比如《追随她的旅程》的开头一幕：

> 小女孩指着一张照片，对我说："这是你。"
>
> 我看了看，那张照片上，我被两个女孩儿夹在中间，做出很开心的笑容，身后是上海的黄浦江，有一条白色的轮船正露出半个船身，依稀有江鸥掠过的身影。照片上的我也是像现在一样，剃着很短的头发，光头露出一点发茬。
>
> 小女孩指着左边的女孩儿说："这是妈妈。"又指着右边的女孩儿说："这是干妈，她早上去扫墓了。"[③]

这为数不多的文字有着让人心碎的内容，路内不动声色地写出了令人愁肠百结的效果。

三、"要好好活着，还这么年轻"——寻觅希望

20 世纪 90 年代初，希望对于少年而言来之不易，普通中学的学生考不

---

① 路内：《追随她的旅程》，北京：人民文学出版社，2019 年，第 261 页。
② 路内：《花街往事》，北京：人民文学出版社，2018 年，第 401 页。
③ 路内：《追随她的旅程》，北京：人民文学出版社，2019 年，第 6 页。

上大学和路小路们一样没有好的前程，"那就像一个因为矜持而嫁不出去的老处女，跑到哪里都很丢人"。比起这些高考滑铁卢的学子来说，技校生似乎略好一些，"从一开始就铁了心做荡妇，名气虽然很臭，但比做老处女快乐且实惠"①。路小路们通过这种方式来自我安慰，但遇到重点中学的学生他们还是因比上不足倍感沮丧。技校老师鱼目混珠、泥沙俱下，语文老师丁培根也是混进来的一个，不过他较之其他老师略有些真才实学，他写得一手好文章，在地方小报发表过几篇散文，在戴城算是名人。老丁接替成为学生幻想对象女老师教语文课。丁培根很欣赏路小路，觉得他文笔不错是个可造之才。路小路因为帮助大飞偷橘子将水果店老板的一根肋骨弄断面临被学校开除的处理，老丁在校长那里替他求情而使其免于被开除，路小路因此欠下了老丁的人情，他答应以帮老丁扛液化气罐作为回报。

一来二去，两人渐渐熟络起来。在老丁家，路小路遇见了他的女儿于小齐，一个给他狼狈不堪的生活带来希望的女孩。路小路向于小齐自我介绍时心情激动万分："我叫路路路路小路。"② 老丁虽然不怎么支持女儿和路小路恋爱，但也没有像前妻一样对技校学生路小路持强烈抵触情绪，在老丁前妻眼里路小路就是社会渣滓，带着各种不堪。路小路与老丁前妻发生了争执，两人不欢而散。后来路小路提着香蕉去向老丁前妻道歉，她直接将香蕉从楼上扔在他头上。如果不是老丁的怀柔态度，路小路就难以接近于小齐，他的生活就会少了一分希望。

班主任带给路小路的是自尊心的伤害——他对任何一个学生都是幸灾乐祸的态度：有学生被选到南京军区打乒乓球，他说这个学生"一辈子是陪衬"；另一个学生去日本留学，他挖苦："你跑日本也是刷盘子背死人，给国家丢脸。"还有一个学生因为闯红灯而死，班主任显得很高兴："谁让他闯红灯的，活该。"③ 老丁多少让路小路们感到自己被重视。老丁不厌其烦教诲路小路们遵守校规认真学习，引导他们走入正道。老丁和路小路说起自己的青春，那是一段尊严被倒悬、黑白被错置的岁月。老丁参加过武斗，他亲眼看到过武斗中的种种惨状……老丁的这段经历让路小路变得沉思，他觉得那些死去的年轻生命很悲哀。

路小路庆幸于自己生活的时代，虽然很多不尽如人意，但可以慢慢成

---

① 路内：《追随她的旅程》，北京：人民文学出版社，2019年，第14页。
② 路内：《追随她的旅程》，北京：人民文学出版社，2019年，第49页。
③ 路内：《追随她的旅程》，北京：人民文学出版社，2019年，第164页。

长，而不需通过生死的考验来促进成长。老丁对社会问题怀着一种"同情之理解"的态度，没有一味去责备社会的痼疾，他觉得路小路的班主任像"社会的疤痕"，"结疤"的目的是不让社会一直流血。而路小路们就像"社会过敏症"，那是一种伴随终生的疾病。老丁感慨自己失落的青春："起初像个孩子，然后就老了。没有自己的青年时代，青年都死光了。"他觉得路小路可以找到一条充满希望的人生道路，"在漫长的时间中不是只有逃命这一条路，还有其他路可走"。然而希望之路并非那么容易找到，路小路看到站在阳台上的于小齐，"在她的眼睛里我看到了河流般的浑浊"①。这寓意着年轻人很容易被社会同化而失去光彩。

戴城的人们都在逃离这个城市，于小齐让路小路跟他一起去上海，永远不要回来了，离开意味着希望——"离开"这个主题一直出现在路内的小说中：《少年巴比伦》中，路小路直言："我在戴城混迹了好多年，我不喜欢这个地方。"②《花街往事》中顾小妍对父亲顾大宏说："我就算不出国也不想回戴城了。"③戴城的孩子去外地上大学，他们"目光炯炯，兴高采烈，浑身散发着自豪和自信"，他们的父母脸上洋溢着红光，"离开戴城是一件多么荣光的事情，简直就像离开地球一样"④。——孩子们都把去上海当作自己未来的方向，路小路在火车站遇到一对去上海的母子，孩子对马上能够看到南京路感到兴奋，在经过挤火车的恐怖场面后，孩子的想法变了："妈妈，我再也不要去看南京路了。"⑤这一场景表现了戴城人们追寻希望的艰辛与不易。这也是那个时代中国年轻人的缩影，在经历了太多挫折后，成功对社会而言如同大旱望云霓般重要与急不可待，人们心照不宣朝着某个目标艰难迈进。

老丁死在十一月一个阴雨绵绵的早上，路小路知道这个消息时，当着护士的面伤心地哭了，他想起老丁反复跟他与于小齐说的那句话"你们还这么年轻"。路小路不知道答案是什么。路内不喜欢把小说变成某个人生答案的附属材料，他的作品带有跳跃的特点，路内仿佛想故意绕开那些答案，以避免人们只是关注答案而忽略了小说中更丰富更重要的东西。《雾行者》中端木云姐姐的死亡、辛未来离开周劭，《花街往事》中牛蒡所犯的事，《少年巴

① 路内：《追随她的旅程》，北京：人民文学出版社，2019年，第306页。
② 路内：《少年巴比伦》，北京：北京十月文艺出版社，2014年，第306页。
③ 路内：《花街往事》，北京：人民文学出版社，2018年，第333页。
④ 路内：《追随她的旅程》，北京：人民文学出版社，2019年，第152页。
⑤ 路内：《追随她的旅程》，北京：人民文学出版社，2019年，第237页。

比伦》中路小路与白蓝在上海相遇后者却佯装不认识等情节都没有直接交代清楚。这也许就像《雾行者》中的辛未来对高中热恋男友莫名其妙跟着蛇头偷渡远走原因的解释："很复杂的原因，血统里的东西，不容易理解。"① 有些答案并非三言两语说得清楚，与其语焉不详，不如不说。

路内小说与所谓的"成长人物"类型存在本质的不同，"成长小说主人公独自踏上旅程，走向他想象中的世界。由于他本人的性情，往往在旅程中会遭遇一系列的不幸，在选择友谊、爱情和工作时处处碰壁，但同时又绝处逢生，往往会认识不同种类的引领人和建议者，最后经过对自己多方面的调节和完善，终于适应了特定时代背景与社会环境的要求，找到了自己的定位"②。路内虽然在《追随她的旅程》中安排了老丁这样一个言传身教的启蒙者，但是描写他充当启蒙者身份的文字并不多，更多是他与路小路生活中的交流，充满插科打诨的味道，老丁匆匆辞世给路小路留下了一个未解之谜，很显然，路内是想避开已经成为一种文学惯性的对青少年生活表现的模式，路小路的人生之路，应该由他自己去走，去发现，而不是别人告诉他一切。老丁对于路小路的意义在于，他支持与启发后者应该选择一种有希望的生活。

第四节　戴城叙事与普遍性青春
——评路内的小说《天使坠落在哪里》

如果借用一下日本"社会派推理小说"的概念，我们似乎可以将路内一系列青春小说称为"社会派青春小说"。路内青春小说都是构筑在一个变化着的社会基础上，小说的人物参与社会变化，它与时下流行的简单贴上几个标签来区分时间、空间的文艺作品的做法不同③。路内的小说《天使坠落在哪里》较之他的作品《少年巴比伦》《花街往事》《追随她的旅程》《慈悲》具有更为鲜明的时代特征。路内通过路小路、杨迟、小苏几个人物在 20 世纪 90 年代戴城的"地方性叙事"，以点带面写出了那个年代年轻人青春的普

① 路内：《雾行者》，上海：上海三联书店，2020 年，第 350 页。
② 买琳燕：《走近"成长小说"——"成长小说"概念初论》，《解放军外国语学院学报》，2007 年第 7 期，第 97 页。
③ 比如《夏洛特烦恼》《港囧》通过流行歌曲来标识时间，路内的小说人物是随着时代一起变化的，他们直接参与某段时间社会的变化，而不是简单通过贴几个标签来区分时代。

遍性。

　　在《天使坠落在哪里》的"序章"中，路内说："我的前半生与现在完全没有关系。"然后路内又说："我在这里，讲所有人的故事。"① 这种对时间阶段前后区分的强调表明他在戴城的经历只是个人生活中的一部分，与自己步入中年之后的生活之间缺乏联系，这不过是一种"地方性叙事"，但对那个时代的年轻人而言，路小路等人的戴城生活具有一定的普遍性。王安忆曾经这样评价路内："路内小说的好处，在于他在书写青春的同时，无意间触碰到了上世纪 90 年代社会转型期工厂里的矛盾、世情和人心，没有观念先行、刻意而为，故显得松弛又自然。这是路内的价值所在。"② 葛红兵指出，路内的小说"显示了七零年代生作家的真正觉醒和成熟"③。

　　一、变化的时代

　　《天使坠落在哪里》故事发生于 20 世纪 90 年代中后期，这时候路小路在农药厂已经工作了好几年，杨迟、小苏等人从化工学院毕业后来到了戴城农药厂。此时中国的国有企业都处在改革的历史流程中，很多企业都或已经倒闭，但农药厂却是为数不多效益较好的企业之一，这让其他企业艳羡不已。项静指出："故事发生的空间对路内的小说来说非常重要，这个地点不仅仅是一个小城市，而且是和中国当代历史的进程息息相关的。"④ 不过，农药厂已经不是国有企业，已经转制为股份制企业，厂长成了大股东。随着企业大规模的破产，下岗职工收入锐减，为了维持简单的生活，他们不得不自力更生，自养鸡鸭，为此与居委会之间发生了一场冲突。纺织厂女工在企业停产之后被解散，三千女工堵住了路口，而她们的厂长到国外考察去了，一群科长出来敷衍了事。

　　路小路楼上的万师母已年过四十，但为了维持生活不得不出去做站街女。这一阶段的社会矛盾日趋激烈。企业在失去了政府保障后，家属区遍地是老鼠，野草疯狂生长，变成了贫民区。路小路的初中同学茅建国两次考大学不成，在印刷厂上班。企业破产后茅建国被单位以四千块钱买断工龄，他

---

① 路内：《天使坠落在哪里》，北京：人民文学出版社，2019 年，第 1～2 页。
② 李寅初：《"追随三部曲"终结篇》，《新民晚报》，2014 年月 20 日，B02 版。
③ 葛红兵：《每个时代都有自己的"巴比伦"——路内〈少年巴比伦〉读后，摘自张艳梅：《边缘青春与普遍时代——路内小说简论》，《当代作家评论》，2011 年第 3 期，第 181 页。
④ 项静：《我们这个时代的表情》，昆明：云南人民出版社，2015 年，第 52 页。

的母亲得了癌症，自己拮据得连自行车也买不起，抽烟的钱都没有。茅建国去餐馆求职，却因在印刷厂工作时双手十指被熏得发绿而遭到老板拒绝。在重重压力之下，茅建国上吊自杀。随后，茅父也喝农药自杀了。

路内将这段时间的生活拿捏准确地表现了出来，他用一贯的油滑的笔法写破产企业工人的生活窘况，路小路等人虽然还没有沦落到失业的地步，但在一片黯淡肃杀的环境下，我们也不难认识到路小路等人旱涝保收的生活好景不长了。他们面临的不是个别企业的改变，而是一个时代的改革。路内在《天使坠落在哪里》的开头花了不少篇幅写破产企业工人的生活，目的在表明路小路等人就处在这个圈子之内，他们"入乎其内"，却不容易"出乎其外"：路小路听信女友的劝告，出去走一走，在走了一圈后，拖着病恹恹的身体回来了。这表明改变自己并非一件容易的事情。小苏的女友在北京读研究生，多次劝他辞职一块来北京，但辞职他得赔偿厂里两万块钱培训费，小苏一时间拿不出这么多钱来，只能忍受和女友天各一方的别离之苦。杨迟从小品学兼优，毕业之后没有能够留在上海，不情愿地回到了戴城农药厂。路小路等人对农药厂早就失去了他们的祖辈那样的热爱。

在《血，总是热的》《乔厂长上任记》《机器》等表现工人阶级荣光的文艺作品中，工人与工厂共同进退，工厂是工人的一切。但在《天使坠落在哪里》中的年轻人冷嘲热讽着自己的处境，他们不但没有办法参与工厂的发展与变革，反而时时处在被工厂行政权力的压制下。路小路和车间主任打过一架，他被对方打得鼻血直流，过去工厂小说那种上下级之间、群众之间相濡以沫的和谐关系没有了，一个钳工厂的班长干活时腿被摔断了，人们围过来讨价还价："路小路当年救你拿了三十块，现在你出多少钱吧。"① 杨迟化工学院毕业后回到农药厂上班，他先是做销售，陪客户吃吃喝喝还为他们安排"三陪"服务。杨迟后又被派去外地讨债，大学所学的专业知识毫无用武之地。路小路父辈们对工厂的看法也不同于往日，路小路父亲曾经告诉他："工厂非常权威，非常友好而且正经，像一个微笑着的老大哥。"但现在这种看法变成了"池浅王八多，都是傻逼，谁都别信，最安全"②。

路小路等人的精神世界也在发生着变化。路小路的堂妹路小娟喜欢诗人普希金，看到小孩子在普希金的铜像下撒尿会过去把他踢开，在医院里她会十分泼辣地和病人对骂，毫不畏惧。从小就是好孩子的杨迟时常被人欺负，

---

① 路内：《天使坠落在哪里》，北京：人民文学出版社，2019年，第264页。
② 路内：《天使坠落在哪里》，北京：人民文学出版社，2019年，第63页。

当年坏孩子们在他肚子上画了一个王八，杨迟几乎要跳起来和对方拼命。念大学后，杨迟和室友在宿舍打牌，身上被牌友画满了王八也无所谓，路小路意识到"他已经成为另一个人了"①。杨迟的女友号称"绍兴师姐"，她没有女孩惯有的拘谨和含蓄，兴致勃勃地和一群男同学猜黄色谜语，应变能力极强。

毕业之际，杨迟下铺的室友拿着棒球棒出去把一个横刀夺爱的助教狠狠敲了一棍子，然后铺盖什么的都撂下不顾，连夜坐火车跑到两千公里外的单位。杨迟发现了偷他睡衣的大三学生，他想从枕头下操刀子要回睡衣，却被人告知刀子早上有人借走了。这一代部分年轻人的精神世界与 20 世纪 80 年代那群热血满怀的大学生截然不同，他们缺乏共同的理想，以各自喜欢的姿态世俗化活着。张艳梅指出："九十年代以来的'成长叙事'完成了有关人的主体性想象的祛魅过程，在还原和个人化层面，当代成长小说叙事开始走进青春内部，由社会关怀到个体自我关怀，由存在的外在关注进而深入到存在的内部观照，祛除了意识形态加之于个体的人格面具。"②

小说写化工学院毕业生的去向："这伙年轻人大部分都会去化工厂，全国各地，所有那些散发着毒气，随时可能爆炸、有着青绿色脸孔的师傅们的地方，大的化工厂相当于一座城市，小的化工厂相当于一个厨房。我在那种地方呆过，知道什么滋味，完全有理由发狂。"③ 这并非只是化工学院大学生面临的尴尬未来，那个时代的大学生都面临这样的尴尬。随着计划经济的式微、市场经济的兴起，大学生毕业之后不再由国家统一安排工作，而是由市场来决定，这意味着过去"天之骄子"的身份不复存在。大学生的身价过去是由国家来确定的，而现在由市场来决定。这一价值厘定主体的转向意味着大学生未来命运的浮沉不定，给人一种"悲凉之雾，遍被华林"之感。路内在小说中以夸张的文字写化工学院毕业生的场景，充满喜剧感，但细细品味，我们不免会伤感，这仿佛是青春最后的狂欢，今夕之后，不知道明日如何，失去体制庇佑的大学生们只能在当下短暂的快意恩仇与纵酒行乐中忘记萦绕在心中的迷惘与失落。这有点像陀思妥耶夫斯基所说："绝望之中具有

---

① 路内：《天使坠落在哪里》，北京：人民文学出版社，2019 年，第 35 页。
② 张艳梅：《边缘青春与普遍时代——路内小说简论》，《当代作家评论》，2011 年第 3 期，第 181 页。
③ 路内：《天使坠落在哪里》，北京：人民文学出版社，2019 年，第 50 页。

浓烈的乐趣，特别是当一个人锐利地意识到自己处境的无望。"①

二、寻找出路

路小路女徒弟歪歪通过考试进入了一家大企业，从而摆脱了被人称为"矬逼"的歧视。那时不少年轻人但凡能够找到一些路子的都不愿意在国有企业上班，收入低不说，还会被严厉地约束。歪歪能够另谋高就得益于戴城的发展，这时候的戴城经济开发区陆续进来了不少外地的企业，开发区还不像路内后来写的《雾行者》中那么悲观，后者的开发区有来自各地的打工仔，区内充满暴力事件，人一到了这里就人在江湖，身不由己。在《天使坠落在哪里》中，开发区还处在蹒跚学步的阶段，它对很多年轻人具有吸引力，外资企业不但能够让年轻人获得较高的收入，还能让他们摇身一变为白领，摆脱一般工人灰头土脸的形象。小说中写人们对开发区的向往："就像遇到了海滩，最初还在甲板上乱窜，想着能不能救起这条船，忽然看到了前方的小岛，于是也不恐慌了，只盼着快点上岛。"②

小苏毕业于重点大学，他在农药厂的化验室无所事事，他的愿望是考回北京，因为他的户口就是从北京迁来的，事实上他是河南人。这种重户口不重出生地的观念表现出现代性"空间的虚化"的特点。路内将笔下的普通人物置放于现代性背景下去书写。他说："我没有看过太多国内的底层文学，不能用统计学的方式来评价。片面地讲，它可能太关注'现实主义'层面，而忽略了文学的现代性，当下的底层都是现代社会的产物。资本主义的产物。"③小苏的人生一帆风顺，从重点小学到重点中学再到重点大学的进化轨迹表明他禀赋的不俗，尽管如此他还是被安排到了农药厂上班，空有一身学识的小苏郁郁不得志。小苏女友从北京远道而来看他，鼓励他考出去。小苏女友是个硕士，大学毕业的时候打算和小苏一块来戴城发展，但考上硕士之后就改弦更张了，还再三催促小苏奋发图强考硕士去北京，但小苏和化工厂之间有条约约束。在女硕士的软硬兼施下，小苏和她结了婚。

小苏属于"三观"端正的那种人，平常厂里喜欢他的女孩不少，但碍于他有女友就没有横刀夺爱，否则后果不堪设想。在农药厂的几年里小苏的身

① ［美］考夫曼编著，陈鼓应、孟祥森、刘崎译：《存在主义》，北京：商务印书馆，1987年，第53页。
② 路内：《天使坠落在哪里》，北京：人民文学出版社，2019年，第55页。
③ 走走：《非写不可》，桂林：广西师范大学出版社，2019年，第8页。

体每况愈下，肝功能开始异常，这使他坚定了离开戴城的念头。在赔偿了两万元培训费后，小苏离开农药厂去了北京。农药厂的工作、生活让小苏充满了压抑与失落感，他不但觉得工作平淡无趣，人心涣散、大势已去的农药厂还让小苏失去了存在感。虽然戴城是他成长的地方，但这种对故乡情感上的依赖早就被黯淡的前途稀释得所剩无几。小说通过小苏的个案表现出 20 世纪 90 年代后期大学生在未来与现状之间的矛盾。小说不断闪现出路小路的厂医女友——其实就是《少年巴比伦》中的白蓝，她先知先觉率先离开了农药厂，并给路小路指明了方向，但是路小路不懂得她所指为何。如果说白蓝的离开带着先行者的光环，小苏的离开就带着他们那一代大学生在困境中突围的普遍性，带着鲜明的时代色彩。

　　杨迟也曾是一个好学生，大学毕业之后外语学得一塌糊涂去不了外企，几经辗转后回了农药厂，这让对他期望甚高的父亲十分失望。杨迟对农药厂有着亲切的感觉，他在这里长大。杨迟小的时候厂里还有专为职工孩子开办的暑假班，但如今这一切荡然无存，工厂不再是工人之家，它是董事长的地方，董事长不许职工带着孩子来厂里。这种变化让杨迟睹物思人、感触良多。杨迟转做推销员后，成绩骄人，这让同事朱康心生嫉妒，老刁难杨迟。杨迟去划水县收十万欠款，对方拖着不还，路小路和杨迟上演了一出苦肉计才收回五万块。后来杨迟和朱康去外省收债，路上朱康被人绑架了，杨迟拿着钱去赎人，结果被绑架了，信誓旦旦说一定拿钱来赎杨迟的朱康临阵脱逃回到工厂，在厂里领导那里告状说杨迟不务正业，无视组织纪律。好在绑匪中有女人人性未泯，留了杨迟一条命。经此大劫，杨迟决定辞职，他看出在农药厂这种人浮于事的地方找不到自己的未来。辞职之后，杨迟在上海闯出了自己的事业天地，他赚了很多钱，带着小女友去非洲狩猎狮子的花费就是五万美元。

　　路小路在女友离开戴城前告诉他要"猜准"人生，就是要对社会变化有一种精准的判断。做厂医的女友让他去念夜大，说这是"溺水者的救生圈"。夜大没有让路小路学到什么东西。路小路先后在游乐场做操作员、炸鸡店服务员。在游乐场他被一对母子奚落了一番，母亲教育儿子："以后不要乱说话，这飞碟不转了，管飞碟的人就失业了。"小孩还说："你让他摔一跤，他就摔了，你还不是一样乱说话吗。"① 这一番对话将社会底层的善良生动表现了出来，他们虽然有些看不起做飞碟操控员的路小路，却担心他会因此失

---

① 路内：《天使坠落在哪里》，北京：人民文学出版社，2019 年，第 99 页。

业，路内小说有很多青春文学没有的底层情怀。路小路在炸鸡店没做多久就被炒了鱿鱼，因为他竟然敢用电蚊拍拍店长。这一小节讽刺了没有道义的炸鸡店店长，她不顾炸鸡店的规章制度，用电蚊拍驱赶要饭的孩子。按照炸鸡店的店规，店员不能够驱逐进店的人，哪怕是乞丐和不点吃的光进来睡觉的人。

路小路的叔叔最初是开录像带出租店的，在意识到 VCD 时代马上到来后，他把录像带业务交给了别人，专做 VCD 出租，生意做得红红火火。路小路从叔叔那里问到了 VCD 出售的地址，买了一些成人 VCD 沿街兜售，却被人举报，最后不得不放弃这门生意。与经过正规大学教育的杨迟、小苏不同，路小路是技校毕业的，他没有什么资本"冲冠一怒"跳槽到大城市，他只能在一些比较低端的行业寻找出路。路小路的职场生涯充满令人同情的内容，正如张艳梅所说："《少年巴比伦》尽管表面上很油滑，骨子里却无比忧伤。"① 不仅《少年巴比伦》如此，路内的小说其实都带着一种莫名的感伤。那既是对青春过往不能回首的感伤，也是对卑微人生的内心感触。

路小路一直在寻找着人生的出路，他不满意在农药厂的生活，努力跟随在时代背后，只为寻找到一处容身之隅。一段段插科打诨的描写将卑微的路小路这一人物形象塑造得鲜活生动。这与路内曾做过几年工人的经历有关，工人题材对他来说不只是小说表现的对象，还是一种青春时代熟悉的生活经验。二者合力赋予了路内某种热情与灵感。福斯特指出："由于小说家自己也是人，所以他与他的题材的关系十分密切。这是其他许多艺术形式不具备的。历史学家与他的题材也有联系，但并不像小说家那么密切。画家和雕塑家不需要与题材发生联系。也就是说，他们并不是非绘人物或非雕人物不可的，如果他们愿意则另当别论。诗人也不用联系。音乐家呢，倘若没有标题之助，即使愿意也无能为力。而小说家——这点与许多同行不同。"②

三、爱的救赎

《天使坠落在哪里》中写了一个女孩戴黛，这是一个孤儿，被父母遗弃在炸鸡店门口，她后来被福利院收养。杨迟读大学时曾许下一个诺言，将来要领养一个孩子。大学毕业分到农药厂后，他践行了自己的诺言，前去福利

---

① 张艳梅：《〈少年巴比伦〉的叙事策略》，《文艺争鸣》，2008 年第 12 期，第 157 页。
② 福斯特著，苏炳文译：《小说面面观》，广州：花城出版社，1984 年，第 38～39 页。

院收留了戴黛。戴黛因为常常哭，脸上有很多皱褶。小说写了孤儿院孩子吃饭时的场景："汤里没油，孩子们抱着馒头艰难地啃了起来……有个孩子把馒头弄掉在地上，他捡起来吃。"① 寥寥数字，福利院孤儿的生存状况被清晰地勾画出来，让人潸然泪下。戴黛在小说中的意义看起来似乎不大，即使把关于她的部分从小说中抹掉，也不影响小说的整体性和连贯性。戴黛的存在好像只是增加了一些生活趣味：比如戴黛管动物园的一只猴子叫"杨迟"，戴黛在马戏团用玩具手枪做射击歪歪哥哥的姿态，戴黛与来游乐园的母子俩对骂，等等。往深处想，戴黛在小说中代表着希望，她与杨迟等人之间是双重救赎的关系，杨迟认领戴黛是对她的救赎，戴黛进入杨迟等人的世界中后，她又救赎着日趋空虚没落的杨迟等人。

戴黛被认领后，杨迟三人到周末就会去接她出来玩，为了给戴黛创造好的环境，他们约法三章：不爆粗口，不说对孩子成长不利的话，学习童话好给戴黛讲故事。戴黛后来被爱荷华的美国人领养，三人嘴上虽然不说，内心非常伤感。农药厂无趣的工作将杨迟、小苏、路小路的精神世界磨得越来越粗糙，戴黛的到来使他们的精神得到重建。戴黛丰富了杨迟等人的性格，使我们看到他们在善于调侃扯淡之外细腻的情感。小说中除了写戴黛，还写了卖花和乞讨的女孩，两人被社会调教得非常世故，前者跟着杨迟回家，一听说送派出所马上溜了，因为她害怕被送回原籍，后者为乞讨到更多的钱，一路管杨迟叫"爸爸"。两个女孩在小说中的作用不外乎是：一是作为那个时代的社会写真，二是暗喻着在社会急剧转型过程中失落的人性与希望。就像小苏说到春节回故乡遇到的各种骗术，并认为："其实全国都这样，也不单是他的家乡。"② 换言之，这是一个需要救赎的时代。按这个逻辑理解：小说的名字"天使坠落在哪里"中的"天使"指的是希望。

自厂医姐姐离开农药厂去了黄金西海岸后，路小路的感情一度处于狼狈的状态。小说夸张而略带象征地写路小路站在厂医姐姐家楼下柔情满怀地缅怀过去和她的浪漫，不料厂医姐姐家走出一个烫着头发的大妈，她将路小路当作了小偷，向他扔出一包垃圾，垃圾在空中散开，"变成美军的子母弹照着我兜头飞来"③。路小路落荒而逃。这一幕将路小路的落魄形象表现得令

---

① 路内：《天使坠落在哪里》，北京：人民文学出版社，2019年，第8页。
② 路内：《天使坠落在哪里》，北京：人民文学出版社，2019年，第158页。
③ 路内：《天使坠落在哪里》，北京：人民文学出版社，2019年，第109页。

人捧腹又感到心酸。这正如曹文轩所说：成长是一个充满痛苦的过程。①

路小路幼儿园的同学宝珠鼓励他上进，考试不该交白卷。她和路小路之间在孩提时结下的友谊成年后爆发，幼儿园在小说文本中大概也有希望的意思。也就是说，宝珠给予他救赎希望的种子是在幼儿园的时候埋下的。宝珠是戴城大学经济管理专业的学生，这在当时是一个热门专业，她和技校毕业的路小路之间存在着不小的社会差距，但宝珠对这一差距好像视而不见。当她知道路小路在儿童娱乐城开飞碟时，没有表现出轻视，而是开心地表示她也想去坐飞碟。路小路和宝珠夜宿学校的播音室，两人被栽赃陷害招来保安搜查，路小路仓皇出逃从树上摔伤了胳膊。目睹路小路摔伤，宝珠情急之下威胁保安要卸下他的胳膊，把对方吓跑了。

毕业后，宝珠去外企做了文员，她与路小路相遇时，两人间的感情发生了微妙的变化。这时候的路小路还是一无所有，宝珠却在筹谋着更好的将来。但是宝珠没有像厂医姐姐那样只顾自己追求美好而把路小路搁在一边，她挺在乎路小路的态度，并且一直关注着他的生活。在婚纱店，宝珠说自己想做新娘了，路小路开玩笑说，新郎是不是我？宝珠认真地问他是不是真的想做新郎。路小路自觉两人距离太远而不敢回答。宝珠"若有深意"地拍了拍路小路的肩膀，走开了。宝珠让路小路跟他一起到上海的大公司去求职，他却没有去。路小路对自己没有信心，他像宝珠所说的那种一直"活在童话世界"的人，缺乏现实的质感。路小路的青春随着时间的流逝不再，曾经拿着钢管打架的热血与在工厂偷偷睡觉的不务正业都变成了前尘往事、过眼云烟，这时他除了面临一屁股债务外什么也没有了。就在路小路感到绝望无助的时候，宝珠向他伸出了希望的援助之手，她放弃了上海的机会，跟随路小路去戴城，小说最后写道：

> 我仰起头看着宝珠，雨水落在我脸上了。宝珠的身后是一盏日光灯，被灯光衬着，她像一个俯身要拉我上天堂的天使。我亲爱的宝珠，傻辁傻辁的宝珠，从童年时代姗姗而来的长胡子的宝珠，此时此刻，终于化身为神。我热泪滚滚，呆立在原地。
>
> "你发愣了，路师傅。"
>
> 我说我看清了，然后慢慢地念给她听：

---

① 赵郁秀：《当代儿童文学的精神指向——第六届亚洲儿童文学大会文选》，沈阳：辽宁少年儿童出版社，2002年，第40页。

黑夜，有如正午般庄严……①

路小路从宝珠这个不用世俗价值坐标计算人生的女孩那里找到了依托，在他挣扎在人生低谷孤立无助的时候，宝珠就像一个天使，将希望和爱给了路小路。在那个城市比凡人的心变化还快的时代，一起稍纵即逝，宝珠却将幼儿园时的情感培育到成年之后，并将这份儿时的友谊浇灌成爱情，这种执着的态度反衬出时代的某种肤浅。小说不止一次地写宝珠坐在游乐园的飞碟上看远处的城市，用沮丧的语气评价着城市的变化。厂医姐姐将路小路剥离出自己的人生而像"林冲"一样扭脸去了远远的黄金西海岸，宝珠却将自己剥离出繁华的未来转身选择了路小路那个并不绚丽的世界。

第五节 恬淡的绚烂——评张嘉佳的小说《云边有个小卖部》

如果说路内使青春小说在工厂领域大放异彩，那么我们可以认为张嘉佳在小镇时空中另辟蹊径。《云边有个小卖部》的书名显出青春小说常有的诗意，它首先就能从视觉上触动读者。这是一部容易让少男少女——当然不止于他们——感动的小说。小说叙事不疾不徐，娓娓道来，浓淡相宜，不温不火。小镇生活在一般的青春小说中并不那么显眼，更多作品将视野投向了霓虹灯闪烁的都市，用丰厚的物质生活来衬托青春的色彩，一旦离开了这些物质的依托，一些作家不知道怎么去表现青春，似乎青春就是现代物质的附属品。金理在评价郭敬明的青春小说时讽刺道："郭敬明的文学提供了关于'中国梦'的叙述，尤其是以《小时代》为代表的作品，由一系列'典型人物'和'典型环境'——有车有房、名校名企大都会、英俊爱人、充满时尚的中产阶级生活（郭敬明并不是上海人，他一直在努力地抹去四川小城出身的印记，不断地扮演着'上海人'，因为那种小城是偏离'中国梦'的，所以他会说只有看到豪宅落地窗外的黄浦江才能心安）——构成。"② 郭敬明的小说表现方式既是他个人的喜好使然，也是不得已的环境使然，金理与李一在《新世界青春小说：期待"逆袭"品格的重生》一文中指出："今天的青年作家……他们一出道就投入到市场大潮中肉搏。我们往往以为那些获得市场成功的'80后'作家就是今天的青春文学，而那些无法在市场大潮中

---

① 路内：《天使坠落在哪里》，北京：人民文学出版社，2019年，第349页。
② 金理：《火苗的遐想者 致我的同代人》，上海：上海文艺出版社，2019年，第126页。

浮出水面的作家则无缘被读者、研究者所认识。年轻一代的困境在于，市场和个人探索之间没有任何回旋、缓冲的地带……"①

张嘉佳采用了极简主义的方式去描摹青春，故事主要围绕一个两万多人的小镇而展开，一切都很简单，故事中的人间烟火带着诗意。这种文学传统可以追溯到五四时期的沈从文、废名等人的作品。张嘉佳淡去了传统乡土小说那种激烈的社会矛盾，取而代之的是恬淡的日常生活气息。小说中，宁静的小镇包容着在外面备受挫折的主人公刘十三疲惫不堪的心灵，呵护着罹患不治之症的程霜的身体。这个充满美好的人与景的地方也不可避免地受到外面世界的影响，房地产建设的喧嚣声隐约在不远的山林外响起，人们开始交谈房价的起落。新建的超市威胁着小卖部的生意。不变的是人与人之间质朴纯粹的情感，还有那生于斯长于斯的故土情结。

一、和谐的田园交响曲

《云边有个小卖部》中的小镇，人口不多也并不少，这是一个弥散着浓郁乡土气息的地方。人们世世代代栖息于此，过着简单而充实的田园生活。小镇像一幅透着诗意的画卷，着墨着色不多，却满屏的生机。小说中，外婆王莺莺打完麻将后开着拖拉机飞奔在田野上，拖拉机上的外孙刘十三恍惚觉得有一种远离现实的梦幻感。刘十三一直向往着去外面的世界，他最初的志向是考上清华、北大去大都市，然而理想最终没有变成现实，他毕业之后的现实是在一个四线小城卖保险，业绩一塌糊涂还被公报私仇的上司嘲讽。

念了大学后，刘十三回来的时间就少了，每年除了过年回来，其他时间都在外奔波忙碌。刘十三念小学的时候，小镇的学校还没有实行过于强硬的应试教育，孩子们可以在风景如画的环境中自由成长，他们可以濯足于清流，游戏在青草地。宁静美好的环境培育出孩子们质朴的心灵，来自大城市的程霜在孩子们上学必经的石桥上拿着扫帚"打劫"他们，牛大田、刘十三等一群孩子都"屈服"了，牛大田欲以礼仪教化来说服程霜，却被她的蛮横怼得理屈词穷。刘十三望着被程霜"缴获"的物品，悲愤交加地问她城里人是不是都这样。充满戏剧性的场景将小镇人们与世无争的性情表现出来。小镇的孩子含蓄委婉，刘十三拿着偷的外婆酿的甜酒给程霜喝，程霜问刘十三

① 陈思和，王德威主编：《文学》（2013 春夏卷），上海：上海文艺出版社，2013 年，第28页。

是不是喜欢她，刘十三红着脸对程霜说神经病才喜欢你。"喜欢"二字对刘十三来说是难以启齿的词。日暮一点没有使孩子们感到惊慌失措，刘十三载着喝得晕乎乎的程霜飞驰在田间小道上，四周有青蛙的鸣叫，那是青春才有的美好感觉。

小说写刘十三家的景观："小二楼的阳台铺上凉席，坐着就能让目光越过桃树，望见山脉起伏，弯下去的弧线轻托一轮月亮。夜色浸染一片悠悠山野，那里不仅有森林，溪水，虫子鸣唱，飞鸟休憩，还有全镇人祖祖辈辈的坟头。"① 这一段包含着深远辽阔的时空内容，小镇的人们不仅活在当下，还活在慎终追远的情怀中。王莺莺说祖祖辈辈葬在这里的地方就是故乡。这不仅是生活的地方也是死后灵魂栖身的地方。刘十三去上大学那天，小说追溯似地写道："那天刘十三起床很早，八月底的山林清晨像一颗微凉的薄荷糖。青砖沿巷铺到镇尾，小道顺着陡坡上山，院子里就能望见峰顶一株乔木。刘十三的娱乐项目基本集中在这条山道。除开焖山芋、钓虾、烤知了之类粗俗的，还能溪边柳枝折一截，两头一扭，抽掉白白的木芯，柳条皮筒刮出吹嘴，捏扁，做一支柳笛。"② 小镇的孩子徜徉在大自然的怀抱中，享受着自然丰富的馈赠，将童年过得有声有色。接着，小说写刘十三学习过程如悬梁刺股般痛苦，知识对他而言好像是外在的敌人，折磨着他的身体与思想。这使人想起庄子的反智思想，与孩子们开心快乐的大自然比较，学习是如此让人痛苦不堪。小说似乎隐含着对文明的批判之意。

刘十三上大学之后，常常梦回小镇，回忆起那里的春风秋雨与烤红薯的气味，那是铭刻在他内心深处的小镇生活。刘十三大学毕业后留在外地，度过了一段让他满腹心酸的时光。外婆知道他过得不好，晚上开着拖拉机将他从一百多公里外的城里带了回来。回到小镇后，刘十三换了一种活法，他不再吃外面半生不熟的烤串，大快朵颐着外婆精心烹饪的各种美食。那些美食渗透着外婆对他的疼爱。小说中的那些美食已然不只是满足的口腹之欲对象，它饱含着浓浓的乡情与亲情。汪曾祺喜欢在小说、散文中写江南一带的美食，围绕那些食物汪曾祺有说不尽的故事，"汪先生的小说在调子上有异样的声音，平和的美和洞察人世的惬意，总能唤起想象的。况且对民间食品的了如指掌，那是只有美食家才有的笔法。他对乡下的美食过于敏感，就像张爱玲对声音、色彩敏感一样。两个敏感的人发现了不那么让人敏感的话

① 张嘉佳：《云边有个小卖部》，长沙：湖南文艺出版社，2018年，第33页。
② 张嘉佳：《云边有个小卖部》，长沙：湖南文艺出版社，2018年，第39~40页。

题。其实好的小说家，就是细节敏感的人。在别人看不到内容的地方，他发现了故事"①。

小镇生活吸引着程霜，她感慨道："小镇太温柔了。"② 她发自内心地赞美小镇简单的生活方式，"她喜欢这里，每个人确实不看未来，只在乎眼前，一餐一饮，一日一夜。城市中，拿到奖金去商场会喜悦。小镇上，阴雨天看葫芦花开会喜悦。两种喜悦，可能是分不出高下的"③。这是生活在其中太久的刘十三所不能理解的，他久入芝兰之室不闻其香，身患不治之症的程霜对生活有诸多感叹，按她的话来说是活一天算赚一天，因此程霜对人生有了不同于刘十三的理解，她敏感于人间一丝一缕的美好，黄昏时候小镇飘来的饭菜香味，在她看来具有一种难以言喻的美好。程霜带着闲散的心态度过每一天，她也不用任何世俗的名利来约束刘十三，这让刘十三感到很轻松，这种生活状态是刘十三内心所喜欢的。白烨指出："恋爱与情爱，一直是文学写作中的永恒主题，当然更是青春文学中从题材到主题，都须臾不能分离的主旋律。"④

作为在小镇上成长起来的孩子，他们与小镇的生活节奏具有内在的和谐性，程霜与小镇间具有一种默契：小镇暖暖的白云、起伏的麦浪在她眼里象征着生命的美好。小镇上，那些外来的东西——咖啡店、奶茶店、服装设计店无不折戟沉沙。小镇具有强大的生活惯性，在这里存留下来的都是一些年岁久远的东西，就像小镇上的面馆，在顾客们的品鉴中形成了固定的工艺程序。小镇也有过不好的事物，最终也会被清理出去，如牛大田开起了赌馆，这引起了他的恋人秦小贞父母的极大反感，为了表示诚意，赢得秦小贞的爱情，牛大田将苦心经营的赌馆付之一炬。人们在小镇上自得其乐，不知有汉，无论魏晋，他们的生活像一首和谐的田园交响曲。

二、在小镇中破冰

刘十三资质平平，虽然他很努力，但结果并不如意。他没有考上重点中学，在大学时补考是家常便饭。刘十三努力而真诚地爱着牡丹，无数次构想

---

① 郑朝晖选编：《把信写给埃米莉　青春人文读本》，北京：文汇出版社，2016年，第81页。

② 张嘉佳：《云边有个小卖部》，长沙：湖南文艺出版社，2018年，第134页。

③ 张嘉佳：《云边有个小卖部》，长沙：湖南文艺出版社，2018年，第167页。

④ 白烨：《新实力与新活力　"80后"文学现象观察》，武汉：长江文艺出版社，2019年，第296页。

着他们美好未来的蓝图："早上下楼，掀开一笼热气腾腾的红糖馒头。如果牡丹不喜欢的话，他可以换成豆浆油条，白粥就着咸鸭蛋。她一定没吃过梅花糕、鱼皮馄饨、松花饼、羊角酥、肉灌蛋……"[①] 牡丹考上了南京的研究生，送别那天，刘十三为她准备了满满一袋好吃的东西，牡丹对他的热情却意兴阑珊，她早就起心和这个看来浑浑噩噩的男孩分开，火车启动的时候，牡丹毫无眷恋地和刘十三说了声再见。在南京，牡丹转而投入了另一个人的怀抱。

大学毕业之后，刘十三在保险公司上班，他的业绩总是落在最后一名，命运对他似乎缺乏一双青眼。他的上司是平头哥——牡丹的男友，平头对刘十三满怀敌意，在众人面前毫不留情地奚落他，说刘十三大学表现就不尽如人意。小镇没有人与人之间的高低序列，但在城里却有，刘十三的好友智哥不无悲哀地说，成功人士根本看不上我们。在平头居高临下的俯视中，刘十三感到自己的平庸，尤其平头哥刻薄地告诉他自己和牡丹订婚了，刘十三更感到锥心之痛。智哥想为他写一首歌，开了个头却不知道怎么写下去，刘十三身上太缺乏可圈可点的内容了。外婆王莺莺知道刘十三在外过得不容易，连夜开着拖拉机将他接回到明月如同琥珀般的小镇上。

刘十三在微信群里立下军令状，一年之内完成一千零一个保险单任务，不然就辞职。王莺莺认为小镇有几万人口，不如就从小镇入手开展业务。在程霜的帮助下，刘十三开始了艰难的拉保单。小镇上的人们没有保险意识，他们活在质朴粗陋的生死认知中，老人去世了亲人们还遵循着招魂的古老习俗，劝阻者会被训斥。在小镇人们眼里，平安需要借助于超自然的力量。回到小镇后，刘十三开始品味它的美好，不再抗拒它地处偏僻，"山下的小镇好像被藏进了山里，盖着天，披着云，安静又温柔。是的，温柔。刘十三坐在竹椅上，睡着之前心想，程霜说的似乎有点道理，真的很温柔"[②]。在与小镇拉近了距离后，刘十三的心情开始平静下来，他进入了小镇人们的内心世界，业务开始有了进展。在刘十三帮助牛大田追到秦小贞后，牛大田一口气从刘十三那里买了四份保单，他为表示真诚烧掉了赌具，这一举动让原本反对两人爱情的秦妈妈口气松动，牛大田与秦小贞之间的爱情出现了曙光。

买保单不只是一个买卖交易的过程，还是情感的交流过程。小镇的人随和善良，刘十三上门推销保单不会被拒斥在外，他缓慢而踏实地开展着业

---

① 张嘉佳：《云边有个小卖部》，长沙：湖南文艺出版社，2018 年，第 44 页。
② 张嘉佳：《云边有个小卖部》，长沙：湖南文艺出版社，2018 年，第 146 页。

务，成绩在不断提升着。客户排行榜位列首位的是毛婷婷，一个镇上家喻户晓的美人，开着一家理发店。毛婷婷近些年和弟弟毛志杰关系僵化，毛志杰爱上赌博，逼着姐姐把房产过户给他，毛婷婷不愿，两人心生龃龉。毛婷婷给弟弟买了一份保单，希望他将来能够有保障，毛志杰对此并不领情。毛婷婷认识了一个大他好几岁的房地产开发商，准备同他结婚后去广州定居。结婚那天，毛志杰没有参加姐姐的婚礼，这使毛婷婷内心很失落。在向毛婷婷推销保单的过程中，刘十三、程霜感受到她的委屈，不管毛志杰怎么对她蛮横、羞辱她，毛婷婷总以包容的胸怀对待弟弟，这对父母双亡的姐弟曾经相濡以沫，毛婷婷很小就辍学开理发店供弟弟上学，这种自我牺牲的精神让刘十三感慨不已。

小说写理解了姐姐的一番苦心后，毛志杰的忏悔：

> 毛婷婷的愚蠢超出他的想象。说房子给了毛志杰，怕他赌输掉，争了好几年，打了好几年，结果放弃了。刘十三一阵焦躁，毛志杰说："她这样不对。"
>
> 刘十三怒气上来，突然听到毛志杰一个大老爷们抽抽搭搭的。
>
> 他说："这样不对，什么都不带，我没有给她准备嫁妆，她这样到了夫家，会被公婆看不起的。"
>
> 他双手捂着脸，滑下板凳，蹲着，哭声越来越大。
>
> 他说："我才知道，她早就过户给我了，上面写七年前她就过户给我了，就差我签名。"他的手背被眼泪打湿，"我都没有给她准备嫁妆……她出嫁的时候一个娘家人都没有……"
>
> ……
>
> 云边镇的夜路，他熟悉无比。暗蓝天空挂着的月亮，今夜如钩，他想起毛婷婷在婚礼上安安静静，笑得大方，但眼睛里没有喜悦，只有离别。①

张嘉佳没有过多渲染，将亲人间的矛盾与冰释前嫌表现得真实细腻。小镇的景物与人物的情感交融于一体，二者相互映衬、相得益彰。秦小贞被疯子砍伤了脸，牛大田对她不离不弃，曾经对牛大田没有大学学历耿耿于怀的秦小贞父母最终同意了两人的婚事。有情人的终成眷属也感动着逐渐步入事业正轨的刘十三和程霜。刘十三事业的破冰伴随着他与程霜爱情的成长。

---

① 张嘉佳：《云边有个小卖部》，长沙：湖南文艺出版社，2018年，第265页。

三、但愿人长久

刘十三从小就没有父母陪伴，他的父亲是个没有责任感的男人，在妻子怀孕后卷钱跑得无影无踪。刘十三的母亲在孩子生下来后，也离开了小镇，自此音信全无。外婆王莺莺把刘十三拉扯长大。刘十三从小就喜欢问外婆，妈妈去了哪里。五年级时刘十三写了一篇名叫《我的妈妈》的作文："听镇上的人说，妈妈改嫁去了别的地方。她走的时候我四岁，连回忆都没给我留下。我问过外婆，妈妈是什么样子，外婆不说。我就从别人妈妈身上，寻找她的影子。小芳感冒了，妈妈把她抱在怀里，喂她喝药，所以我的妈妈，也会像她妈妈一样温柔。怕牛大田饿肚子，妈妈往他书包塞鸡腿、奶糖和脆饼，所以我的妈妈，也会像他妈妈一样大方。我找啊找啊，找到最完美的妈妈。她唯一的缺点，就是不在我身边。"① 对刘母而言，小镇是她的伤心之地，她不但远离了故乡，还鼓励刘十三离开小镇去大城市生活，故乡在她的成长过程中是一个带着残缺的地方。刘母从小就跟着母亲王莺莺在小镇生活，她和王莺莺是从海边回到小镇的，因为婆家在王莺莺的丈夫去世后不接纳她，所以她带着女儿回了故乡。命运像一个轮回，在三代人身上重演：王莺莺带着满心的伤痕从海边回到了小镇，她的女儿也去外面的世界闯过，最后一无所获，男友抛弃了她和孩子。刘十三大学毕业后在外面混得也不好，在走投无路的时候被外婆开着拖拉机拉回了小镇。回到小镇仿佛是一家人无法回避的宿命。

王莺莺与外孙在小镇相依为命，她靠着一家小卖部维持着两个人的生计。她努力弥补着外孙母爱的缺乏，照顾他的起居饮食，依靠一双巧手给他变着花样做各种好吃的，刘十三在牡丹面前说起的食物就有五十九种之多。刘十三在外婆的呵护下健康成长，最终考入了大学。王莺莺从不怨天尤人，默默承受着命运加诸其身的重担。女儿再婚后再没有回来，王莺莺也能理解。她善良而干练，虽逾古稀之年，仍将店内店外收拾得有条不紊。面对外来超市的竞争，她等闲视之面无惧色。在查出自己是癌症晚期后，她没有告诉任何人，为了能见外孙最后一面，王莺莺拖着病体开着拖拉机去了百公里外的城里，看到外孙在失恋与事业挫折双重打击下一蹶不振的样子，她很难过，决定把他带回小镇。王莺莺用剩下的几个月时间帮助外孙走出失恋的阴

---

① 张嘉佳：《云边有个小卖部》，长沙：湖南文艺出版社，2018 年，第 238 页。

影，她鼓励刘十三在小镇上开拓市场，使他不因为失败而沉沦下去。在她余生最后一个中秋节时，王莺莺做了满桌的佳肴，拿出了美酒，在月光下几个人开怀畅饮。"刘十三不记得自己最后喝了多少碗，空酒坛子仿佛不小心跌下桌碎了。王莺莺一直在说真好，说今天真好，说看到他们心里高兴。他似乎听到哽咽的声音，听不清楚是谁的。不应该，可能高兴坏了吧。好多年了，高考后，第一次在老家过中秋，也是他第一次和这么多人一起过中秋。如果这样能让王莺莺开心的话，以后每年中秋，他还是回来好了。暗蓝天空挂着的月亮，今夜如钩，他想起毛婷婷在婚礼上安安静静，笑得大方，但眼睛里没有喜悦，只有离别。这一年云边镇的秋天，结束了。"① 中秋的晚餐在欢快的气氛中透出隐隐的哀伤。王莺莺将满腹心事付诸明月美酒，陪着几个孩子度过了最后一个中秋节。

　　王莺莺是在万家灯火辉煌与欢声笑语中辞世的。外婆的离开对刘十三是一记沉重的打击。按照小镇的习俗，亡人会在头七时回来，刘十三担心外婆找不到回家的路，在大雪纷飞的时候爬到山里将灯笼挂到树上为外婆指路。程霜在山里找到刘十三时他的手脚已经被冻得失去知觉了，两人相互扶持着到了天明日出。刘十三"眼泪终于滚出眼眶，努力压了好几天的悲伤，轰然破开心脏，奔流在血液，他嘶哑地喊：'王莺莺，你不够意思！王莺莺，你小气鬼！王莺莺，你说走就走，你不够意思！'"② 在王莺莺的支持与鼓励下，刘十三走出了人生的低谷，他从最初一个保单也没到后来取得了在小镇拉到八百多份保单的骄人成绩，同时刘十三还收获了程霜的爱情，这个好像与成功无缘的年轻人在事业方面走出一条路来。失败这个字眼像他曾经热烈爱过的女友牡丹一样，渐渐淡出了他的记忆。

　　在磕磕碰碰的人生道路上，程霜一直不离不弃陪着他，她患有不治之症，坚强着挺过了二十多个年头。程霜的生活就是在医院每天接受各种检查，她不愿意就这样活着。在小学四年级那年，程霜从大都市来到小镇度暑假，认识了刘十三，两个孩子越走越近。程霜喜欢他的仗义，喜欢小镇的美好环境和朋友。在刘十三念大学时，程霜打听到了他的地址，漂洋过海从新加坡来看他。在刘十三回到小镇后，程霜第三次离开医院来陪他共克时艰。药物对程霜已经失去了效用，她面临一场生死未卜的手术，临行之前，程霜表达了对刘十三的担心："可是我走了，你怎么办，谁给你送饭？谁帮你找

　　① 张嘉佳：《云边有个小卖部》，长沙：湖南文艺出版社，2018年，第249页。
　　② 张嘉佳：《云边有个小卖部》，长沙：湖南文艺出版社，2018年，第288～289页。

资料? 你这么没用，废物一样，你发誓，你给我发誓，你会好好吃饭……"[①] 这个对刘十三千万种放不下心的女孩子丝毫没有去想自己还有没有希望。在听到刘十三会好好照顾自己的承诺后，程霜开心地走了。

幸福在刘十三看来太触不可及了。在程霜生日那天，刘十三来到了新加坡，他见到了程霜的母亲。程霜手术失败已经去世了。程霜在离世前几天拼着力气画了一幅名为《一缕光》的画留给刘十三："刘十三当然明白，他站在画前。那是幅水粉画，矮矮院墙，桃树下并肩坐着两人。斜斜一缕阳光，花瓣纷飞，女生的头微微靠在男生肩膀上。现实中他们没牵手。而画中的女孩，牵着男孩的手，阳光下的幸福美好到看不清。画下方，用钢笔写了几行字，字迹娟秀，仿佛透着笑意：生命是有光的。在我熄灭以前，能够照亮你一点，就是我所有能做的了。我爱你，你要记得我。"[②] 这一缕光，在程霜生命之火熄灭前照亮了刘十三人生的前路。

刘十三生命中最美好的部分是在小镇度过的，外婆和程霜在这里帮他找到了自信与希望。小镇上外婆生前经营的小卖部随着她的离去显得空荡荡的，那里有刘十三儿时和外婆相互搀扶着生活的记忆，有和程霜一起歌哭悲欢的美好日子。小说在唏嘘中落下帷幕，这不仅仅是一部关于青春与爱情的小说，还是一部关于生命与信念的小说，张嘉佳描绘了一段旖旎的爱情，同时也表达了他对存在意义的思考，在具有个人风格的叙事中赋予了小镇以诗意与美感，他将王莺莺、刘十三、程霜等人物的命运写得起起落落，在云淡风轻、杨柳依依的画面中引人去思考生命与爱情。失去亲人的刘十三没有变得一无所有，他内心存留了亲人们留给他的希望与信念之光。这使青春小说避免了流于风花雪月的浮华，而具有了深度与广度，就如胡友峰所言："青春文学的主角是不具有财富和权力的角色，他们具有超乎平凡的梦想。"[③]

---

①　张嘉佳：《云边有个小卖部》，长沙：湖南文艺出版社，2018年，第294页。
②　张嘉佳：《云边有个小卖部》，长沙：湖南文艺出版社，2018年，第306页。
③　胡友峰：《媒介生态与当代文学》，武汉：武汉大学出版社，2016年，第344页。

第二章　在时代的苍穹下

第一节　黯淡的爱情——路内小说《花街往事》的爱情叙事

路内的小说《花街往事》以戴城为主要背景，以蔷薇街市民为故事人物，在数十年的时序递嬗中表现了一群人的生活轨迹及他们与时代不同的交集。小说充满生动的市井色彩与层次清晰的时代印记，作者力透纸背地将不同年代的生活描摹得错落有致，跌宕生姿。人们对故事中人物的生活嬉笑怒骂之余，也对他们的爱恨别离百感交集。小说中，爱情是贯彻始终的一条线索。屠户与李红霞、顾大宏与关文梨、穆巽与曹小珍之间的爱情具有不同的形态：方屠户对李红霞属于爱而不得，顾大宏对关文梨是爱而无勇，曹小珍对穆巽是爱而无力。他们的爱情都带着黯淡的色彩。

一、爱而不得

方屠户是一个鲜活灵动的市井人物。这个人爱得不含糊，他喜欢李红霞，通过让人啼笑皆非的方式来表达自己的心思：给李红霞的姐姐李苏华先后送去两爿猪心，凑成一个"心"字，方屠户长得一身膘肉，毛发众多，乍看像头黑猪——作者以调侃的笔法写他的情感诉求。李红霞充满革命热情，走南闯北见多识广，她与读书少、缺乏自信的方屠户之间存在着泾渭分明的社会地位关系，她甚至都没怎么正眼看过方屠户。李红霞这种干练的特征，多少有路内"上海亲戚"的影子。他说："那个年代我接触到的上海亲戚，大部分都有教养，讲话很有分量，如果家里有什么事决断不了，请他们来决断，一般都没错。"① 但是方屠户并不气馁，为了亲近李红霞，他不惜冒着危险跟随她到保守派控制的地区执行任务。然而这并没有感动李红霞，李不时会挑他身上的毛病，嫌弃他身上脏兮兮的，在桥墩下睡觉还会招来老鼠。方屠户对李红霞的热爱不但丝毫没有受挫，反而有一种越战越勇、百折不挠的勇气。后来，方屠户与李红霞的父亲"大耳朵"被保守派围困在水塔上，方屠户向"大耳朵"说了自己跟李红霞的交情，在对方表示要"招上门女婿"时，方屠户想都没有细想，连连点头："我愿意的，我愿意的。"② 说完这番话的时候，他仿佛已经得到了未来岳父的认同，一下子精神抖擞起来，搬起塔上的探照灯照向远方，使自己暴露在保守派的眼皮底下，差一点被子弹击中。方屠户对李红霞的爱是热烈而简单的，并没有别的考量。当他看到李红霞英姿飒爽的照片时，"看得快要吐血，一刀下去，把个猪头劈成了两片"③，这如克尔凯郭尔在《婚姻的审美效力》中所言："浪漫的爱情表明，这一爱情是自然需要，因而是直接基于感官的。"④ 方屠户表达感情的方式带着市井的气息。他与一身热血、在时代宏大叙事语境中成长起来的李红霞之间存在着一道墙，需要努力攀爬才能逾越。

方屠户虽然书读得不多，但为人善良，在保守派封锁了大桥与河道以后，东西运不进来。李红霞带着几个人去保守派控制的面粉厂装面粉，方屠户自告奋勇跟着去，此行充满风险，因为城里很多人都认识他，但为了李红霞，方屠户甘愿冒险。在扛面粉的过程中几人暴露了身份，开车逃跑的过程中，方屠户没能上车，即便在这样关键的时候，他首先做的事情是对着司机大喊："你们小心点，前面那个聋孩子，别撞死了他。"⑤ 这是作品中极其感人的一幕，路内寥寥几语便将方屠户善良的人性表现得一览无余，让人动容。在被保守派小将抓住痛打一顿关进单间后，方屠户生死未卜，他顾及的不是自己的安危，而是在墙上用鼻血写下了"李红霞"三个字，虽然没有继续写下去——他也不知道怎么写下去。这一幕里，方屠户对李红霞的爱意再一次得到近乎诗意般的呈现——虽然方屠户从没有也不懂得对李红霞说什么诗情画意的情话。

---

① 路内：《沪生琐记》，引自上海市妇女联合会编：《上海女声》，上海：上海书店出版社，2015 年，第 47 页。

② 路内：《花街往事》，北京：人民文学出版社，2018 年，第 17 页。

③ 路内：《花街往事》，北京：人民文学出版社，2018 年，第 3 页。

④ 克尔凯郭尔著，徐信华、余灵灵译：《一个诱惑者的手记——克尔凯郭尔文选》，上海：上海三联书店，1992 年，第 249 页。

⑤ 路内：《花街往事》，北京：人民文学出版社，2018 年，第 33 页。

方屠户对感情的坚韧及为人的善良使他与李红霞之间的距离渐渐拉近。这种渐渐走近的距离主要基于并肩战斗的同志关系，连带着情感上的走近，后者并没有像前者那样轮廓清晰，它甚至有些首鼠两端、模棱两可，当李红霞知道方屠户在墙上用鲜血写下自己的名字时，"又怒又羞，而且有点恶心"①。即便如此，李红霞对方屠户的态度从心理上发生了微妙的转变，在用保守派的人质去交换方屠户时，李红霞故意朝对方人质穆天顺的下巴上砸了一枪托，"这也是为屠户报仇，你敢拿皮带抽我们家小黑猪，我就敢用枪托揍你们家小白兔"②。方屠户与李红霞渐次拉近的距离到某个点就没有继续减下去了，李红霞在武斗结束后去了云南割橡胶——可能是接受惩罚，一干就是八年。方屠户对李红霞的记忆一直停留在她人生最美好的年代，在那个青春的热血与武斗的烈火交织在一起的年代。方屠户对李红霞的感知很抽象，方屠户有时候不得不借助于另一个女人的身体经验来完成对李红霞的想象，但他始终想不出一个所以然。这个未解的答案一直悬浮在方屠户的心里。时隔数年，李苏华的爱人顾大宏告诉方屠户，李苏华与父亲去云南看望李红霞，他们不幸出车祸死了。小说中有这样一段看似波澜不惊却十分感人的描写：

> 顾大宏说："他们在云南出事了，我刚收到电报。"屠户的手一软，剔骨刀猛然砍在砧板上，吃进木头里，立在那儿。那是大耳朵和李苏华，他们去云南看李红霞，她已经割了八年的橡胶，有一个昆明的男人要娶她，这样她就可以不用再割橡胶。他们三个搭上了一辆去县城的汽车，后来那车翻在山沟里，他们全都死了。
>
> 屠户也是这样茫然地看着顾大宏，试图越过他的身体看到后面，好像在那条道路的尽头站着她，和他们。屠户愣了很久，人们注视着他，他抬头对我爸爸说："刚才我差点把自己的手剁下来。"他不再管那把刀，摘了身上的围裙，一个人走了。③

这一段充满画面感的文字令人不胜唏嘘，它显现出路内表现情感技艺的高明。在这个文字变得廉价的时代，写手们巴不得将鸡毛蒜皮也写得累累簇簇，路内却只用了数百字就将复杂的情感写得婉转多姿。再如写李苏华的女儿顾小妍，小时候怕鬼，不想去母亲坟前扫墓，"长大以后，她独自去墓地，

---

① 路内：《花街往事》，北京：人民文学出版社，2018 年，第 38 页。
② 路内：《花街往事》，北京：人民文学出版社，2018 年，第 40 页。
③ 路内：《花街往事》，北京：人民文学出版社，2018 年，第 47 页。

有时甚至是秋天"①。一句话就将人物随着年龄变化的情感写得让人感慨万千。

虽然李红霞已经死了,她的形象一直明灭不定地浮游在方屠户的内心深处。在后来的生活中,他不露痕迹地表现出对李红霞的眷念。方屠户后来虽然变成了一个性情粗暴的家伙,但是对颇似小姨性情的红霞侄女"保持着一点礼貌,或许还有睹人思情"②。甚至在方屠户跟顾大宏学会了跳舞后,他选择的舞伴也和李红霞容貌相似,而且名字也叫"小霞"。李红霞在方屠户的意识中持续发挥着作用,使他看到十八九岁的女孩就会不顾年龄的悬殊心生情愫,因为李红霞最美好的时候就是这个年龄,李红霞给他的身体感觉虽然比较模糊,但那种定格于特定时空的情感认知却历久弥新。

顾大宏想开一个照相馆,钱不够,去找方屠户借。方屠户开始不肯,说救急不救穷,顾大宏勃然大怒,方屠户就软下了,要顾大宏拿出点什么来抵押。顾大宏就拿出了李红霞的遗物——一块一文不值的表,屠户看到这块旁人眼里不值一文的破表,"一阵难过,说:'顾大宏,你他娘的也太狠了。'"③ 李红霞的遗物刺痛了方屠户,于是借给了顾大宏一大笔钱。方屠户喜欢唱张国荣的《莫妮卡》,早上起床洗漱时曲不离口:"你以往爱我爱我不顾一切,将一生青春牺牲给我光辉,好多谢一天你改变了我,无言来奉献,柔情常令我的心有愧。"顾小妍在方屠户刷牙的时候告诉他:"我觉得你心里还惦记着红霞小姨,而且觉得对不起她。"方屠户闻言,"像吐血一样吐出了白色的泡沫,喷在自己的衣服上"④。善于察言观色的顾小妍揭穿了方屠户内心的秘密。对李红霞的死,方屠户很自责。方屠户有些一厢情愿地认为,如果他不结婚,李红霞就不会去昆明相亲,就不会出车祸。作者似漫不经心一般,在某段生活与情感的记忆将要隐去的时候,又将它钩沉出来,在今昔的对比关联中瞬间释放出巨大的情感能量,使读者产生回旋激荡的情感漩涡,久久不能平息。

方屠户对李红霞爱而不得。他敢爱,却缺少和李红霞有效沟通的方式,猪心也许是他能够想到的比较浪漫的求爱方式,血书写爱人的名字也具有足够打动人心的力量,但是在那个特殊年代里,爱情本身就带有不合时代逻辑的色彩,在革命的宏大叙事面前它显得如此微不足道。尽管温澜潮生,一心

① 路内:《花街往事》,北京:人民文学出版社,2018年,第67页。
② 路内:《花街往事》,北京:人民文学出版社,2018年,第66页。
③ 路内:《花街往事》,北京:人民文学出版社,2018年,第133页。
④ 路内:《花街往事》,北京:人民文学出版社,2018年,第177页。

在革命的热浪中的李红霞对于个人的感情生活却无暇顾及。等到社会恢复正常，两人又时空暌违，阴阳相隔，方屠户只能深深将这份眷恋埋在心底。方屠户与李红霞的青春被安放在一个与其不合拍的时代背景里，在那个狂热的时代，个体失去了自己的方向坐标，作为一个零件镶嵌在大的时代机器中，受到这台机器的控制，就算在交集的过程中摩擦出了火花，但这份热量最终会被导向别处，没有继续升温锻造出个体之间的融合。

二、爱而无勇

关文梨是戴城的一道风景，她"奇美无比，水蛇腰，桃花眼，小葱一样的手指"①。这样的描写仍然不能尽其美，书中还有一段写她赤脚走在街上，身轻如鹤，"她……赤脚走向解放路。她的双脚踩出轻盈的水花，像白鹤那样，简直快要飞起来"②。这样的样貌本身就是容易招惹是非的素材，关文梨未能例外。关文梨与人勾搭成奸，她的丈夫将其姘头打瞎了一只眼睛而身陷缧绁，她自己也因此被单位开除，出来炸油条叫卖，被众人冠以"破鞋"之名，处于世俗有声无声的指责中。顾大宏对关文梨有好感自不待言，但他是一个性格优柔的人，他的父亲顾大根也认为他软弱。顾大宏对一个处于市井舆论风口浪尖的女人不敢轻易表达爱意，仿佛关文梨自带气场，一接近就被阻挡在外。

关文梨倒没有那么多顾虑，她不掩饰对顾大宏的爱慕，寻找机会接近顾大宏。蔷薇街上出现了电视机后，晚上看电视就成了一种重要的消遣项目，人们在饭后会鱼贯而入方屠户家看那台十二英寸黑白电视机。不愿独守空房的关文梨也是其中一个看客，人们很识趣地把关文梨与顾大宏安排坐在一起，说是识趣倒不如说是基于某种看热闹的心理，一个丧偶的男人与一个丈夫蹲大牢的女人之间，很容易发生一些风流韵事，这样可以使死水微澜的日子泛起一些涟漪，所以在安排给两人留下位子后，"人们……挤眉弄眼的"③。某天看电视的时候，顾大宏与关文梨没有出现在方屠户家，在毫无凭据的情况下，方屠户当众信口雌黄起两人之间的关系。其实，大家不过是按照自己希望的方向在内心演绎着关文梨与顾大宏的关系。

---

① 路内：《花街往事》，北京：人民文学出版社，2018年，第72页。
② 路内：《花街往事》，北京：人民文学出版社，2018年，第74页。
③ 路内：《花街往事》，北京：人民文学出版社，2018年，第112页。

　　这样的氛围中，谁接近关文梨就意味着不出半天各种绯闻就会燎原一样传遍小城的各个角落。生性软弱的顾大宏不敢以身试法，他只能抑制住自己的感情，对关文梨的示好装作无动于衷，甚至在关文梨与老克拉一起出现在舞厅时，顾大宏"有时候和关文梨对一下眼神，微笑一下，但他从不找她跳舞，也不上去搭讪"①。作品中顾大宏对关文梨的感情描写大多是浮光掠影，没有深入，却有几处较为深刻地描写了关文梨的感情，如碧波饭店老板来找顾大宏，说只要他愿意可以随时嫁给他，关文梨听见后"默默地走开了"②。顾大宏在定慧寺门口摆摊照相，得罪了几个流氓，被他们围着找麻烦，关文梨不怕惹火烧身，情急之下喊顾大宏赶紧跑，最后自己被流氓打了。在这样的情形下关文梨还不忘帮顾大宏收起了广告板，这让顾大宏非常感动，但除此之外他也没有什么表示。

　　顾大宏开照相馆，照相是顾大宏引以为豪的事情，他从中找到为数不多的存在感——另一件事是跳舞。具有艺术家气质的顾大宏，在戴城没有混得风生水起，在别人渐渐搬离蔷薇街老区住进新房的时候，他仍然带着一双儿女住在这里，却也安之若素。照相与跳舞将顾大宏的性情从反面讽刺性的衬托出来，照相追求的是抓住最佳的光影时机，跳舞讲究的是在节奏引领下肢体的挥洒自如。在感情方面顾大宏既不挥洒也不懂得把握时机，他给人的感觉浑浑噩噩，不知所谓。关文梨被老克拉甩了后，来找顾大宏教她跳探戈，这种舞蹈戴城没有其他人会跳。关文梨的意思再明白不过，想通过跳舞和顾大宏在一起。但顾大宏除了跟关文梨跳舞外，似乎也没有别的什么了。事情没有朝着有情人终成眷属的方向发展。在一次跳舞后，顾大宏在漆黑的巷子里被人用砖头砸了一下，同行的关文梨对此噤若寒蝉。后来顾大宏才知道砸他的人是关文梨刑满释放的前夫强盗。这以后，强盗伙同独眼不断来敲诈勒索顾大宏，自顾不暇的顾大宏也管不了关文梨了。一次强盗与独眼来顾大宏的摄影店敲诈他一万元，顾大宏想不到解决的办法，他似乎也没有去想解决的办法，他能想到的是"拖延时间"。

　　"拖延时间"实质就是把问题延后处理，说到底就是逃避。在爱人李苏华、小姨子李红霞、岳父大耳朵车祸去世后，这一直是顾大宏的生活策略。我们几乎没有在作品中看到他有过什么当机立断的决策，他总在柔柔弱弱无智无勇中徘徊不定。造成这种性格的原因除了意想不到的灾祸造成的死亡阴

---

① 路内：《花街往事》，北京：人民文学出版社，2018年，第214页。
② 路内：《花街往事》，北京：人民文学出版社，2018年，第160页。

影，或许还有他经历过的那个血火交融的时代，他的舞蹈老师张道轩莫名其妙地被打死这件事情给他造成了很大的影响，他后来从事舞蹈传授工作某种意义上是对舞蹈老师的致敬，他把跳舞这件事发挥得淋漓尽致，其实是从内心在肯定张道轩的价值。

时代兜兜转转之后，有些异象又变成正常的风景，这种变幻不定让具有艺术家禀赋的顾大宏感到世事无常，在没有确定的规范指引的情况下，他以模糊不清的姿态出现在社会中。他对儿女、对妻子、对父亲的感情是模糊的：我们没有在小说中见到他对儿女的温情脉脉；妻子车祸去世后，他也没有表现得特别的难过，在告诉方屠户这一消息时，他显得很平静，方屠户倒伤心欲绝。顾大宏对关文梨的爱情也是含糊的，他被强盗、独眼打得住院，非常期待关文梨能来看看他。关文梨没能前来使他"失望极了"。关文梨去亲戚家借钱替顾大宏还被强盗、独眼勒索的一万块，失踪了好一阵。等到顾大宏苦苦寻觅的关文梨又回来了，顾大宏"没说什么就放她走了"①。顾大宏是一个在爱情面前缺乏勇气的人，他不敢把自己的真实情感过多地流露出来，仿佛活在套子里的人。

三、爱而不能

穆巽是小说中一个具有悲剧色彩的人，他的经历让人觉得好笑之余也报之以同情。这与他的父亲有关系。穆巽的父亲穆天顺在武斗中被子弹击中了脑袋，人虽然保住了，却落下智力障碍的毛病。大家据此推测穆天顺可能没有性能力，并对穆巽的血缘关系也充满猜忌，认为他是其母顾艾兰与面粉厂某领导的私生子。直到穆天顺在公共厕所自渎，大家才推翻这个猜测，但这件事让全家人蒙羞不已。穆巽是一个那喀索斯般的自恋者，小时候他和顾小妍等孩子一块玩，就告诉他们："他们说我是美男子。"② 这一说法并不能得到顾小妍的认同，她对其嗤之以鼻。穆巽不被人们所接纳，并时常受到欺负。母亲顾艾兰是家里的顶梁柱，非常强势，她怒其不争儿子的懦弱，穆巽被欺负后到顾艾兰这里寻找安慰，得到的是她狠狠的一巴掌，在家里穆巽也找不到多少寄托。据心理学研究，母亲的强势常常会导致孩子的自卑性格。海明威就因为母亲格蕾丝的过分管制而感到怯懦。

---

① 路内：《花街往事》，北京：人民文学出版社，2018年，第399页。
② 路内：《花街往事》，北京：人民文学出版社，2018年，第123页。

穆巽有精神上的洁癖，"他酷爱穿白色的外套，有的是雪白的，有的是米白的"①。然而他的洁癖却被现实击得溃不成形。穆天顺在公共场合自渎与穆巽的洁癖之间构成尖锐的对立，穆巽为此承受无尽的嘲讽，他还被其他顽劣的同学数次扔进女厕所。顾艾兰来到学校不分青红皂白对着穆巽就是一耳光。在戴城，穆巽是一个孤立无助的人，"几乎无法找到一个立足之地"②。没有人愿意接近他，除了表弟顾小山，一个也时常受到欺负的孩子，但他给不了穆巽多少帮助，顾小山也不怎么理解表哥那些不同于常人举止的表现。

穆巽原本对父亲受伤构思过一个充满浪漫色彩的故事：父亲在武斗时为了救母亲而替他挨了一颗子弹。这个故事多少能使他获得一些安慰，但顾小妍毫不客气地戳破了这个幻想，她告诉穆巽，穆天顺在屋里睡觉时，一颗子弹不知怎么就击中了他。父亲是人们眼里的笑柄，这连累他也受到侮辱，猫脸会当着众人的面模仿穆天顺自渎。穆巽除了冷冷地抗议再没有其他对策。被人奚落后，穆巽去姑父家里，得到的却是表姐顾小妍一句"你以后少来"③。

在被孤立、被排斥、被嘲讽的环境中，穆巽有一种想逃离戴城的强烈欲望，他说离开戴城以后绝不会再回来。穆巽决定报考电影学院，他认为自己相貌出众，天生是走这条路的料。在他踌躇满志为理想而筹备的时候，爱情不恰当地介入了生活。对于爱情，穆巽也有自己的理想，他喜欢那种温婉可人的女孩，然而举目四望，这样的女孩寻而不得。穆巽遇到的都是一些剽悍、带着狂野习气、对他不怀好意的女孩。

穆巽非严格意义上的初恋是曹小珍，一个与母亲顾艾兰剑拔弩张的同事曹刚的女儿。曹小珍性格刚烈，连顾艾兰也不敢轻易招惹。穆巽与曹小珍之间的开始源于穆巽抄电表。那天曹小珍让穆巽来家里抄电表，并告诉他家里没人。穆巽就按照嘱咐准时去了，青春期的穆巽懵懵懂懂地与曹小珍有了一些身体的接触。曹小珍是一个在爱情面前比较主动的人，但这段来得毫无征兆的感情注定会无果而终。他们所属的两个家庭间存在着难以调和的矛盾。顾艾兰对儿子期望较高，不会允许儿子书都没有读完就恋爱，何况她对曹家本来没有好感，当曹小珍的母亲王美珍去顾家说亲时，遭到了顾艾兰的一口

---

①　路内：《花街往事》，北京：人民文学出版社，2018年，第237页。

②　克尔凯郭尔著，徐信华、余灵灵译：《一个诱惑者的手记——克尔凯郭尔文选》，上海：上海三联书店，1992年，第38页。

③　路内：《花街往事》，北京：人民文学出版社，2018年，第122页。

回绝，并指责曹小珍勾引穆巽。

这还不是全部的障碍。障碍还在于，曹小珍顶替母亲进了面粉厂做工人，穆巽的理想是考电影学院，两人之间有着难以消弭的隔膜。高三上学期时，穆巽参加了电视台晚会，并出乎意料被给了两次特写镜头，他的自信心有些膨胀起来，自忖："当初没有和曹小珍继续下去，真是明智之举。最起码一个上了地方台文艺节目的帅小伙子，是不应该娶一个开行车的女人的。"① 在穆巽的心里，曹小珍完全进入不了他理想的世界。他对曹小珍的七情六欲不过满足了青春期的好奇心，满足不了他追求的未来。

曹小珍喜欢穆巽，但她也知道没有能力被他的世界所接纳——一方面是两家紧张的家庭关系，一方面是穆巽那高不可攀的内心。小说中对二人有这样一段描写：

> 她带有一丝讥讽。城南中学，平均每年考取本科学生只有三个半，穆巽不可能为这所学校的升学率做出任何贡献。
>
> 穆巽说："我要考电影学院。"
>
> 曹小珍说："真的吗？"
>
> 穆巽说："我要去做演员。"
>
> 曹小珍的眼睛里掠过一丝失落。穆巽搭讪说："你手里抱的什么，仙人球吗？"
>
> 曹小珍说："是的，仙人球。"
>
> "养花了？"
>
> "是啊，无聊，解解闷。"曹小珍说，"天天在面粉厂开行车，无聊死了。"
>
> "是啊，很无聊。"
>
> "万一你考不上电影学院，就来面粉厂上班吧，我可以教你开行车。"
>
> 穆巽听见这句话不由冷笑兼大笑起来。②

曹小珍知道穆巽的理想难以实现，努力想劝他来面粉厂上班，然而不过是徒劳。她意识到自己与穆巽处于完全不同的两个世界，这远不是她的力量可以改变的事实，她只能接受。后来曹小珍去了长途汽车站的私人柜台做起

---

① 路内：《花街往事》，北京：人民文学出版社，2018年，第244页。
② 路内：《花街往事》，北京：人民文学出版社，2018年，第246~247页

了售货员，穆巽遇到了她。曹小珍对穆巽余情未了，"你确定我的存在才肯给予慈悲，同情，爱恨和别离"①，但穆巽却觉得"她并非他留恋的人，在这个城市里他没有任何留恋之物"②。因此，穆巽对曹小珍没有关心与负疚。穆巽报考电影学院遭遇滑铁卢，他穿着曹小珍送的白衬衣回到了戴城，这个他内心无比抵触无比失望的城市。曹小珍再次遇到了穆巽。穆巽的失败燃起了曹小珍的希望之火，她拉着穆巽的手表示会对他好，然而得到的是穆巽一句："你们都是神经病！"③

在穆巽看来，一切企图改变他梦想的行为都是不正常的。书中有一个看似闲笔的地方，穆巽看曹小珍同一个给女友买磁带的乡下男青年做交易，男青年花了二十块钱买了四盒磁带，让曹小珍给他另送一盒。曹小珍轻车熟路地同男青年讨价还价，最后将送磁带改为送给男青年一条有瑕疵的印花丝绸手帕，男青年欢天喜地地走了。穆巽有些疑惑，如果男青年看到手帕有瑕疵回来怎么办？曹小珍说那就给他换一块好的手帕，因为手帕的进价才几毛钱，再说男青年上车了也就不大会再来换了。穆巽又问如果这块有瑕疵的手帕让女朋友生气而跟男青年吹了，怎么办？曹小珍话中有话地说，如果他回来，我给他换一块好的手帕——其时，穆巽跟另一个也打算考电影学院的女同学腻在一起。

穆巽听了这话却很高兴，觉得"曹小珍看起来像是个正常人了"④。一门心思追梦的穆巽压根没想过进入曹小珍的内心世界，所以在穆巽那里曹小珍这番带有玄机的话始终停留在语言的表层，没有由表及里进入曹小珍想表达的真实意义层，所以穆巽才觉得高兴起来，他认为曹小珍只是在谈生意，而与他无关，所以认为她变得正常了。曹小珍仍然对穆巽有所期待，在临去艺考前送给他一件白衬衣。路内通过具体物象表现人物微妙关系的笔法容易使人想起夏志清对张爱玲的评价："……见了具体事物……对于人与人之间的微妙复杂的关系，把握得也十分稳定。"⑤

同穆巽一道报考电影学院的女同学说可以找亲戚帮他圆做演员的梦，但是要他把曹小珍送的那件白衬衣还给她。穆巽照着做了。曹小珍收下了那件

---

① 余秀华：《日记：我仅仅存在于此》，引自余秀华：《月光落在左手上》，桂林：广西师范大学出版社，2015 年，第 71 页。

② 路内：《花街往事》，北京：人民文学出版社，2018 年，第 250 页。

③ 路内：《花街往事》，北京：人民文学出版社，2018 年，第 256 页。

④ 路内：《花街往事》，北京：人民文学出版社，2018 年，第 250 页。

⑤ 夏志清：《中国现代小说史》，杭州：浙江人民出版社，2016 年，第 412 页。

被洗得皱巴巴的白衬衣，出乎意料没有任何过激的反应，她说了一句意味深长的话："没有人比你更适合做演员。"① 曹小珍明白了自己不过是被利用的道具，她的心意不会得到对等的相待，穆巽这样对戴城心灰意冷、志在别处的人不会把她放在心里，她是云端下面那个带着世俗尘埃的卑微的仰望者，她爱的人带着精神洁癖与创伤仰望着远方，不管她怎么努力也不能攀上云端把心爱的男人劝下来同她一道经营人间的烟火。

第二节　无声的困兽——评阿乙的小说《模范青年》

　　阿乙在小说《模范青年》中以冷峻的风格描写了一位县城警察周琪源短短的一生。作者用穿插的叙事手法写了两代人的命运、代际之间或明或暗的冲突，年轻人在人生道路上的黜陟升降。小说通过第一人称"我"的视角看待周琪源的人生以及他内心的挣扎与妥协。在写周琪源迫于无奈一次次按捺住自己想飞的志向时，同时写了"我"与他形如霄壤的人生轨迹，在相互参照中显现出两种人生态度及家庭关系。陈易指出："与其说寻找周琪源，不如说是寻找另一个'我'，另一个仍在奋斗而没被生活和世俗打败的'我'，但另一个'我'已经被癌症毁灭掉了。"②

　　周琪源是一个在三线厂成长起来的孩子，父亲对他的管教带着军事化的痕迹，就是不容置疑的服从，这是一种斯巴达式的教育，它将周琪源从一个野孩子规训成为一个服服帖帖的人。小说有这样一段描写："很小时周琪源的脖子上便挂上钥匙，自己从小学回家，取出保温瓶内父母留下的午饭，吃完，然后做作业再去学校。他不敢违逆，因为有时原本应该呆在遥远处的周水生会悄无声息地坐在家中，掐着表等他。这样的突袭一直进行，直到周水生确信儿子完全听话。"③ 周琪源有一次不小心将保温瓶打翻在地，他一动也不敢动，守着一地狼藉等着父亲回来处罚，这种循规蹈矩的做法让周水生感到十分满意。

　　童年时的周琪源是在老家生活的，他为所欲为，也是一个祸害乡里的问题少年，被接回南城县后，周水生开始思考对孩子的教育，这种教育有一个

① 路内：《花街往事》，北京：人民文学出版社，2018年，第257页。
② 陈易：《理想主义遗民——评阿乙〈模范青年〉》，《创作评谭》，2015年第2期，第37页。
③ 阿乙：《模范青年》，北京：海豚出版社，2012年，第61页。

预设的公式："成为……"这个公式内的未知内容不是根据周琪源的特点来量身定做的，而是根据周水生自己的人生经验来规制的。周水生这一代人对人生的思考缺乏自由色彩，他们的人生基本是被预先安排好了的，走进编制体制内是他人生最终的目标，他将这种生存模式照葫芦画瓢转移到了儿子身上。

周水生不顾儿子的所思所求，为他安排婚姻——张爱玲《金锁记》里的曹七巧控制儿子的方法就是替他娶妻，《茉莉香片》聂介臣夫妻控制心野了的儿子聂传庆的方法也如出一辙。在周水生看来圆满的生活，对周琪源来说却不啻于一个无形的笼子，他虽然努力在朝着自己梦想的方向冲刺，却在父亲的威严面前败下阵来。周琪源考上了研究生，父亲让他放弃读研的机会，劝他安下心来在体制内生活，不必去做居无定所仰人鼻息的打工仔。

周水生对时代的理解与他所生活的县城环境也息息相关。小说有这样一个情节："我"去公安局找一个外县来的熟人办事，熟人将本地人都难说顺的土话表达得字正腔圆，这让"我"毛骨悚然。这一情节表明了小城对人潜移默化的同化作用。"我"辞职去了外面求职，月薪远远高于县城所得，县城的朋友表面上表示羡慕，私下里却认为"我"很傻，因为假如不辞职，在四十岁之前，"我"可以升到副处级，这在县城人们的眼里是一个公职人员人生的巅峰。

在"我"眼里，这意味着一生的无趣与平庸，"我"在基层派出所上班的时候，工作之余就是喝得酩酊大醉，醉生梦死，这种生活让"我"不堪重负。阿乙曾说："我最想跟别人讲的是……叫我也这样去平白无故地吃吃喝喝，睡睡席梦思，看看家庭影院，打打麻将，过有养老保险的日子，我不愿意。安分守己，谨小慎微，不肯出门，求铁饭碗，没事就叫自己儿子生孙子。我真想拿大广播沿着大街小巷喊，醒一醒，给你们的生活来点史诗感。"① 这种"史诗感"是小城人们想都不敢想的事情。

小城人们的生活就是在物质与权欲的满足中完成人生的升级，这种人生缺乏理想的色彩，李振在《阿乙论》中指出："阿乙小说里没人到过纽约，纽约却无处不在。对清盆来说，赵城就是纽约；对赵城来说，瑞昌就是纽约；九江、郑州、武汉、北京都可能是纽约。失掉了县城条管所的姑娘，一家人的嗟叹因外地哥哥一句'假如有一天你去了九江市，她算得了什么'而

---

① 李伟长：《倾听阿乙：你哭是你的事，不关我的事》，《申江服务导报》，2012年4月17日，C06版。

平复，因为相比县城女子，九江的姑娘就是纽约，因此，不管纽约是什么，它都是出走最大的诱惑。"①

"我"从外地回来在公安局政治处见到了周琪源，他眼里流露出了深深的失落与满满的羡慕，"我转过身，看见他青蛙一般楚楚可怜、哀怨痴愣的眼神，那眼神既有无尽的渴望，也有无尽的绝望。他大概想和我手拉手、载歌载舞地走，却被一双坚决、无形的手推阻着胸脯"②。周琪源从来没有违逆过父亲的意志，他活在父亲设计的生活圈子里，生平唯一一次对抗父亲的意志是年终总结工作没有完成被催促着去做体检时，他表现出了不满，这让周水生大感意外。

像周琪源这样一个兢兢业业、目不窥园的书呆子式人物，在讲究"斗智斗勇"生存法则的县城中是难以为继的。小说写"我"在基层上班时，女朋友跟"我"玩心机，故意和别的男人同乘摩托车来刺激我的醋意。最后她哭着解释说那是她表弟，"我"却不想回头。在另一段恋情中，一个有着升迁门道的姑娘身边有诸多追求者，大家都带着依靠她找到升迁捷径的司马昭之心，"我"也怀着这样的心态加入角逐，但最终受不了明争暗斗，退出了这场竞争。这件事让家人感叹不已，大哥认为能调到九江市忍忍又何妨。大姐却有不同的看法："问题是他怎么去九江？"③ 言下之意是"我"如此不懂得钻营，怎么能够在单位混得下去？

小城职场将人的关系复杂化的同时也在删繁就简着人与人之间的情感关系。"我"在家人介绍下认识了一个女孩，两人走到一块是因为女孩家人看中我的工作与家境，她本人对"我"冷冰冰的，没有多少感情，别人告诉"我"她的 BP 机来路不明，可能是别的男人送的，"我"却置若罔闻，直到有一天弟弟告诉"我"女孩和别的男人一起去游泳时，"我"才忍无可忍跟女孩提出了分手。女孩想都没怎么想就答应了。事实上，"我"对女孩的喜欢就像喝酒一样，只是通过"喜欢"来打发在小城的空虚生活。

可想而知，像周琪源那样热爱研究与学习的人在小城这样的环境中是难以习惯与忍受的，他从来不抽烟不喝酒不喜欢应酬，同学从远方来了他也不愿去应酬一下。但是他羡慕着我选择诗与远方时，却异常冷静地克制着自己的追求，他清醒地认识到父命难违。周琪源一直在等着出去的机会，当机会

---

① 陈思和、王德威主编：《文学 2013 秋冬卷》，上海：上海文艺出版社，2014 年，第 66 页。
② 阿乙：《模范青年》，北京：海豚出版社，2012 年，第 40 页。
③ 阿乙：《模范青年》，北京：海豚出版社，2012 年，第 13 页。

来临的时候，父亲用老旧的思维束缚了他的去路。等到有去省城的机会时，他已经病入膏肓，时日无多，这无疑是对他命运的莫大讽刺。

周琪源的人生几乎没有一样是自己可以选择的，他活在父亲的影子里。高考时他本来上了本科线，父亲却让他填警察学校，因为周水生曾因为分房得罪过人，他们冲到家里来报复，读警校可以保护家人。周琪源默默地答应了。父亲在周琪源面前就像一座仰之弥高的大山。周水生身上有一种强悍的品质，如果说生命的强悍在海明威那里意味着与自然的搏斗，在史泰龙那里意味着独闯龙潭虎穴的英雄主义，在周水生那里它关系着"活着"。周水生不但自己生命力强盛，他还事无巨细地操控着儿子的人生，他像一个"残暴而仁慈的君主"。

"我"的父亲在知道我要离家而去时，并没有伸手拦我，他像"失势的狮王眼冒怒火"。周琪源是一个非常孝顺的人，他十六岁那年被误诊为癌症，周水生为改善儿子的体质给他买了水鱼，懂事的周琪源把炖好的水鱼倒在地上，愤怒地喊道："知道我为什么倒吗？第一次吃了就跟你们说不要买，你们还买。这次不倒，你们一定还会买第三次。我们根本就不是吃这种东西的人家。"① 周琪源的孝顺一定意义上成了束缚自己的网。

在警校的时候，周琪源就与周围的环境格格不入，别的同学仗着一身警服享受着权力带来的各种便利，他从不利用这样的特权，放假坐着中巴车回家的路上，他一声不吭拿着英语单词书默读，以致其他同学认为周琪源简直有辱警察形象。周琪源是一个理想主义者，他平时最喜欢看的节目是体育节目，小说写"我"的恍然大悟："后来我想到电影里的一句话：体育就是民主。只有体育拥有着完全公平的规则，可以让王公与贫民、年老人与年轻人站在同一起跑线，凭借自身实力说话。"② 他不愿意做破坏规则的事情，他临死之前，念念不忘的是妻子的工作调动与孩子的转学问题，但不管父亲怎么问他还有什么未了的心事，周琪源始终三缄其口。

"我"工作之初被分配在一个离城里有两个半小时车程的小镇，那里四处绵延着高山，这激发了"我"的斗志，发誓一定离开这里去更远的地方，甚至将纽约也提上了理想的日程。"我"辞职后，一步一步实现着自己的理想，在郑州—上海—广州—北京的路线中规划着自己的未来，还差一点就被派往纽约学习。当初"我"跟派出所同事说想去纽约时，惹得他们哄堂大

① 阿乙：《模范青年》，北京：海豚出版社，2012年，第 69 页。
② 阿乙：《模范青年》，北京：海豚出版社，2012年，第 99 页。

笑，在他们眼里，这样的想法是荒谬可笑的。有一阵，"我"就像一个弃民，拖着沉重的影子走在小城的角落里。除了跟城里有相似念头的朋友在街道一隅对酒当歌互相激励外，找不到其他的方式排遣忧愁。父亲对"我"的去乡之意虽然抵触但也没有强行阻拦，因为他觉得"我"的希望太过渺茫，父亲每次都带着嘲讽与慈悲的眼神看着"我"铩羽而归。小城的生活使我畏首畏尾孤陋寡闻，在南昌求职，"我"连电梯按钮也不敢按。

与周琪源不同的地方是，"我"在找到机会的时候一点也不会优柔寡断，离开的时候，"父亲坐着，身躯颤抖，眼冒怒火，母亲则深情款款、充满怜惜又欲言又止地看着我。在一楼门口，奶奶抱着被子坐在地上。'不能出去啊，你要出去就带我一起走。'她说"①。尽管这样，我还是踏上了去火车站的面包车。后来"我"坐在北京电影院里看电影时，小城的电影院已经成为会议厅与草台班子跳艳舞的地方，最后被拆了，这一物象悬殊的对比，不仅是城市文化实力的差距，也是"我"和周琪源之间渐行渐远的距离。这体现出"成长小说"观念上的变化，止庵指出："'一个人'也可以'成长'为另一种'成人'：他未必非得'被社会尊重'；而以拒绝接受既有价值观念的姿态，成为这个社会的一员。"②

周琪源才华出众，却被周围人孤立在外，"我"凭借着努力，从实习生渐渐走到主笔的位置，不断变换着人生与城市的坐标。"我"活得越来越舒展，周琪源仍然在原地打转，宛如陷入漩涡中的枯叶。他就像"我"姐姐的一位生意朋友，常年驻守在村里，当姐姐把生意挪到城里后，她还在原来的地方，像"时光之水里的桩子"。结婚、生子、买房这些人生应有的内容对周琪源来说却是重负，他人生的理想在一点一点黯淡下去。

对影响周琪源的世俗观念，作者仿佛咬牙切齿地控诉："而影响周琪源的这个人，超越一切丑陋与无耻。他像一条豺狗，毫无尊严、寡廉鲜耻，始终默然地跟在人后头，等待你犯错，只要你出现哪怕一点衰竭，他便凑近慢条斯理地舔你还活着的尸身。"③"我"在摆脱了世俗观念的纠缠后，道路越走越开阔，前途越来越明朗，相较之下，周琪源行走在黑暗的下水道，越走越狭隘。"我"觉得在外拥有的一切像是活在梦幻中，对远方的故乡产生了畏惧感，爷爷奶奶过世的时候，"我"几乎没有多少悲伤。父母辈的人按部

---

① 阿乙：《模范青年》，北京：海豚出版社，2012年，第28页。
② 止庵：《相忘书》，天津：百花文艺出版社，2017年，第65页。
③ 阿乙：《模范青年》，北京：海豚出版社，2012年，第42页。

就班地活在小城里，等到日子有所好转，却发现已经活在死亡的门槛上。

令人感到悲哀的是，这种狭隘的生活方式还在影响着后代，在火车站，闲聊中得知一位开的士的大姐想让自己孩子念警校，"我"劝她，也许孩子的理想是去纽约。这种说法在大姐看来不切实际。周水生去接孙子，孩子本来高高兴兴的，一看到爷爷，脸就沉了下来，就像当年周琪源在办公室里看到父亲来了，条件反射似的站起来颤巍巍地叫一声爸。所幸的是，"我"已经摆脱了小城的旧习，在周琪源去世后，"我"去拜祭他，晚上住在简易的宾馆，发现上厕所时已不习惯蹲坑，"蹲坑"象征着小城死水微澜的生活，从大城市回来的"我"再也无法接受这样的生活。

周琪源一直在负重前行，他不断在尝试离开小城，这种脱离的想法缘起于她母亲的经历，母亲黄武建本是武汉人，20世纪60年代上山下乡潮中辗转随父亲来到三线厂，并与周水生组成了小家庭。自此，黄武建"就像断了线的风筝，挂在永远的异乡"①。也许是母亲对周琪源的诉说激发了他去远方的念头，也许这种骨子里的基因从小就鞭策着周琪源去更远的地方。路内的小说《雾行者》中，辛未来在高中时候有一个热恋的男友，后来莫名其妙地跟着蛇头偷渡走了，周劭问原因，辛未来的解释是"很复杂的原因，血统里的东西，不容易理解"②。

逃离不只是一种观念，也是基因中与生俱来的成分。他虽然在努力创造机会，但是这一切付之阙如，常年伏案劳作破坏了他的肉体，意志不得舒展压抑了他的精神，这一切的合力压垮了周琪源的身体。周琪源像他的父亲，也有旺盛的生命力，即便在沉疴不起时，他还挣扎着写作，没有放弃离开的想法。但是只要父亲依然健在，他出走的愿望就难以实现，唯一的机会就是等待父亲去世或者垂垂老去不再有管他的精力时，那需要完成精神上的"弑父"。余秋雨在论述黑格尔的悲剧理论时说："心灵本身的分裂与矛盾"是最深刻的冲突，"这就是说，冲突的双方都应是主动、合理的，或者是一方主动、一方合理的，先天和盲目不能导致深刻"③。周水生对儿子的考虑有片面合理的地方，周琪源留下来也不都是盲目顺从，这种表面上的合乎情理导致了他们内在尖锐的冲突。

周琪源活得相当孤独，他无法融入身边的世界。在知道自己罹患癌症晚

---

① 阿乙：《模范青年》，北京：海豚出版社，2012年，第62页。

② 路内：《雾行者》，上海：上海三联书店，2020年，第350页。

③ 余秋雨：《戏剧理论史稿》，上海：上海文艺出版社，1983年，第472页。

期时，他躲在一个无人的角落打电话给父亲，哭得声嘶力竭，像孩子时挨打那样。周琪源的孤独，不只是和人言语上的交流阻碍，更是精神上的障碍，他一直活在自己的世界中，因此即便在结婚后，他也常常住在单位一个狭隘的房间里埋头研究。这房间是周琪源暂时隔断世俗困扰的栖身之地。周琪源去世之后，同事在告知"我"这一噩耗时连他的名字都写错了（周起源），这是一个富有意味的细节。

首先它说明周琪源活在错误的时空中，他内心向往的生活一直没有实现。其次，这个细节说明了周琪源在同事心中模糊不清，他们不了解周琪源的精神世界，甚至他的存在都是可有可无的。再次，"周起源"歪打正着道出琪源受到的"饮水思源"教育，他小时候曾被父亲托付给亲戚们照顾，对这些亲人他有知恩图报的义务，对父母他自然更有照料的责任，这使周琪源不能像"我"一样说走就走，再说琪源是独子（琪是珍异的意思），而"我"有兄长和姐姐，"我"并不是父母唯一的寄托。

《模范青年》是一本富有内蕴、促人深思的小说，它成功刻画出一个富有理想却踟蹰难行的小城年轻人形象，使我们在他的煎熬、默默无闻的坚守中一并感到沉重感慨着。《模范青年》体现出阿乙在创作上的蜕变。胡少卿在《汉语写作的博命远征——阿乙论》一文中说："在晚近的写作中，阿乙越来越意识到历史纵深、现实经验对小说的意义。由此，他对福克纳、陀思妥耶夫斯基的推崇超过了对博尔赫斯、卡夫卡的推崇。这种转变意味着从轻灵到厚重、从技巧到力量、从思想的真实到行动的真实的转变。"①

谢有顺认为小说是作家与现实之间订立的契约，它需要遵循现实的情理："脱离一个时代的语境进行写作，势必会让人觉得缺乏一个合理的物质外壳，立不起来。"②《模范青年》的成功一个重要方面是作者写实的风格，他对小城生活、人间关系、工作环境的描写高度符合时代与地域的逻辑，处在多重阻力形成的夹缝中仰望的周琪源形象因而具有了震撼的感染力。虽然压在身上的"石头"使他难以负荷，他内心从没有放弃过梦想的未来，从1999年到2009年的10年间，周琪源平均每年发表文章百余篇，此外"他英语过六级，自考拿到南昌大学法律本科文凭，考中过研究生，有两枚'中华人民共和国公安部三等功奖章'及多张市县颁发的宣传先进个人证书"。

目睹周琪源工作上的累累硕果，"我"对周水生说："他做这一切，只为

---

① 阿乙：《情人节爆炸案》，武汉：长江文艺出版社，2017年，第271页。
② 谢有顺：《成为小说家》，太原：北岳文艺出版社，2018年，第109页。

着出走。"① 周琪源是一个具有双重人格的人物，他一方面柔顺寡言，另一方面又坚忍执着，二者交织在周琪源身上形成了令人震撼的悲剧力量。周琪源像一只处在无形牢笼的困兽，他一言不发，却时时让人听到他内心振聋发聩的嚎叫。陆建华指出："而到了阿乙的小说中，无论是沉默寡言的屈从者还是歇斯底里的反抗者，都有着深度的孤独病兆，他们处在封闭的乡镇和县城中，要么是无人倾诉，极少坦露心声，将想法和心思憋在心里，任凭心魔滋生，然后以喷涌之势向外发泄。"②

第三节　卑微的潮水——评路内的小说《十七岁的轻骑兵》

十七岁对很多人意味着花样年华和明媚记忆，路内笔下的十七岁却鲜见这样的内容，他的《十七岁的轻骑兵》将沉重的时代肉身隐藏在一种狂欢的表象下，赋予了小说哀而不伤的叙事风格。一群技校的孩子在黯淡命运的笼罩下不知所谓地生活着，他们在学校不被待见，在实习工厂被视为异端，他们与重点中学、中专学校的学生之间存在着一道看不见的鸿沟，他们活在自己的圈子里，等待他们的未来是被分配到未来充满变数的国有化工企业。这是一群不愿受束缚的充满生机的年轻人，也是一群卑微的年轻人，他们就像喧嚣而过的潮水，人人避而远之，却只能流向更低的洼地。路内借路小路等技校生的生活轨迹来表现与他们处在相同纬度的国有企业的命运，技校生卑微的社会地位与国有企业之间的命运是一种因果关系，后者趋向没落的大环境造成技校生社会地位大不如昔。

姜智芹指出："20 世纪 80 年代中期以后，随着改革开放的不断深入，外来思潮开始在中国文坛上掀起波澜，叔本华、尼采的意志哲学，弗洛伊德的精神分析学说，萨特的存在主义哲学等等，对中国的知识分子产生了极大震动。这些非理性的外来思潮极为关注个体人的处境，而人由幼稚走向成熟……青少年无法直接理解成人世界的现象和法则，他们必须经历一个学习、受挫和成长的过程才能理解成人世界，融入成人社会。这个学习、受挫和成长的过程，伴随着迷惘和痛苦，有时也充满了戏剧性的情节，这些都为

---

① 阿乙：《模范青年》，北京：海豚出版社，2012 年，第 106 页。
② 陆建华：《在场者的言说　评论合集　下》，南京：凤凰出版社，2017 年，第 168 页。

成长小说的创作提供了无尽的素材和原始冲动。"①

    路内青春成长小说与此不同,他没有探讨笔下年轻人的成长过程。《十七岁的轻骑兵》中的花裤子等人在经历年少轻狂后,走入了社会,并变得成熟起来,但路内没有具体去写他们经历了什么,小说中,自诩为全班混得最好的花裤子对路小路说你想不到我经历了什么,具体是什么却没有直说出来。《十七岁的轻骑兵》的重点是写路小路等技校生的迷惘青春,或许对他来说,变得成熟是每个人都会面临的自然结果,无需赘述,但对于作为人生起点的青春期却具有各不相同的内容与意义。王朔曾戏谑道:"青春好像一条河,流着流着成浑汤子。"② 对于人生后来的成熟世故,王朔更看重的是少不更事时不守规则的活力与简单,这与路内似乎不谋而合。

一、活在小圈子

    20 世纪 90 年代初的社会,弥漫着一种说不出的焦虑。在路内的小说《少年巴比伦》《追随她的旅程》中,这种社会焦虑得到了充分的表现,小说中的戴城在紧锣密鼓的开发状态中,每天大街上都是来来往往的运土车,尘土遮天蔽日,震耳欲聋。来自各地的淘金者聚集在开发区,筹谋着各自的未来。《十七岁的轻骑兵》中的路小路等技校生却暂时忘却了这种焦虑,或者说这种通行的社会焦虑症还没有影响到他们。

    为了不让路小路等技校生显得脱离时代,路内用了一个别具深意的句子来表现路小路们的处境:"我们所有的人,每一个,都他妈的差点冻死在一九九一年的冬天。"③ 这既是关于自然季节的描写,也是对社会环境的描写。就后者而言,路小路等技校生已经身处在一个不怎么美妙的大环境下了。路小路等四十人去工厂实习,其实就是搬运污泥做一些琐事,没有什么人教他们技能,由于技校实习生不谙世事惹是生非,工厂对这些年轻人不怎么待见,大雪纷飞的时候实习生只能窝在风口集体取暖,工人们在温暖的休息室内休息。技校实习生变着花样释放无处安放的精力:打闹、跟踪喜欢的女孩、偷吃工人的中餐、看色情录像……这些情节堆砌出一个无聊的技校实习生们的生活图景。

---

① 姜智芹:《当东方与西方相遇:比较文学专题研究》,济南:齐鲁书社,2008 年,第 49 页。
② 杨流昌编:《王蒙散文随笔选集》,沈阳:沈阳出版社,1993 年,第 220 页。
③ 路内:《十七岁的轻骑兵》,北京:人民文学出版社,2018 年,第 2 页。

　　路小路们藐视规则，我行我素，大大咧咧，放任自流。在看似粗放、目空一切的外表下，又有着一颗细腻敏感的心。技校生们经过农业中专时，看到学生们在踢球，技校生不敢和他们一起踢球，而是想抢一个足球来玩。技校生知道自己与中专生的差距，他们卑微而倔强地与之保持距离。在路内另一部小说《追随她的旅程》中，路小路冒充戴城中学学生，结果被欧阳慧识破，戴中的师生像驱赶无证野狗一样驱逐路小路，技校生像洪水猛兽一样不受待见，尴尬的社会处境使他们只能生活在小圈子中，过着游戏人间的生活。仗着人多势众，技校生们肆无忌惮所向披靡，他们拿着卖偷来的自行车的钱结伴去温州发廊洗头发，粗暴地将一位顾客拒之门外，并将这位顾客停在门外的自行车也偷了。

　　这样的经历使路小路回忆时激情澎湃，他动情地说道："我……后面站着一群莫西干头的少年，我将和他们一样，或永远和他们一样。"① 路内在谈及《十七岁的轻骑兵》创作时说："故事时间离现在快 30 年了，已经变成年代剧了，照理来说不在青春小说的范畴里，但我看见跳广场舞的阿姨也在回忆青春，就会产生历史可以被打扮成青春之类的念头，也就原谅了自己的执念。"② 路内称青春写作为一种执念，小说中路小路对昔日伙伴挥之不去的记忆也可以理解成作者的夫子自道。

　　路小路等人的小圈子与鸡鸣狗盗背后是教育的缺失。他们就读的化工技校的老师普遍素质低下，缺乏责任感。《追随她的旅程》中路小路的班主任对学生冷嘲热讽、毫不关心，最开心的事情是看到学生被开除学籍。《十七岁的轻骑兵》中的班主任陈国斌满口粗话，对学生动辄打骂，让路小路等人心惊胆寒。部分技校生的低劣素质有着教育缺失的原因。

　　路内在小说中屡屡拿技校学生与其他学生比较，表现他们卑微的社会地位，这体现出路内对技校这些三五成群的少年的同情。作家绿妖说自己的技校选择时说："这是一个年代的产物。1990 年代，尤其是县城，上技校是很主流的选择，当时高中升学率不高，如果没有办法上大学的话，你的高中就白念了，所以读高中是一个性价比很低的选项。但我属于想得比较多的那种，我上技校那几年有点抑郁，工厂像一个潜艇，我在技校的生涯好像始终

---

　　① 路内：《十七岁的轻骑兵》，北京：人民文学出版社，2018 年，第 18 页。
　　② 高丹：《路内〈十七岁的轻骑兵〉：1990 年的中国与十七岁的青年》，《澎湃新闻》，2018 年6 月 7 日。

航行在水底下。"①

技校是一座避风港，许多没有什么希望上大学的学生将青春安放于此，这个避风港在承载少年青春的时候，也一并培养了他们的放肆。技校生的未来是没有悬念的，他们会被安排到各类对口工厂，由于不需要考虑工作安排，他们有些放纵不羁，本该属于少男少女的纯粹变得浑浊。小说中的技校女生开始懂得利用自己的姿色来控制技校男孩。闷闷并不喜欢技校男生，却周旋于他们之间，颐指气使并利用他们。技校男生开始涉足社会，利用年轻的资本赚钱。大飞在舞厅充当保安和舞伴，人多的时候就当保安，人少的时候就陪中年妇女跳舞并提供色情服务。他们毕竟是孩子，人性中最初的良善还没有完全褪色，大飞虽然自己有些堕落，却不愿好友路小路也跟他一样沉沦，他拒绝了路小路想去春光舞厅挣钱的要求。

二、追逐的荷尔蒙

几乎每一个人的青春都有一个追逐的规定动作，路小路等技校生将这个规定动作具化为在现实中风驰电掣恣意追喜欢的女孩的背影，但这个背影与他们之间总是存在着一种无法度量的距离。在豆浆摊位上，飞机头发现了额角有一缕白发的戴城中学的女孩，这个甜豆浆一样的女孩瞬间迷住了飞机头等人，他们想去追却赶不上远去的速度。这不只是物理上的差距，还是心理上的距离，路小路对闹闹不无感伤地说："他们根本追不上那姑娘的，八中是个好学校，好学校的姑娘不会和我们化工技校发生关系的。"② 这种渗入到骨子里的自卑感，在路内的小说中时有表现，在《追随她的旅程》中，路小路暗恋戴城中学的好学生欧阳慧，他不敢表白，只敢在街头跟其他技校学生一起没心没肺地嘲笑她平胸。在戴城中学，路小路看到欧阳慧展览在宣传栏里的诗，偷偷扯下来拿回去翻来覆去地看，却看不出一个所以然。

路小路一度懊恼，为什么当初不好好学习考入戴中，那样就可以名正言顺和欧阳慧交往。路小路等人的自卑感伴随着整个在技校学习的时间，当没有比较的对象时，他们非常开心，一旦被纳入比较的视域，他们就开始思考自己的处境，但是找不到可以平衡内心的东西，只能借助于一些外在的东西

---

① 高丹：《路内〈十七岁的轻骑兵〉：1990 年的中国与十七岁的青年》，《澎湃新闻》，2018 年 6 月 7 日。

② 路内：《十七岁的轻骑兵》，北京：人民文学出版社，2018 年，第 48 页。

来粉饰自己千疮百孔的内心世界。路小路特别喜欢闷闷用"高傲""温柔""忧郁""内向"这些书面语来评价自己与其他同学，从中他得到莫大的安慰与鼓励，但这个善于鼓励自己的女孩却喜欢上了一个开桌球房的乡巴佬，这使路小路倍感失落。

关于闹闹的情感归属，路小路等人觉得非常费解，他们觉得对闹闹有太多观察角度，不知道哪一个才是真实的。花裤子说闹闹最喜欢的人是飞机头，飞机头一头雾水。花裤子饶有哲理地说了这样一番话："你们是不会明白的，世界上只有一个闹闹，但是你们这群白痴在马路上追来追去的女孩，不管是白头发还是黑头发的，都有成千上万个。懂不懂这个道理？"大飞拍着桌子说："花裤子你知道个屁，其实闹闹在外面有很多男人的，她跟我们只是闹着玩的。"① 这"唯一"与"大多数"的逻辑转换太突然太扑朔迷离，一群人顿时变得沉默了。高不可攀的闹闹在戴中白发女孩面前又显得粗俗而轻薄。路小路等人在白发女孩身上发现了前所未有的美，这种美吸引着他们前仆后继去追赶，但他们最后被白发女孩一句话给堵死了前路，原来她的父亲是公安局的。

看着白发女孩消失的身影，花裤子对大家说："你们是不是很自卑？"在爱情面前，路小路们是被流放者，他们的热情随时都能爆发出来，但总是黯淡收场。路小路喜欢轻工中专的李霞，在送她回宿舍的路上，李霞告诉他自己马上毕业了，会去新区工作了，（路小路）"觉得心里跳了一下，又跳了一下，可是我没再回头，陪着她走了"②。李霞将去的和他将去的地方是两个缺乏交集的世界，路小路没有勇气继续陪着走下去，自卑使他感到近乎绝望的虚无。飞机头喜欢上技校旁书店的女孩，为了吸引女孩他俩做喜欢读世界名著，并从新华书店偷新书送给女孩说是自己家不要的书，最后东窗事发。女孩知道飞机头偷书后，将他送的书一本一本从书店扔了出来，然后毫不留情地关上了门，彻底断绝了飞机头的情思。

在追逐的路上走得最疯狂的是刀把五，他是一个为喜欢的女孩不顾一切往前冲的人。刀把五不同于其他技校生，其他人虽然平时放荡自我，但不敢动刀动枪来真格的，他们守着最低的学生原则。刀把五不管这些，他活在想象的江湖世界中，对社会的理解就是弱肉强食。路小路们喜欢高年级学姐可可，刀把五就自告奋勇担任起护花使者的角色，别人对可可有什么非分之

---

① 路内：《十七岁的轻骑兵》，北京：人民文学出版社，2018 年，第 52 页。

② 路内：《十七岁的轻骑兵》，北京：人民文学出版社，2018 年，第 80 页。

想，刀把五就会挺身而出逼退其他人。但是可可不喜欢刀把五，因为他既不及飞机头帅也没有钱。在别的学校学生企图对可可意图不轨时，路小路们会集体出动为可可大打出手，其中冲在前面的就是热血沸腾抢着砖头的刀把五。

刀把五的热情换来的却是可可对他是否是神经病的质疑。刀把五手上的刀疤是他爸爸砍的，为了夸耀自己身经百战的不平凡，他说这是一个老流氓砍的，那次差点要了刀把五的命，但他丝毫不怂，显得非常勇猛。事实上这伤疤是他爸砍的，谜底被刀把五爸爸无意戳破后，刀把五颜面尽失，在一众同学面前追着他爸爸砍。可可引以为豪的手链被一个女流氓司马玲抢走了，可可身边的技校生没人敢管这事，刀把五不管司马铃让人闻风丧胆的名头背景单枪匹马从她那里抢回了手链，最后被司马铃的人在屁股上捅了一刀。刀把五的爸爸死后，他更处于无人管教的状态，更狂放无惧。

路内小说中有一个很奇怪的现象，里面角色很多都没有父母——白蓝父母双亡（《少年巴比伦》），顾小山自幼母亲去世（《花街往事》），于小齐的父亲去世（《追随她的旅程》），周劭中学时父亲去世（《雾行者》），闷闷的父亲去世（《十七岁的轻骑兵》）——这似乎不是偶然为之的构思，父母在很多作家的潜意识中是规则与约束的象征，将父母从小说中排除出去意味着小说人物免去了长辈的羁绊可以自行安排生活，活在小说人物自洽的生活逻辑中。父亲去世后，刀把五不怎么哀伤，他觉得以后没人可以管他了。随后发生了刀把五在操场上叉住司马玲的脖子不慌不忙地从她手上抢走了那条手链的事情。

在可可的生日舞会上，刀把五因为抢手链一事挨了司马玲的人一刀，可可一点也不为刀把五担心，而是抱怨刀把五毁了她的生日舞会。可可因为怀孕而被技校开除，一个化学老师当众辱骂她为"贱货"，第二天这位老师在小巷里被蒙面人在他屁股上捅了一刀，不知是谁干的。刀把五这个角色有点符号化，他像是一个荷尔蒙的符号：冲动、大胆、敢爱敢恨，但面对的是一个众星捧月般的女孩，悬殊的地位注定他不会有什么收获。他将这种不理性的爱化作了捍卫，自己得不到她，也不能让别人伤害可可。我们仿佛看到刀把五不知疲倦不辨方向地奔跑在追逐爱情的道路上，没人知道他能坚持多久。

三、寻找出路

对抗环境，最好的方法是选择离开。这不是每个人都能做到的，它需要勇气与机会。处在没落边缘的国有工厂，坐落云山雾罩中，很少有人看得清它的未来。能够看清未来的人筹谋着离开化工厂，路小路的表姐小雅一直在申请签证，但迟迟未果。小雅是戴城大学毕业的，分配到化工厂的第一年要下基层锻炼，这个一身文艺气质的女孩与化工厂的环境格格不入，看到车间主任，小雅也不会去打招呼，自顾自注视着窗户。

小雅的签证办下来后，她在路小路等人的帮助下踏上了去上海的货车。那不是离开而是逃离，因为工厂的人都在围堵小雅不让她走。小雅的离开，让大飞怅惘若失，大飞喜欢小雅，但是好友路小路不想他们之间有什么瓜葛，他太清楚大飞的底细，觉得大飞配不上小雅。根据路小路的回忆，小雅在上海读书的时候是一个非常开朗的人，而不像现在这样沉郁，他曾跟小雅去上海逛街，小雅摔了一跤，鞋都踢飞了，她毫不含蓄哈哈大笑。造成小雅前后判若两人的性格是工厂的压抑环境。

小雅与大学同学拍过一张照片。照片被小雅的爱慕者奚志常拿走了，大飞很遗憾自己没有得到那张照片，路小路却不这样看，小说写道："我说，不不，这张照片可珍贵了，给了你才他妈的是浪费，你完全不理解，也不可能理解，你仅仅是被她们超乎想象的美丽而震慑，然后感叹一下时光飞逝，她们可能都老了，诸如此类。是的，她们当然会老，变得像历史一样可以被人指指点点，但这并不重要，重要的是你没得到那张照片，它被奚志常带走了而你根本不知道奚志常去了哪里。"[1] 路小路的意思是，奚志常追求的东西是大飞这些人所无法想象的。大飞参与了小雅离开工厂去纽约念书的过程，小雅是一个执着的追寻梦想者，大飞却没有受到太多的触动，唯一的感触是没有追到小雅，连照片也没有得到一张，他衡量事件的标准是非常表面和世俗的，无法进入小雅的内心世界。

这体现出路内的某种时代思考，康凌在《路内论》中说："从今天来看，20世纪90年代的激变非但没有为个人带来更多的可能性，恰恰相反，随着时间的推移，社会结构的日渐固化，反而造就了更严重的板结与沉滞，个体的参与、成长空间愈发狭小、逼仄。这一现实不仅引发了对20世纪80年代，乃至更早的时代的想象的乡愁——人们认为，当时的人们依旧保有历史参与的可能——同时也改变了对90年代的书写方式。身处历史加速过程中

---

① 路内：《十七岁的轻骑兵》，北京：人民文学出版社，2018年，第128页。

的张皇失措，逐渐演变成了一种被悬置在历史之外的焦虑。"[①]

小说还表现了拥有倔强灵魂的少女丹丹，与小雅不一样的是，丹丹没有签证，不能像她一样潇洒坐飞机去纽约读书，她卑微地朝着希望的方向努力迈进。丹丹实习的地方是炭黑厂，那是一个可以让人黑头黑脸的地方，丹丹涂着指甲油去工厂，鲜艳的指甲色与炭黑厂之间构成一种反讽的效果。丹丹在学校时擅长歌舞，冠盖群芳，并上过电视台，在旁人眼里她是做演员的料，然而技校并非想走就能走的地方，学生与学校之间签有合约，走人得赔钱，这约束了丹丹的选择。丹丹与花裤子等人不同的地方是她有清晰的人生坐标，她对花裤子的评价是他太空虚，这让花裤子莫名其妙并抓起狂来。

丹丹在炭黑厂也保持着少女追求美的自然本能，当工厂老工人让她换下那身淡青色的衣服，穿上黑色工作服时，丹丹拒绝了，她说了一声不干了，转身就离开了周遭一片黑色的炭黑厂。丹丹对自己做炭黑厂女工的人生感到很悲哀，当花裤子说喜欢她时，她黯然地说："我也觉得你不会喜欢一个未来的挡车女工，可是我也只不过是炭黑厂的一个操作女工。"[②] 在废弃的仓库里，丹丹和花裤子跳了一曲华尔兹或慢四步，两人在翩翩起舞中回忆起读书时的种种美好。那是一个充满尿骚味的废弃空间，与丹丹美好的回忆格格不入。这种不和谐表明丹丹的梦想与现实之间的差距。丹丹最后赔了技校钱离开戴城去了另一个城市，在那里也许能找到适合她跳舞的舞台。

那时社会上很多人都在寻找出路，但是有些人的路走偏了。大飞和路小路被分在研究所实习。这是一个相对其他同学的实习单位要好得多的地方，连带班老师也觉得不可思议。研究所附近有许多外地人搭的窝棚，路小路对这些外地人很不感冒。有一个窝棚里住着一个腿上打着石膏的少年，他阻止大飞摘他家的南瓜花，气盛的大飞用脚踢少年的轮椅。在两人推推搡搡的过程中，大飞意外在窝棚里发现了大量研究所被偷的铁块。很快窝棚边围满了人，他们对大飞和路小路拳打脚踢，两人性命危在旦夕。所幸的是带队老师经过窝棚发现了他俩，制止了一众人的殴打，两人才幸免于难。

表面看，打着石膏的少年很无辜，他被大飞欺负无可奈何。这种题材可以写出一种底层社会悲剧的氛围，但路内笔锋一转指向底层社会的恶。少年的腿受伤是因为他去研究所偷铁块被廖科长打的，住在窝棚里的人都是靠窃

---

① 金理、周明全主编：《"80后"批评家年选（2014）》，昆明：云南人民出版社，2015年，第200页。

② 路内：《十七岁的轻骑兵》，北京：人民文学出版社，2018年，第162页。

取为生。从另一个角度看，大飞欺负弱者也带着一种人性之恶，这种谁也不比谁无辜的现实状况，表明了社会处在一个混乱的转型时期，每个人都在寻找出路，一不小心就误入歧途，人们都带着不宽恕谁的暴戾之气。

路内将那个时代特有的社会氛围表现得含蓄而深刻。马克思在《青年在选择职业时的考虑》一文中指出："自然本身给动物规定了它应该遵循的活动范围，动物也就安分地在这个范围内运动，不试图越出这个范围，甚至不考虑有其他什么范围存在。神也给人指定了共同的目标——使人类和他自己趋于高尚，但是，神要人自己去寻找可以达到这个目标的手段；神让人在社会上选择一个最适合于他、最能使他和社会得到提高的地位。"① 选择对每个人来说至关重要，错误的选择使人在社会中找不到合适的位置。

大飞、路小路与窝棚外来者之间看起来是剑拔弩张的对立者，其实他们都是错误的选择者，路内故意将他们安置在同一时空中。前者对技校的选择并非出于喜欢工厂生活，而是没有别的选择，后者为了在异地他乡寻觅到一席之地而干起了违法乱纪的营生。二者异曲同工。路内说的这个故事虽很短，却内含深意。某种意义上可以说，"谁都不是无辜的"将整部小说的生存状态提升到了一个哲学思辨的高度，它使那些看似琐碎的、癫狂的生活场景获得了一种时代的深度。

当然，路内在表现这群少年生活时还显得比较随意，有些迁就自己的生活感觉与趣味，这使得小说虽然带着一定的现实深度，但是表现得不够，对此，杨平华有一段切中肯綮之语："我认为，作者创作正处于喷涌期，这事实上是严格意义上长篇写作的零部件，无论作为经典长篇叙事，还是主题短篇小说集的定义，都有可斟酌处。在传统意义上而言，短篇更讲求写作的意味、文字的留白，以凸现整体的社会文化境遇下的个人书写，以及语言的精致和节制，张弛自如，这些都需要作者在创作过程中加以深入的摸索和探察。对路内来说，可能还是需要在小说叙事上持久不懈地熬炼和打磨，而不是简单量的集聚。而且，他应该在长篇创作上投以更多的心血。甚而，我以为，这代年轻作家呈现给我们的文字景象，是否还欠缺一种在缓慢的写作路程及思考中不倦地探路前行的整体观和过程感"②。

---

① 中共中央马克思恩格斯列宁斯大林著作编译局：《马克思恩格斯全集》（第四十卷），北京：人民出版社，1982年，第125页。

② 杨斌华：《旋入灵魂的磁场》，上海：上海人民出版社，2018年，第306页。

第四节　那时花开——评路内的小说《云中人》

《云中人》的叙事风格阴冷、压抑，它与后来的《雾行者》有很多相似之处。或者说，《雾行者》的叙事风格脱胎于《云中人》，路内喜欢在写一部小说的同时构想下一部作品，这使得他的时间上靠后的作品的一些情节在前一部作品中显出草蛇灰线的痕迹，这也使作品呈现出某些连续性或相似性。不同于《云中人》的地方是《雾行者》在叙事上更冷静、少了路内擅长的插科打诨。《云中人》是关于寻找与缉凶的故事。主角莫小凡就读的工学院发生了凶杀案，一名女生被锤杀在废弃的仓库里，这件事一石激起千层浪，给工学院大学生造成了心理上的阴影。紧接着，一名叫小白的女学生失踪，夏小凡遍寻而不得，在寻觅小白的过程中，他的女同学齐娜死于树林中。路内以寻觅为线索表现了身处时代速变中大学生的生活。

《云中人》不同于一般的悬疑小说，路内不是简单地展现一个果报不爽的故事，故事中的凶手逍遥法外，他借这个悬疑故事的外壳表现一个特定时代人们的生活世界与社会变迁，"云中人"不仅指案件充满了迷雾般的色彩，也指工学院大学生难辨轮廓的未来。寻人、缉凶与工学院学生的生活交织而成一团人性的迷雾，这些影射着处在快速变化中的社会。路内在《云中人》中写行人寥落的商业街的咖啡店旁边的花朵，"盛开又萎谢的花朵低垂在树丛中，记忆中的水分都蒸干了，乃至开裂，乃至嘶哑，某种意义上像是一个寓言"①。这是一个突飞猛进又有许多瑕疵的时代寓言，也是小说要表达的主旨。这样的寓言方式令人想起《了不起的盖茨比》，小说中的盖茨比家的花园充满各种奢华与富贵者，这些人与物聚在一起构成了经济大崩溃前拜物风气盛行的美国社会的象征。

一、资本的世界

在《云中人》中，工学院周边住满了工人，他们在改革的版图中不断被边缘化，后来这些工人迁移到更远的郊区去了，工学院周边大兴土木兴建各种厂区、创意园区。这个相对封闭的世界被打破了宁静——一名漂亮的女生

---

① 路内：《云中人》，北京：人民文学出版社，2018年，第62页。

被锤杀在街头。女学生的被杀案与外面世界的发展之间存在着某种关系：社会高速发展带来了外来民工，他们之中的不法分子暗中侵入学校，觊觎年轻貌美的女大学生并伺机下手。路内用了一个富有象征性的场景来表现急速变化着的社会对人们的冲击——夏小凡在乌烟瘴气的网吧与女网友聊得热火朝天时，一个吊扇忽然从屋顶跌了下来，差一点把他的眼睛弄瞎。

网络虚拟世界洪水一样席卷着年轻人的生活，他们把老师"不要沉湎于虚拟的互联网世界"的教诲置诸脑后，心甘情愿接受着互联网的种种诱惑。作为资本全球化的产物的互联网把世界连接为一个整体，它将每一个人都纳入麾下，任何人都是其中的一分子，"无所逃于天地之间"。全球资本的涌入改变了社会的发展节奏，就像数码相机一样，"以完全不考虑胶片成本的方式对线性风景做出的无意识的散乱的乃至最终冲印出来被遴选并被打乱了次序无法恢复其线性状态的记录"①。

在路内的其他几本以工厂为题材的小说《少年巴比伦》《追随她的旅程》《慈悲》中，工厂的繁华已经是明日黄花，它们随时面临解体或者已经处于解体状态中，市场与资本在吞噬着已经老迈不堪的国有工厂，这在《云中人》中也得到了体现。拥有 D 罩杯傲人身材的女同学小白的父亲和夏小凡的父亲一度关系不错，小白的父亲在工人们因为分房子而把夏父按在马桶里的危急时刻挺身而出为其解围疏难。但是在工厂裁员的时候，夏父不顾两人交情与小白父亲给他送五粮液与大闸蟹的施惠，让小白父亲下岗了，小白父亲绝望之余用痰盂扣在夏父头上杀死了他，随即自杀。

小白与父亲一样也落得个惨淡收场的结局，杀害小白的斜眼住在一个等待拆迁的楼群里，废墟是路内小说惯用的意象，项静指出："废墟式的小城市是路内小说的主要路标"，这种意象不仅包含着小说的技术问题，还有中国社会的发展图腾，"故事发生的空间对路内的小说来说非常重要，这个地点不仅仅是一个小城市，而且是和中国当代历史的进程息息相关的。在前市场经济时代，超级大都市出现之前，中国所有的城市几乎都具有一种县城的性质，各种生产性的工厂和家属院是一个城市的主要标志，空间的选择，比如城市/乡村近年已经成为中国当代文学纠缠不休的讨论话题，看起来是一个小说写作的技术问题，其实隐含着地域的分级所牵涉到权力与经济的背景：比如 20 世纪 80 年代以来，有路遥的城乡接合带的书写，90 年代城市化进程最激烈的时期出现的都市小说和市民生活小说，现代都市景观作为一

---

① 路内：《云中人》，北京：人民文学出版社，2018 年，第 6 页。

种炫耀性写作对象，在城市越来越成为文学不可回避的风景之后，它作为一个题材本身的权力分级也逐渐进入文学的视野"①。

夏小凡去找他的时候，不愿搬迁的邻居老人正在与拆迁队对峙，老人斗不过拆迁队伍，绝望之下坠楼而亡，拆迁者不但没有因此收敛行为，反而大声喝彩，像赢得了胜利。几起悲剧背后涌动着资本的力量。有过工厂生活经历并对此有过深切感受的路内在写资本市场的影响时难免百味杂陈。在《云中人》中，路内几乎无意识地写了他对资本市场的反感：毕业前夕，夏小凡不愿意参加外资工厂的培训然后去工厂从事流水线工作，也不喜欢那些狂热寻找工作的人们，他宁愿回到学校度过这剩余的半年时光。

工学院被四周的工厂、超市、Loft 挤压得狭窄不堪，工学院的大学生享受着资本全球化进程中的各种福利：可乐、摇滚、咖啡、啤酒、打口CD……这些产品构成了一个完整的链条将工学院的大学生维系在某种生活状态。为了强化全球资本化潮流的效果，路内对舶来的摇滚乐 CD 做了很多描绘，这些标签化的产品一方面说明路内对那时的大学生生活的熟悉，一方面说明了大学生的精神状态。路内并没有过度强调摇滚作为一种带有叛逆姿态的文化产品的特点，而强调这些摇滚 CD 中的社会内容，路内不断用"lady killers"曲子强化工学院学生处在一种恐惧氛围中。主人公夏小凡被女同学认为是暴发户，原因是他"用 IBM 的手提电脑，Disc man 是索尼的，耳机是铁三角的"②，这些喻示着身份的标志性产品让人刮目相看。

人的身份建构在产品上，这其实就是老生常谈的"人的物化"。英国批评家朗科指出，所谓物化，就是人"陷于他的物质存在……他不再变化，成为一个物"③。康凌认为："'秩序'的支配，取消了主体与其行动之间有意义的关联，也就是说，主体被悬置在生活、历史之外，生活、历史事件无法对主体造成冲击，主体也无法借助自己的行动为生活、历史赋予意义，因为任何行动的意义都已经被'秩序'所给定，留给主体的，是一种被遗落在历史之外的生命之轻。"④ 这一观点值得商榷，路内小说中的人物并非置身于历史之外；相反，他们生活的每一部分都被历史所建构，呈现出鲜明的历史进程的痕迹。如果不认可这一点，就无法准确把握路内在小说中表达的主

---

① 项静：《我们这个时代的表情》，昆明：云南人民出版社，2015 年，第 51~52 页。
② 路内：《云中人》，北京：人民文学出版社，2018 年，第 18 页。
③ 黄凯晋：《荒诞派戏剧》，北京：人民大学出版社，1996 年，第 52 页。
④ 金理、周明全主编：《"80 后"批评家年选（2014）》，昆明：云南人民出版社，2015 年，第202 页。

旨。项静指出："路内的小说是不一样的，它一直扣在一个原罪的问题上。这个原罪就是路小路的工厂生活记忆。"① 换句话说，路内的小说有着厚重的现实土壤，并非闭门造车与空中楼阁，他借助于小说人物表达着对历史与社会变化的思考。

工学院大学生在资本浪潮中跃跃欲试，试图创建美好的未来，却少不了剑走偏锋。锅仔因创业得了幻想症，他四处推销自己子虚乌有的公司，并煞有其事地让几位同学管理公司的各部门。锅仔想象着未来开着豪车在大街上招蜂引蝶的美好蓝图，待空中楼阁坍塌时，自视甚高的锅仔承受不了这一打击愤而上吊——他曾跟夏小凡谈起人生是否公平的问题，并悲观地说："归根结底还是不公平。"② 夏小凡误打误撞去了一家公关公司，就是专门陪人喝酒吃饭调笑那种公司。在这一家公司上班的有不少工学院的学生，他们负责陪客人开心，以此牟利。资本市场中人也是一种商品，有明码标价，大学生在公关公司有三六九等，一本二本之间有区别，二本与专科之间又有区别。大学生来到这里上班既为了暂时逃避就业的危机，又可以赚取比一般人高得多的收入，这是不少人求之不得的事情。

路内对这些大学生从事公关职业的叙说表明了当时大学生学历贬值的背景，20 世纪 90 年代末期到 2000 年初，随着大学的扩招，大学学历贬值得很快，在依靠体制筹谋前程的观念还没有烟消云散前，大学生们并不懂得怎么在市场中实现自己的价值，他们中有一部分人误入歧途，或浮沉随浪。这与 20 世纪 90 年代初工人的遭遇相似。不同的地方是学历还可以成为敲门砖获得一定的机会，路小路们的明天几乎是确定的黯淡无光。路内将工厂小说那种悲观情绪带到了大学生身上。路内不是简单地将工厂生活移植到大学中，而是在对人物身份、环境、社会背景做充分了解的基础上写作。得益于路内丰富的生活经历，他在《云中人》中将光彩散去的大学生活表现得富有质感。这不同于路内在《追随她的旅程》中比较表层化地写杨迟在化工学院的生活，他对化工学院的描写还未脱离路小路就读的技校的范畴，只是乾坤挪移换了个场地。

小说中，夏小凡曾对咖啡女孩说起目睹过的一场拆迁事件，双方大打出手闹得不亦乐乎。说完这件事后，夏小凡别含深意地说起了植物的引进史："加拿大一枝花"引自北美洲，生命力超强，没有任何实用功能，也不好看，

---

① 项静：《我们这个时代的表情》，昆明：云南人民出版社，2015 年，第 53 页。
② 路内：《云中人》，北京：人民文学出版社，2018 年，第 29 页。

却被视为观赏植物。夏小凡进一步说:"上个世纪的三十年代,对物种入侵当然没有概念。加拿大一枝黄花逸生为恶性杂草,又是多年生植物,繁殖力强得吓人,所过之处,成片连野,本土的植物都不是它的对手,有的就此灭绝。半个世纪之后才意识到它的危害,喷药,焚烧,生物抗衡,都没有很好的效果。它还继续长着,公路边,河滩上,还有那个凶杀案的现场,它步步为营地吞噬着其他植物的生存空间,只要你稍不注意,它就会像亡魂大军一样复活,占领了全世界。"① 这一段话曲径通幽道出了自由资本"看上去很美"的特性,跨国资本涌入到国内促进了经济的大爆发,程晓指出:"资本在历史实践中不断克服空间障碍,用时间去消灭空间,创造着自己的空间结构,使空间的生产性和权力性更加凸显。"② 这种粗放的发展模式背后隐藏着很多的弊端,一些杀人案件和暴力拆迁事件是这种资本运行模式的后果。

二、迷雾之境

在一个急速变化着的世界里,不只身边的环境每天处在日新月异的变化中,人性也变得模糊不清。《云中人》里有两件关联性的凶杀案——小白与齐娜的死。小白是一个涉世不深的女大学生,人不但漂亮,而且女性的生理特征突出——D罩杯。小白曾受一家人聘请为孩子做家教,这个孩子是个斜视眼,念高三,数学成绩很好,高中生就懂得微积分,就英语差点。据这个孩子说,他父亲做保安,母亲在超市做收银员,很晚才回来,因此小白从没见过孩子的父母。开始,小白与这个高中生之间相安无事,但后来她在高中生的书里搜到自己的照片,又被他动手动脚骚扰,小白这才感觉高中生品行不端,决定不再给他做家教了。在回学校的车上,小白发现斜眼高中生在跟踪她,她下车后,发现斜眼贴着车窗死死盯着她。这是一个在角色扮演中有捕猎快感的心理扭曲者,如罗杰·凯罗斯所认为的:"游戏……而且也形成一个人自己产生的独特幻象及其行为。……为了假装成另外一个人,他忘记、掩盖,或者暂时地摆脱他的个性。"③

小白无缘无故就失踪了。夏小凡一直在寻找小白,但没有发现其下落。

① 路内:《云中人》,北京:人民文学出版社,2018年,第244页。
② 程晓:《资本的时空界限及其历史意义 马克思主义与当代中国问题》,上海:复旦大学出版社,2019年,第144页。
③ 伊瑟尔著,陈定家、汪正龙译:《虚构与想像——文学人类学疆界》,长春:吉林人民出版社,2003年,第334页。

由于小白的家教是小广东介绍的，夏小凡想去他那里查看相关的客户资料，被小广东以保守客户秘密之名拒绝。恰逢小广东为齐娜推荐去德国企业，齐娜与小广东亦真亦假地好上了。不久，齐娜的尸体在树林中被发现，她的身体被铁榔头砸得稀烂，地点是齐娜死去猫的墓地旁边。喜欢齐娜的老星找到了小广东，对他私刑逼供，小广东说出了杀齐娜的真相——她去小广东那里盗取客户资料，为的是帮夏小凡找到小白的线索。客户资料有很多见不得光的信息，这是中介行业最忌讳的事情，性格扭曲的小广东变得歇斯底里，在齐娜拜祭猫的路上杀了她。

　　几经周折，夏小凡找到了斜眼少年的住处，他住在一栋待拆的楼房里。夏小凡揭穿了这个假扮中学生家伙的面具——那天是高考日，他却呆在家里，这不符合逻辑。不符合逻辑的还有他自称经常逃课，微积分却学得很好。夏小凡没有从斜眼那里发现小白的线索，斜眼从他眼前逃走了。斜眼这一人物被刻画得非常生猛，虽然他出现不是很多，仅在小说的开篇和结尾处现身，但这一人物的心思之缜密与手段之凶残令人不寒而栗，尤其是他企图引夏小凡入室而伺机杀他的一幕，显出路内悬疑气氛营造的功力。不同于一般悬疑小说水落石出的套路，夏小凡虽然知道真凶却没能使其归案，久寻不得的小白仍然处于失踪的状态。

　　夏小凡的生活始终与小白联系在一起。他不像老星将杀害齐娜的小广东痛打一顿后去外地开始新的生活，夏小凡始终在寻找小白的路上，他和咖啡女孩说起寻找小白的事情，"这是我和咖啡女孩讲的最后一个故事……这个故事我对她说用一刻钟的时间可以讲完，事实上我讲了很久很久"①。阿莱斯·艾尔雅维茨认为："文本中弥散着大量的具有确定意义的词语，它们来源于社会，来源于一些非文本所能承载的现实。这种现实本身，对文本并没有多大的意义，因为文本并不为了追求现实性而表现现实的。"② 路内对叙说时间与实际花费时间区分的目的是表现人性太复杂太不可捉摸，一旦展开叙说就远远超出交谈预设的篇幅。人与人之间的关系瞬息之间风起云涌面目全非，就像他的父亲与小白父亲之间的恩怨，小白父亲在夏父遭人围攻之时救他于危急之中，最后却用剔骨刀杀了夏父。这种变幻的人际关系表明了云谲波诡的人性。在夏小凡在待拆楼房里与斜眼交锋的时候，路内别出心裁安

---

① 路内：《云中人》，北京：人民文学出版社，2018 年，第 372 页。
② 伊瑟尔著，陈定家、汪正龙译：《虚构与想像——文学人类学疆界》，长春：吉林人民出版社，2003 年，第 15 页。

排了拆迁队逼迫旁边老人搬迁的情节，最后拆迁队如其所愿完成了清空住户的任务，老人却跳楼身亡。路内将夏小凡追捕斜眼安置在社会变迁的背景中，大概在强调这种人性裂变与社会变化之间的内在关系。

小说不止一处安排了惊悚的情节。网吧的老奶奶去世后，夏小凡去上网，离开的时候，一脚踏空差点摔倒，在老奶奶曾喜欢坐的地方，他看到影影绰绰的人形，这让他头皮发麻。工学院的女生宿舍曾发生过学生上吊事件，每到夜半有人会听到那个房间发出"砰"的响声，这让学院人心惶惶；齐娜捕风捉影误把从楼上飘落的空姐平面广告图当作是有人自杀而吓得落荒而逃。斜眼潜入咖啡女孩的房间企图杀害她，但咖啡女孩不在家，斜眼在她家留下一堆指甲屑。夏小凡晚上看到人影忽闪而过，立马去厨房操刀喝问，却不见人出来。咖啡女孩被认为患有幻觉症，她去父亲那里告状说被姐姐推到井里，却没人相信。后来咖啡女孩在姐姐日记里看到她写的故事：姐姐把妹妹推到了井里。姐姐将日记里的故事写成了小说，咖啡女孩把小说拿给亲戚们看，引起姐姐的怨恨。咖啡女孩常常感觉到姐姐来房间想杀她。这些情节除了使小说富有悬疑色彩，还体现出变化不定的时代，人心变得扑朔迷离。

路内小说常给人以阴冷的感觉，他的小说《花街往事》《追随她的旅程》《雾行者》在书写人物关系的时候较少有我们所期待的温暖，《花街往事》中的顾大宏一家人没有温情脉脉的感觉，顾小妍说大学毕业后不再回来，不想管父亲和歪脖子弟弟如何过下去；《追随她的旅程》开篇就写于小齐的去世，带着黑暗的底色；《雾行者》中周劲在母亲跳楼身亡后也没有回去吊丧。这种阴冷的风格在《云中人》里得到了淋漓尽致的表现与发挥。整部小说好像处于影影绰绰的时空中，在朦朦胧胧中，四处弥散着令人发慌的气息。路内在谈《少年巴比伦》时说："《少年巴比伦》里面真实的东西大概有一半，要是再真实下去，这部小说反而会更残酷。"[①] 这种在《少年巴比伦》中犹抱琵琶半遮面的"残酷"，在《云中人》中得以充分呈现。

三、欲望的狂欢

小说中的工学院学风散漫，大学生们沉湎在性、摇滚乐、酒精、纸牌构建起来的生活世界中。路内笔下的大学生有着《麦田里的守望者》《在路上》

---

① 项静：《我们这个时代的表情》，昆明：云南人民出版社，2015年，第54页。

等小说主人公生活放浪形骸的特点，小说对国外摇滚乐队作品不厌其烦的描述表现出这一代大学生思想、生活深受国外文化影响的特点，他们生活在一种无拘无束的状态。路内没有上过大学，大学生活对他而言是一个陌生的领域，但是路内写来并不见生硬与捉襟见肘，反而给人以轻车熟路的感觉，这或许是他对大学的一种情结，项静从《少年巴比伦》中路小路与白蓝的爱情中辨识出这一点："尽管作家把大部分的篇幅留给了车间里那些粗糙的男人女人们，时不时地抖搂出对虚伪知识分子、写诗发表文章的文艺青年的嘲讽，但他叙述中始终在向这种跟工厂大相径庭的知识和气质表达自己的倾慕心结，最突出的就是路小路的爱情迷思。"①

初入大学时，夏小凡被一个自称校花的女孩带往学院一个约会的角落，那里的树上挂满用过的避孕套。夏小凡问校花没有老师管吗？校花回答道："我们学校没老师。"② 学校老师几乎没有出现在小说中，小说中频繁出现的是保安等维持学校秩序的人，他们只是维护学校外在的治安，对于大学生的私生活放任自流。大学生将时光付诸喝酒、约会、看摇滚乐表演等活动，生活世界相当空虚。这与《慈悲》《少年巴比伦》中过于严苛的工厂管理制度形成鲜明的对比。在这两部小说中，工人脚踢阀门也可能被处罚。《云中人》中工学院学生的自由生活无疑被赋予了某种时代的意义。

路内在《云中人》中写道："我们生活在一个乳沟时代，乳之风光必然依赖于乳沟，但乳沟之存在没有任何实际效用，乳沟甚至连器官都算不上，它其实是个负数，是一道阴影而已。从切面来看，乳沟正是典型的非线性变化。"③ 乳沟指的是虚假的欲望效果。小说中围绕这个观点写了一些令人啼笑皆非的情节，一个空姐平面广告图在工学院成为大学生与保安争相一亲香泽的珍宝。最后保卫科科长不得不把这个空姐平面图没收，以免引起更多人的迷恋。"风投大师"锅仔对人吹嘘自己和齐娜做过爱，并在做爱后遵循大家心照不宣的仪式将用过的避孕套扔在了杉树上面，但事实上齐娜根本不喜欢锅仔，锅仔自然也没有亲近齐娜的机会。

锅仔的吹嘘就像乳沟，不过是追求的虚假效果，而并非实际。工学院学子沉沦在欲望的狂欢中，他们变着花样来寻找着满足欲望的不真实的效果。"乳沟时代"暗喻着人们沦陷在虚假的欲望满足中。在路内另一部小说《慈

---

① 项静：《我们这个时代的表情》，昆明：云南人民出版社，2015年，第55页。
② 路内：《云中人》，北京：人民文学出版社，2018年，第2页。
③ 路内：《云中人》，北京：人民文学出版社，2018年，第15页。

悲》中，车间主任李铁牛和根生因为和大胸寡妇汪兴妹有染，被捉奸在床，结果一个被以"现行反革命"之名判处死刑，一个被以"破坏生产安全罪"之名判处十年徒刑。欲望这一自然生理冲动在路内的小说中被赋予了年代区分的功能。学子们的狂欢在物换星移几度秋之后似乎具有了一种与时俱进的色彩。

福柯在《性经验史》中详细分析了性话语的压抑与生产并行不悖的历史，按照福柯的意思，人类在古希腊时期对性的讳莫如深不简单意味着性是被压抑的，它在被追问、审查的过程中也被生产出来。这是一个双维度进行的过程。这种思想在小说中也得到体现。《云中人》中的学校后台是情人们释放天性的地方，"某一天，学校在看台后面装了两盏射灯，照得明晃晃的。无神论者仍然在那里野合，射灯被一砖头砸得稀烂，性爱中的男女犹如固执的驯鹿，每到迁徙季节总要渡海去阿拉斯加交配"①。工学院不愿意让学生恋爱变得势不可遏，对大学生的恋爱集聚地加以管理，结果是使他们想出更多应对学校管制的策略。

满足欲望的方式并非只有性，权力也是一种方式。工学院的校长利欲熏心，被有关部门抓捕之后交代的罪行中，贪污资金为五百万，外加两个情妇。他习惯开着别克车出入校门。有一天齐娜养的猫躲在别克车底乘凉，结果被压成了一张皮，齐娜也被压伤了左手。夏小凡揶揄地说，汽车是男人的生殖器，别克车就是校长的生殖器。因此，校长开着别克车四处招摇就是在炫耀他的欲望。齐娜在猫被压死之后不是去放别克车的气，就是往车上吐口香糖，表现出对权力的挑衅。齐娜还做了怪异的梦："无数的猫在别克轿车上飞过，像鸟群一样拉下臭臭的猫屎。猫的身影遮蔽了阴沉的天空，在一望无垠的草原上，黑色的别克轿车长出了四条腿，缓慢地爬行着，从车盖里伸出舌头，像蜥蜴般舔舐着天空中的猫，每吞下一只，从后备厢那儿就会滚出一个血肉模糊的猫尸。猫们惊叫着，向高处飞去，散开。别克轿车拖着衰老残破的身体，踏过长草，沉默地走向深渊般的远方。"②梦境寓意权力的挥霍无度与步入歧途，那些飞在天空中的猫，象征着那些被不正当权力损害的对象。齐娜的梦具有鲜明的时代象征色彩。整个社会都处在无法预见的发展中，各种欲望集中爆发，这一时期的社会变得野心勃勃又生机盎然。

在这热闹得有些偏离理性的发展时代中，路内并没有一味地去写那些灯

---

① 路内：《云中人》，北京：人民文学出版社，2018 年，第 33 页。

② 路内：《云中人》，北京：人民文学出版社，2018 年，第 49 页。

红酒绿的景观。他也将眼光投向了默默无闻独处在被热闹遗忘的角落中的人们。一个是和奶奶长年累月守着黑网吧的女孩，两人一个管理账务，一个负责招徕客人。网吧没有正式营业执照，随时有可能被关闭。奶奶在外面招徕客人被冻病，几天后去世。另一个是一年三百六十五天守着两平方米小卖店叫杞杞的男孩，他在过年前被三个蒙面人抢过一次，小卖部也马上要被拆除，而他也不知道未来去哪里。这些生活在社会底层的人们人微言轻，在拆迁大潮中随时可能被改变生活的轨迹。夏小凡面授杞杞生财之道，这种方式没有租金的压力，灵活自如——卖碟片。这是《追随她的旅程》中路小路尝试过的经营方式，可惜遭遇滑铁卢。成功对于底层的人们并不容易。

第五节　都市人的流绪微梦
——评刘以鬯的小说《对倒》（短篇）

香港作家刘以鬯以书写香港市井风情见长，他笔下的香港，华洋杂处，中西文化交汇，具有特殊的地域特征。刘以鬯常常抓住人物迷离的情绪敷衍成文，道出普通香港市民在变幻纷沓时代中的敏感心情，他的小说具有明快的现代气息，故颇受王家卫导演的青睐。王家卫从刘以鬯的小说《对倒》与《酒徒》中汲取灵感拍了口碑票房都不错的电影《二〇四六》与《花样年华》。香港文坛尊称其为"教父"。

《对倒》有长篇与短篇两个版本，短篇小说《对倒》以淳于白和亚杏的回忆与"白日梦"为故事的线索，写出了他们各自的心境与情思。淳于白对香港的变化有些无所适从，他感叹着这个弹丸之地日新月异的变化，脑海中不断出现几十年前在上海生活的情形。这种感觉其实是刘以鬯香港生活经验的移植，在《过去的日子》（1963）中，他感慨道："离开香港五年，香港面貌有了极大的改变……许多新的建筑物使我感到惊奇。"[①]《对倒》中的亚杏做着遥不可及的明星梦，幻想出唱片，找一个像狄龙那样的男朋友。

在电影院的一次偶然交集中，在淳于白的梦里，亚杏竟然"铁马冰河入梦来"，成为梦境里温情款款的女主角。故事写的都是常态的生活，没有起伏跌宕的情节，却引人入胜。刘以鬯对人物心理世界的描摹堪称传神，那种现代都市造就的流绪微梦赋予了人物以丰富的意味。香港学者也斯认为，刘

---

① 刘以鬯：《过去的日子》，上海：百家出版社，2001年，第2页。

以鬯"在技巧创新之外，新鲜的亦是作者的态度：不从抽象的观念出发，低调地把人物摆放在环境中试探他们的限制和可能，以艺术作为一种存在的探索"①。

《对倒》采取了现代主义推崇的时间观来营建故事，"亚杏走出旧楼的时候，正是淳于白搭乘巴士进入海底隧道的时候"②。李欧梵在谈及中国现代派小说中的时间观时指出："这种新的时间观念显然受到西方的影响，其主轴放在现代，趋势是直线的。……变成都市文化和对于现代生活的想象。"③一个鲜明的例子是刘以鬯的小说《打错了》，同样的情节在不同的时间维度下就具有了完全不同的结果，时间的延后使小说主人公避免了一场飞来横祸，这体现出都市生活瞬息万变的特点。《对倒》主要是在时间维度上来表现一对都市男女的生活与情感。男女主人公在不同的时间经纬上——淳于白在年龄上比亚杏大许多，这种时间上的差距使两人之间横亘着许多生活的内容。刘以鬯通过亚杏与淳于白的内心来表现这种差距。

亚杏是一个年轻的女人，她对未来有许多美好的设想，当她经过街道拐弯处臭气刺鼻的公厕时，想到的是将来结婚买房子，旁边一定不能有公厕。对尚没有凝定成形未来的想象这一细节奠定了亚杏在小说中的基调，她是一个充满幻想的女人，脑子里充斥着各种"白日梦"。路过摆着婚纱的橱窗时，她会觉得那婚纱不是穿在木偶公仔而是穿在自己身上，在婚纱的陪衬下亚杏美若天仙。这种"白日梦"带给亚杏很多快乐，虽然那种快乐弹指一挥般短暂。

亚杏希望有一个男朋友，看到男女搂搂抱抱的亲昵样，她会构想自己恋爱时逛公园的情形。亚杏想买一件印着"I LOVE YOU"字样的白色T恤，也许那样能够让她获得男人的关注，亚杏待字闺中，感到孤独，小说通过含蓄的语言暗示她的孤独，"新潮服装店隔壁是石油气公司。石油气公司隔壁是金铺。金铺隔壁是金铺。金铺隔壁仍是金铺"④。这段话将都市中人们的孤独与隔膜表现得极其生动。即便家人之间，彼此也存在着隔膜，在亚杏眼里，父亲是个有点莫名其妙的人，他早出晚归，亚杏与母亲不知道他到底在忙什么。

亚杏看着金铺贴的"囍"字恍惚想到了她成婚的场景，她的婚礼在港九

---

① 也斯：《香港文化空间与文学》，香港：青文书屋，1996年，第141页。
② 刘以鬯著，梅子编：《对倒》，北京：人民文学出版社，2018年，第4页。
③ 李欧梵：《中国现代文学与现代性十讲》，上海：复旦大学出版社，2002年，第10页。
④ 刘以鬯著，梅子编：《对倒》，北京：人民文学出版社，2018年，第10页。

最大的酒楼举行，新郎集合了柯镇雄、邓光荣、狄龙、李小龙等明星的优点，英俊不凡。在车水马龙的闹市中，美梦容易被打破，亚杏在"有人打劫金铺"的惊叫声中回到现实，抢匪抢走了价值几万块钱的首饰，这对亚杏那些美梦构成了一种反讽。亚杏并不气馁，仍然乐此不疲于编织一个个美梦，她刚从金铺被抢劫的惊魂中恢复过来，身边卖马票的人立刻引起亚杏的注意，她幻想自己中了马票之后的安排："中了马票之后，买三层新楼，两层在旺角区，一层在港岛的半山区。我与阿妈住在港岛；旺角的两层交给阿爸收租。"①

与一位年轻男子的擦肩而过让亚杏跌下云端。亚杏在街上遇到一个牙齿咬着香烟的年轻人，对方看了她一眼就大步走开了，这一幕让亚杏内心掀起了轩然大波，"亚杏望着他的背影，仿佛被人搨了一耳光似的。她希望疾驰而来的军车将他撞倒。继续沿着弥敦道走了一阵，忽然感到这种闲荡并不能给她什么乐趣，穿过马路，拐入横街，怀着沉甸甸的心境走回家去。横街有太多的无牌小贩，令人觉得这地方太乱。亚杏低着头，好像有了什么不可化解的心事了。其实，那只是一种无由而生的惆怅。她仍在想着那个用牙齿咬着香烟的男子"②。

对抽烟男人的好感得不到回应这件事唤醒了亚杏的内心，这仿佛是现代版的"游园惊梦"，杜丽娘在春天的姹紫嫣红中恢复了生命的活力，亚杏在都市游荡一番后激活了内心的欲望。她在路边捡到一张照片，照片中是一个猥亵的男人，亚杏觉得这个男人"邪恶"，但是又不想扔掉照片。在浴室中，亚杏偷偷看捡来的照片，照片激发了她的情欲，亚杏"将肥皂擦在身上，原是一种机械的动作。当她用手掌摩擦皮肤上的肥皂时，她将自己的手当作别人的手。她希望这两只手是属于'那个男人'的。那个有点像柯俊雄，有点像邓光荣，有点像李小龙，有点像狄龙，有点像阿伦狄龙的男人"③。对女性潜意识的描写在刘以鬯作品中时常得见，在他的另一篇小说《寺内》中，刘以鬯不仅写了红娘读了张生的情诗后的性幻想，甚至还石破天惊地让张生进入了依旧年轻的老夫人的梦里。有研究者指出："刘以鬯的《酒徒》叙事层面反映的是分崩离析的现代西方资本主义社会里个人与社会、个人与他人、个人与物质、个人与自然之间的畸形关系，以及由此产生的精神创伤、

---

① 刘以鬯著，梅子编：《对倒》，北京：人民文学出版社，2018年，第13页。
② 刘以鬯著，梅子编：《对倒》，北京：人民文学出版社，2018年，第15页。
③ 刘以鬯著，梅子编：《对倒》，北京：人民文学出版社，2018年，第18页。

变态心理、悲观绝望情绪和虚无主义思想。"① 这一论断也适合《对倒》。

亚杏听着楼下唱片店播放的姚苏蓉的唱片，想象自己是一名女歌星，追随她的人趋之若鹜，门庭若市，他们送她钻石、楼房、汽车……亚杏的少女梦在歌声中渐渐产生了醉的感觉，身边是那个"四合一"的男友。母亲的脚步声惊醒了亚杏。"脚步"是亚杏从沉迷中惊醒的外因，这在小说中出现过两次，前一次是在街上。"脚步"似乎有脚踏实地的寓意，这与亚杏恍恍惚惚的幻想相对。沉醉于迷幻中的亚杏无法在简陋的家中呆下去了，于是她决定去看一场五点半的电影，只有电影才能够给予她梦境里的慰藉。

对亚杏这一人物描写的节奏颇像错落的音符，在情绪的起起落落中，青春期女孩的固执被表现得相当丰满，在一幕幕独角戏中，亚杏被赋予了与香港这一物质富裕都市相匹配的某种气质与特征。

与亚杏处在同一时间维度的是男主人公淳于白，他与亚杏不同，亚杏沉迷于指向未来的梦想，淳于白念念不忘的是过去，小说开篇写道"一零二号巴士进入海底隧道时，淳于白想起二十几年前的事。二十几年前，香港只有八十多万人口；现在香港的人口接近四百万。许多荒凉的地方，变成热闹的徙置区。许多旧楼，变成摩天大厦。他不能忘记二十几年前从上海搭乘飞机来到香港的情景"②。这一段描写既点明了淳于白的年龄，又道出了他的心境，已经过了想入非非的年轻时代，他不再做梦，只能在对过去的追忆中获得心理上的满足。

行走在香港的街道，淳于白有着与亚杏不一样的兴趣点，亚杏关注物质与爱情，淳于白关心有过交集的人与事。在弥敦道，淳于白看到一个四十多岁的女人，想起他们的交往。初来香港时淳于白生活困顿，是这个叫"美丽"的舞女常常请他吃饭。虽然时过境迁，淳于白对"美丽"难以忘怀，在街头的匆匆一瞥勾起了他与"美丽"之间的很多记忆。这段文字是对移居香港的外来文人生存境况的真实书写，"流亡在香港的文化人，大部分都很穷；香港这个商业市场，随着战争到来而萎落的经济恐慌，谋生更不容易；所谓'文化'，更不值钱"③。弥敦道上的四层小楼让淳于白想起了曾在那炒过金，他决定离开上海来香港的辗转经历。作为叙事的要素，符号往往承载了个体的生存经验，与人的情感交融在一起。李焯雄在对李碧华的《胭脂扣》进行文本

① 张炯主编：《中国当代文学史》（中），南京：江苏凤凰文艺出版社，2018年，第475页。
② 刘以鬯著，梅子编：《对倒》，北京：人民文学出版社，2018年，第3页。
③ 曹聚仁：《采访新记》，香港：创垦出版社，1956年，第75页。

分析时曾指出"名字(人名、戏名、事物的名字——各式各样的'名目细节')往往是叙述的焦点,也是作者回溯历史时的着眼点……名字构筑了历史"①。刘以鬯在小说中通过各种建筑符号来编织主人公的往事记忆与心理世界。

淳于白与亚杏对街头的感觉是不一样的,亚杏眼里的都市充满活力,带着希望,所以每经过一地她都能得到新的感觉,这感觉激发她对于生活的想象。但是淳于白却不一样,人头攒动的都市在他眼里只意味着嘈杂与生意,"这是旺角。这里有太多的行人。这里有太多的车辆。旺角总是这样拥挤的。每一个人都好像有要紧的事要做,那些忙得满头大汗的人,也不一定都是走去抢黄金的。百货商店里的日本洋娃娃笑得很可爱。歌剧院里的女歌星有一对由美容专家割过的眼皮。旋转的餐厅。开收明年月饼会。本版书一律七折。明天下午三点供应阳澄湖大闸蟹。虾饺烧卖与春卷与芋角与粉果与叉烧包"②。香港在刘以鬯小说中带着令人难以忍受的喧嚣,在《岛与半岛》中,刘以鬯这样写道:"每一个地区都弥漫着欢乐的气氛。每一个地区都在庆祝'香港节'。每一个地区都黑压压地挤满了人。每一个地区都有嘹亮的歌声……"③ 这些书写物质的文字体现出刘以鬯对香港生活的深刻体会,"我在这里住几个月,已习惯这里的生活。物质享受,香港当然比上海好得多。在上海,来路羊毛衫就像珠宝一样不易得到;但在香港,手上有几十块钱,随时都可以买到"④。

小说中写淳于白与亚杏见到一只小黑狗时的场景十分耐人寻味。亚杏见到那只狗的时候习以为常,因为她对这街道上的一切都很熟悉,淳于白见到小黑狗尿湿了一位妇人的皮鞋时脸上浮现出了笑容。这一对比准确而又传神地刻画出不同年龄的人对同一事物的不同心理。淳于白似乎有点幸灾乐祸的心态,在街头看到冒失鬼在街头踩到一位女士的脚惹得她尖叫,"他却用手掌掩着嘴巴偷笑"⑤。这些描写体现出刘以鬯丰富的生活体验与敏锐的文学触觉。

镜子是观察自我的器具,两人在镜子中的感受全不一样。亚杏在浴室的镜子前发现一个不同于以往的新的自我,一个渐渐成熟的自我;而淳于白看到的是一个渐趋衰老的自己和年轻时候动荡不安的时局。亚杏想起了充满男

---

① 陈炳良编:《香港文学探赏》,香港:三联书店,1991年,第292页。

② 刘以鬯著,梅子编:《对倒》,北京:人民文学出版社,2018年,第9~10页。

③ 刘以鬯:《岛与半岛》,北京:华夏出版社,1996年,第10页。

④ 刘以鬯:《犹豫》,引自黄劲辉博士论文:《刘以鬯与现代主义:从上海到香港》,山东大学,2012年,第113页。

⑤ 刘以鬯著,梅子编:《对倒》,北京:人民文学出版社,2018年,第12页。

人魅力的电影明星。亚杏喜欢镜子中的自己，"她做了一个完全得不到解释的动作：将嘴唇印在镜面上，与镜子里的自己接吻"①。淳于白却不敢久视镜子，"淳于白对那面镜子继续凝视几分钟后，不敢再看，继续朝前走去"②。不只是镜子，从流行歌手姚苏蓉的歌声中，两人也各有不同感受，亚杏从歌声中看到了成为万人追捧的明星的自己，淳于白在歌声中看到了姚苏蓉的眼泪，照镜子与听流行音乐体现出两人世界的判然有别。这样悬殊的差别为后来两人的相遇制造出强烈的戏剧效果。

两人的相遇发生在剧院，他们看的是同一场电影。淳于白看到亚杏，觉得她模样还过得去，像中学时候的俞姓同学，亚杏却不大喜欢淳于白，觉得他太老，要是柯镇雄就好了，彼此并没有成为装饰别人梦的明月。电影演的是一对新人的婚礼，亚杏幻想自己变成了新娘，接受着众人的祝福，憧憬着美好生活的开始；淳于白想起自己年轻的时候，忍不住笑出了声，笑声使亚杏回过神来，小说戏剧性地写道："他的笑声使亚杏从一个梦样的境界中回到现实。银幕上的女主角已不是她了。她转过脸去，用憎恶的目光注视淳于白。'简直是一只老色狼，'她想，'见到人家结婚，就笑成这个样子。这场结婚戏，一定使他转到了许多龌龊的念头，要不然，怎会发笑？只有色狼才会这样的。'"③刘以鬯将一个年轻女孩的敏感表现得诙谐又真实。

电影结束后，两人都做了一个美梦，亚杏在梦中遇到了心仪的白马王子。淳于白梦到了亚杏，这个在电影院对他横眉冷对的少女与他巫山云雨，他仿佛回到了年轻的时候，那是一个令他心旌摇荡的黄粱美梦。梦中两人一扫白天时候的愁思与不快，梦醒的时候，一切回复原样。"淳于白从梦境中回到现实，天已亮，伸个懒腰，站起，走去窗边呼吸新鲜空气，初阳已击退黑暗。窗外有晾衫架，一只麻雀从远处飞来，站在晾衫架上。稍过片刻，另一只麻雀从远处飞来，站在晾衫架上。它看它，它看它。然后两只麻雀同时飞起，一只向东，一只向西。"④"麻雀"这一意象饶有意味，它们的起落很快，这暗喻着香港人的快节奏生活，彼此没有时间去观察对方。就像一首老电视剧的主题歌所写："彼此匆匆过，皱着眉心，重叠的足印，细踏了千遍。"

刘以鬯对小说结构的探讨称得上苦心孤诣，刘以鬯曾说："从事小说创

---

① 刘以鬯著，梅子编：《对倒》，北京：人民文学出版社，2018年，第17页。
② 刘以鬯著，梅子编：《对倒》，北京：人民文学出版社，2018年，第19页。
③ 刘以鬯著，梅子编：《对倒》，北京：人民文学出版社，2018年，第36~37页。
④ 刘以鬯著，梅子编：《对倒》，北京：人民文学出版社，2018年，第44页。

作的人，要是没有创新精神与尝试的勇气，一定写不出好作品。"① 这种探索与香港人日新月异的生活之间是一种共生的关系，"新形式带出对生活的新的切入，从而对当地经验与心态作出更多层面的折射，并为此地'生存情境'作出形式与内容统一的艺术揭示"②。《对倒》以双线并举的方式描写两个素昧平生的陌生人的内心世界，在过去与现代、现实与幻觉的衔接与对比中鞭辟入里地表现出都市人的流绪微梦，人与人之间存在着厚厚的隔膜，亚杏与淳于白异曲同工地从幻想与回忆中寻找心灵上的安慰与寄托。两人都在做着"白日梦"。《对倒》使读者在亦真亦幻中深深体会到香港这个都市的多元化生活与都市人的梦与愁。

从深层次来说，《对倒》是对香港与上海两座城市的隐喻。陈智德指出："昔日中国以至东亚最先进的都会上海，现已（在当时而言）被香港盖过，迫使来自上海的淳于白重新思考香港的意义。五十年代南来者本认为五十年代香港不如内地，到七十年代，香港的都会文化及其发展已超越内地，南来者这时发觉，他们昔日所居的先进文化都会上海已落后，而本来被他们蔑视的香港已成为超越内地的先进都会，于是一种相对的观念便随故事产生：一种'对倒'式的本土思考。"③ 但更为重要的是，刘以鬯写出了真实的香港人的生活图景，这是很多涉笔香港的作家所做不到的事情。在后者的小说中，香港不过是一个满足读者或作者自己潜意识光怪陆离想象的地方，而不是香港人生活的地方。故香港文学研究者黄傲云认为"香港的文学"不一定都是"香港文学"④。

---

① 刘以鬯：《短绠集》，北京：中国友谊出版公司，1985年，第101页。
② 张宝琴等主编：《四十年来中国文学》，台北：联合文学出版社，1984年，第415页。
③ 陈智德：《"错体"的本土思考——刘以鬯〈过去的日子〉、〈对倒〉与〈岛与半岛〉》，梁秉钧、黄劲辉、黄淑娴等编：《刘以鬯与香港现代主义》，香港：香港公开大学出版社，2010年，第136~137页。
④ 古远清：《粤派评论丛书 专题研究 中外粤籍文学批评史》，广州：广东人民出版社，2018年，第116页。

第三章　存在之思与惘

第一节　"前方什么都没有"
——路内小说《雾行者》的虚无与希望

　　路内的小说《雾行者》是对其以往小说创作的突破，从小说的类型上说，它带有悬疑、爱情、公路、青春小说等杂糅的特征，难以将其归到某一具体小说门类中去。从内容上来说，多条线索交织、时空交叉的写法，增加了小说的层次感。《雾行者》中虚无与希望起落跌宕，作品中的每个人都在寻找，处于茫然无绪中。他们爱情幻灭，与故乡疏离，活在失序的当下，他们"在路上"寻找着一点微薄的希望。《雾行者》较之《花街往事》《少年巴比伦》具有更为沉重的现实思考，如果说后者带着对少年往事的迷惑，"懵懂的孩子所能做的，就是经历那无法逃避的混合了暴力、欺凌、谄媚、血腥、背叛、斗争、情欲等味道的成长"①。前者则带有对青年时光的生命沉思，戴锦华认为，"路内很准确地把握到一种'间性'，每一个人物都有稳定的内在逻辑，但同时他们的生命又似乎随时处在飘浮、始终被拖拽的状态现实的书写方式、人物登场与人物的自说自话、自主行动所带来的空虚、虚无形成一种张力"②，这标志着路内小说走向成熟。

---

① 单昕：《焦虑的变奏——论中国当代成长小说中的父子关系模式》，《广西师范大学学报（哲学社会科学版）》，2010年第46卷、第6期，第75页。
② 李菁：《路内新作〈雾行者〉试图回答"文学是什么"》，《文艺报》，2020年1月17日，第006版。

一、幻灭的爱情

爱情一直是路内小说的重要部分，但大部分都与美好无缘，带着幻灭的色彩。《少年巴比伦》中的路小路，经历的两次恋爱都惨淡收场：白蓝考上上海医学院的研究生，若干年后两人再见，白蓝穿着 PRADA 的裙子，路小路跟她打招呼，白蓝看了路小路很久，然后说了一句："你认错人了。"① 然后她与一个外国男人乘车而去。小嘁嘴下中班以后跌入窨井，浑身被下水道的热水烫伤，变成了残疾人。《花街往事》中的方屠户热爱的李红霞死于车祸；顾大宏对关文梨爱而不敢；顾小妍的几个男友不是出国留洋就是身陷缧绁；顾小山与罗佳追逐着"光明而卑微的未来"②。在《雾行者》中，爱情的结果依然令人感到唏嘘。

主人公周劭的大学女友叫辛未来，一个热爱写诗的女孩，两人临近毕业怀着美好愿望去上海找工作，但在人山人海的求职市场败下阵来，最终不得不靠大学同学寄钱来救济。辛未来怀孕后，周劭去亲戚家借钱来给她做药流手术。两人生活窘迫，辛未来却安慰周劭，说自己能够吃苦。在拿着歌词去唱片公司求职未果后，辛未来不辞而别了。回到学校后，周劭希望能遇见辛未来，但好友端木云告诉他，辛未来让周劭忘记她。周劭来到辛未来的宿舍，"然而她床铺已经全部搬空，只留下一张海报贴过的痕迹，海报上是苏联女诗人茨维塔耶娃的素描头像，这是辛未来最爱的士人。……他看着校园里热吻着的、痛哭的情侣们，不知道错在了哪里"③。

关于爱情，路内似乎不愿意去写它的前因后果，喜欢让它悬浮在作品中，《花街往事》中顾大宏与关文梨的关系如丝如缕，小说没有正面写他们关系的文字。顾小山与罗佳的爱情在即将显山露水之际戛然而止，这也许是路内"怀抱琵琶半遮面"的爱情叙事策略。通过这种叙事策略来使爱情产生余音袅袅的效果。这是路内与其他青春小说的不同之处，在其他青春小说中，爱情不约而同地带着美好的色彩，但是路内小说中，它更像一个关于人际关系的谜。《少年巴比伦》中的白蓝对路小路前后一百八十度的转变令人费解。辛未来在高中时候有一个热恋的男友，后来莫名其妙地跟着蛇头偷渡

---

① 路内：《少年巴比伦》，北京：北京十月文艺出版社，2014 年，第 266～267。
② 路内：《花街往事》，北京：人民文学出版社，2018 年，第 438 页。
③ 路内：《雾行者》，上海：上海三联书店，2020 年，第 34 页。

走了，周劭问原因，辛未来的解释是"很复杂的原因，血统里的东西，不容易理解"①。辛未来与周劭的分手没有任何悲戚，端木云甚至觉得她好像从来没有存在过，辛未来有一种"不在此处"的气质。②

端木云对沉铃有过爱慕之心，沉铃是一个文学编辑，有着吸引人的外表与才华，接触过她的文学青年无不迷恋她。端木云与沉铃起初是笔友，通过几封信。后来沉铃邀请端木云去参加刊物笔会，两人才一睹对方真面目。沉铃对端木云的了解是通过他的小说，她带着文学青年的敏感进入了端木的内心世界，感觉到他内心的焦虑。但二人错过了文学的鼎盛时期，无法借助于文学走得更近、更深。沉铃不无感伤地说："真要是八十年代就好了，我们就坐船沿江而下，我带你去看三峡，可惜现在预算不够。"③ 端木云若即若离地与沉铃交往着，二人谈着文学与创作，沉铃在交谈中显现出对端木云的关心，内向的端木云却不敢向沉铃表达什么，只是非常表面化地应承着她的话题。康凌指出："正是在爱情的层面，'诗意世界'的构造与修辞，呈现出其最为吊诡的一面：路内笔下的男性主角在性上似乎总是被动的，而女性则扮演着引导的角色。"④ 这种感情随着二人的分别就悬而未决。端木云这种不敢道破的感情被另一个作家玄雨挑明了，两人邂逅在上海的街头，玄雨问："难道你不想知道我在等谁吗？我在等沉铃。"⑤

彼时沉铃已经辞去了编辑部的工作，来到上海找工作，端木云在网吧与她不期而遇——巧合是《雾行者》中不止一次运用的情节设计。在租房内，沉铃娓娓诉说衷肠："我放弃了一些东西，不仅仅是文学。我们都是一些小文学青年，在这个世界无人知晓的角落谈论文学，像谈论我们的爱情。"⑥ 当晚，端木云留在了沉铃的住处，他感受到了渴望已久的爱情。然而这种美好只是流光一瞬。沉铃最后背离了自己的初衷，同一个"住高级公寓开豪车"的金融男结了婚。这个消息是作家小川告诉端木云的。小川对金融男做了这样的比喻："所有的金融男都是色情狂……要是你有钱请他们去夜总会，到那时，每一个，都会变身，超出你对人世的理解。"小川的评语中带着一种理想破灭后的激愤，因为他们那些热爱文学的年轻人"都爱沉铃"⑦，沉

---

① 路内：《雾行者》，上海：上海三联书店，2020年，第350页。
② 路内：《雾行者》，上海：上海三联书店，2020年，第124页。
③ 路内：《雾行者》，上海：上海三联书店，2020年，第115页。
④ 康凌：《读后》，昆明：云南人民出版社，2015年，第14页。
⑤ 路内：《雾行者》，上海：上海三联书店，2020年，第130页。
⑥ 路内：《雾行者》，上海：上海三联书店，2020年，第194～195页。
⑦ 路内：《雾行者》，上海：上海三联书店，2020年，第542页。

铃的世俗化选择等于掐灭了他们心头的那团火焰。

　　梅贞曾有过两段短暂的爱情，但都无果而终。她大学毕业后来到铁井开发区工作，供职于美仙瓷砖公司，与辛未来等同期大学生一样，梅贞初入社会还没有从大学生活的惯性中摆脱出来，她不怎么习惯开发区"没有电影院，没有图书馆，没有迪厅"①的生活。这种追求精神生活的习惯很快就被改变了，她为给跟人火拼被打伤左眼的哥哥筹医药费而陪一个戴金表的男人过了六夜，赚得三千元。梅贞在车上认识了林杰，为他不羁的牛仔气质吸引，两人在一起的时候，林杰马上就要调去山东分部。林杰与周劭等仓库管理员常年就这样泛萍浮梗般东飘西荡的，小说一开头就是周劭跟女同事略带伤感地告别，干这一行注定了要随着公司的部署四处浮游。林杰走后，梅贞常会梦见他。梅贞虽然在林杰身上发现自己喜欢的东西，但是在他身上看不到未来的希望，她打电话告诉林杰："我曾经喜欢过你，但现在不喜欢了，我走进上海仓库发现里面有一股陈腐的霉味，现在我知道你身上就是这种气味。……所有人身上都飘荡着霉味，还有我自己。霉味终年不散，霉味写进了我们的骨髓里，死后的白骨，烧成骨灰，变成尘土，依然发霉。"②这是一种宿命般的人生。

　　路内小说中的人物一旦被设定在某种角色框架里就不会改变这个既定模式，因而带有浓郁的宿命论印记。在《追随她的旅程》中，路内说："《西游记》的奥妙在于，在此寻找的过程中，乃至到达天路之终，作者都从未试图改变着四个人的人生观。"③这一观点可以说贯穿着他的作品。林杰出生在一个贫穷落后的小镇上，他虽然学习努力却没有能改变自己命运，他因为在大学打人而被开除了。《花街往事》中的顾小妍成绩优异，考上了上海的大学，志在四方，最后却不得不回到了戴城，做起了派送报纸的邮递员。林杰喜欢梅贞，但是他感觉自己难以挣脱命运的羁绊，给不了梅贞什么承诺，他对梅贞说："我想和你讨论命运，我很喜欢你，但是我只感到火车停下，至于它会带我去哪里，全都不知道。"④

　　这种悲剧宿命论在林杰身上得到了印证，后来他在与警察的枪战中被击毙在街头。梅贞与周劭的相识是因为她从对方身上看到林杰的影子，巧合的是周劭也从梅贞那里捕捉到了辛未来的影子。两人的结合是因为需要从对方

①　路内：《雾行者》，上海：上海三联书店，2020年，第210页。
②　路内：《雾行者》，上海：上海三联书店，2020年，第219页。
③　路内，《追随她的旅程》北京：人民文学出版社，2019年，引子。
④　路内：《雾行者》，上海：上海三联书店，2020年，第265页。

那里找到安慰，周劭与梅贞押送货物去 E 市后没车回去，费了很大工夫才在市区找到一家旅馆，两人狼狈不堪，"梅贞哆嗦着说，没有热水，好凉，抱一抱我"①。周劭和梅贞在一起后，林杰又回到了铁井镇，这让周劭难以接受，"我可不想在这里和一个陌生的姑娘维持着一种奇怪的友谊，我觉得她像我的前女友，我在她身上看到了她喜欢的男人，这种关系太操蛋了"。这种扑朔迷离的关系令人容易想起萨特小说《恶心》中那个回旋反复的人际结构，端木云知道周劭把辛未来的事情告诉梅贞后，说："你真是个白痴……在任何爱情小说里，这都意味着你根本不爱她。"②

二、疏离的故乡

故乡在路内的小说中并没有显出多少温情，它与主人公处于疏离的状态，没有成为他们情感与精神的依托。《少年巴比伦》中，路小路直言："我在戴城混迹了好多年，我不喜欢这个地方。"③《花街往事》中顾小妍对父亲顾大宏说："我就算不出国也不想回戴城了。"④《雾行者》中，这种疏离一如以往。路内这种故乡观念在现代小说家中比较少见，中国作家大多在故乡书写中渗透着深厚的感情，即便是凋敝不堪的故乡在作家眼里仍然具有不可多得的诗意，路内却对"故乡"这一母题表现出强烈的对抗。这种对抗使得路内小说中的人物处在游离的状态中，他们居无定所，泛萍浮梗。

对出身乡镇的端木云的书写体现了路内对 20 世纪 90 年代以来社会变迁的思考，高菲在《1990 年城与人的彼此成就》一文中指出："一边是辉煌一边是迷茫，农家妹开眼看到了远远超出想象的城乡落差，还要面对去与留的挑战。她们纵身一跃去谋求的，是城里人早认为理所应当的优越。而城里人习以为常轻慢与嫌弃的，是她们和父老乡亲曾经赖以生存的日常。有这样的对比，大多数人不想再回到祖祖辈辈最常见的生存方式中，更不想成为父兄择定的某一桩婚姻的交换品。接下来就要面临这样的尴尬与困惑：他乡未必是故乡，故乡却实实在在已成他乡。"⑤端木云飘荡在城市中，我们感觉不

---

① 路内：《雾行者》，上海：上海三联书店，2020 年，第 149 页。
② 路内：《雾行者》，上海：上海三联书店，2020 年，第 270～271 页。
③ 路内：《少年巴比伦》，北京：北京十月文艺出版社，2014 年，第 306 页。
④ 路内：《花街往事》，北京：人民文学出版社，2018 年，第 333 页。
⑤ 徐冠一主编：《银幕里的中国：40 周年，电影中的改革开放故事》，长春：吉林出版集团股份有限公司，2018 年，第 75 页。

到他能找到安放人生的地方，而故乡也没有接纳他的空间。20 世纪 90 年代中国社会的巨大变化使得乡村作为乡愁载体的色彩变得淡泊了，人们趋之若鹜地奔向心中各种美好的城市，连回头看一眼故乡的念想都没有。

《雾行者》中，端木云的故乡是安徽的一个小村庄，这里的镇上盛产傻子，周边有很多小的化工厂。但作者并没有简单在二者之间勾连出某种逻辑关系，"远在小化工厂还没有出现之前，智障就是这里的特产，县里其他小镇没有这种情况，村里也没有"①。这就使小镇带有神秘的气息。端木云故乡的化工厂的数量变得越来越多，环境急剧恶化，他大学毕业后回了一次故乡，"发现镇边的小河变得黏稠腥绿，气味十分难闻……傻子镇曾经的那种做梦的气息消失了"②。端木云对故乡的情感纽带主要系于他姐姐身上。姐姐操持了家里主要的农活，而使端木云免去了劳作的辛苦，为了给弟弟筹集念大学的学费，她嫁给了傻子镇上的强子：一个略显老成，智力有点小问题，家里还有一个智障弟弟的男人。然而姐姐因难产而去世，端木云对故乡的最后一点念想也被剥夺了。

《雾行者》对情感的描写最让人印象深刻的地方一是周劭与端木云的友谊，一是端木云与端木芳姐弟之间的亲情。端木芳本来有一个男朋友，但是为了弟弟的学业她放弃了这段感情。端木芳是一个非常善良的女人，她本想与丈夫强子去南方做生意，却因割舍不下患有智障的弟弟小五子而作罢。端木云最后一次与姐姐告别的时候，"他贴着车窗看到姐姐的背影：高中毕业，曾经很爱读言情小说，如今被枯燥的劳动折磨得壮硕变形，紧裹着廉价的水洗牛仔裤一边抽烟一边走路"③。姐姐的经历在那个时代的乡村具有一定的普遍性，对此路内没有简单从社会学角度做出评价，他看重的是那种环境下人与人之间的故事。有论者认为，路内小说的文学价值在于它反映了那个年代局部的生存状态与市井风貌。④康凌认为："从这一刻起，乡土中国解体了，他们将作为原子化的个体进入一个庞大而匿名的陌生人社会，由此引发了前所未有的未知与危险。《雾行者》无意再现或反思这一宏观进程，更无意铺陈营造关于工业文明、关于资本进程中主体的'漂泊'与'孤独'的陈词滥调，它向我们提出的问题要谦逊得多：这样的流动与社会重建，对小说

---

① 路内：《雾行者》，上海：上海三联书店，2020 年，第 120 页。
② 路内：《雾行者》，上海：上海三联书店，2020 年，第 123 页。
③ 路内：《雾行者》，上海：上海三联书店，2020 年，第 140 页。
④ 走走：《街头语言和青春往事构筑的风景画》，《青年时报》，2009 年 1 月 27 日，第 A06 版。

而言意味着什么?"①

　　故乡自幼在端木云的眼里就"妖气缭绕",它像是被围困在某种时间的禁锢中,端木芳曾说:"我觉得世界末日以后这个傻子镇还是会留在原地,傻子还在看录像,录像里还是僵尸在追人,而外面的世界已经不存在啦。"②安东尼·吉登斯认为现代社会中,时间与空间分离开来,二者在前现代社会中是联系在一起的,现代社会使时间"虚化"了,它不再与空间联系,并导致了空间的"虚化"③。这个表面平静暗地波涛汹涌的小镇,隐藏着很多秘密,端木云曾问姐姐有没有想过离婚,端木芳很忌惮地说她的公公是个下手很狠的人。端木芳难产死后,端木云赶到姐姐婆家,一家人却在睡觉,端木云觉得"这地方从来不像他姐姐的家,像陌生人群居的地方"④。姐姐这个唯一能够让端木云内心泛起温暖波澜的亲人的离去,使故乡变得陌生。母亲对端木芳的死并不难过,端木云问母亲难过吗,母亲却说:"我还有你。"⑤亲人之间的疏离感让人震惊。

　　乡镇在路内的小说内几乎见不到多少溢美之词,它更多与野蛮、麻木联系在一起。辛未来做记者曾接触一个农村小媳妇,她是男方家买来的,十八九岁,正是人生的花样年华。小媳妇因为妇科病不能生育而常常挨打,辛未来劝她逃走,小媳妇凄凉地说自己"命运卑微,生而为人,没意思"⑥。回去后,小媳妇又遭到丈夫与村里人的痛打,最后她喝百草枯死在田埂上。周劭说起自己所管理的仓库附近的村子的一件事,一个赌鬼的妻子在哄抢翻车的水果时被疲劳驾驶的司机开的车压死了,听闻此事赌鬼丈夫开心不已,因为他可以获得不少赔偿。小川甚至这样诅咒过乡村:"你会想把那里善良的人统统带走,然后把唯一的道路封死,让剩下的人全部死在里面的那种山村。"⑦

　　路内在叙述端木云与端木芳的故事时,提到了海明威的"冰山理论",他对此做了一些发挥:"海面之下并不是故事,也不是真相,而是语言,仍然是语言。这语言并非沉默,并非隐匿,并非留白,它似乎是'未被言说'所具有的恒久的不及物状态。……未被言说的不及物总是更庞大、更神秘或

---

①　康凌:《路内长篇小说〈雾行者〉:走吧,故事》,《文艺报》,2020年7月6日,第002版。

②　路内:《雾行者》,上海:上海三联书店,2020年,第180页。

③　吉登斯著,田禾等译:《现代性的后果》,南京:译林出版社,2014年,第15~16页。

④　路内:《雾行者》,上海:上海三联书店,2020年,第181页。

⑤　路内:《雾行者》,上海:上海三联书店,2020年,第183页。

⑥　路内:《雾行者》,上海:上海三联书店,2020年,第399页。

⑦　路内:《雾行者》,上海:上海三联书店,2020年,第543页。

者更痛苦。"① 这就像叔本华所说："如果痛苦不是我们生活最接近和直接的目的，那我们的生存就是在这世上最违反目的的东西了。这是因为如果认为在这世上无处不在的、源自匮乏和困难——这些密不可分——的那些永无穷尽的痛苦没有任何目的，纯粹只是意外，那这一假设就是荒谬的。"② 路内在说出一个又一个故事后，我们虽然不知道端木芳之死这件事情中间到底发生了什么，但能够感觉到弥散开来的神秘感与沉重感。

周劭与母亲之间的矛盾势同水火，十多年他都没有回过上海，一人漂泊在外。周劭接到母亲病重的电话后回到上海。病房里，母子的对白显得非常冷淡，全无一点亲情瓜葛。周劭的舅舅觊觎周母的房子，一见周劭就大谈自己为周母治病的付出，并表示房子可以过户给自己了，周劭大怒之下毫不客气让他滚。周劭在病房与母亲交谈时，舅舅跷着腿在一旁监听。周母表示这十年来互不见面，算是断绝母子关系了。小说中写了让人伤感的一幕："他无奈地摇摇头，告辞离开，母亲和舅舅都没有再说什么。……等他打开门出去时，母亲说，我死后，你不要来奔丧。周劭说好的，没有问为什么，他觉得自己又走在了干涸的河床上，凄厉，异质，森然。"③ 离开上海后，周劭从表妹那里得知母亲数小时前跳楼身亡，周劭遵从母亲的话，没有去奔丧，而是留在了 C 市。周劭十年没有回过故乡，他唯一惦记的事情是"十年来没有去给父亲扫墓"④，对于母亲的死，周劭显得无动于衷，他与母亲之间的裂痕无法弥合。故乡永远留在了他的少年记忆中，父亲死后，周劭"感觉是电影散场了，完全不知道该去哪儿"⑤。报考大学的时候他放弃了离家不远的铁道学院，而去了外地。周劭很多次梦见死去多年的父亲，梦见父子俩开着火车经过一些陌生的地方，驰驿在星光下……

三、失序的草根

铁井镇是一个边缘地带，周劭将它描述为"这鬼地方像边疆。内地打工仔的边疆，台湾人的边疆，上海人的边疆"⑥。这里有着来自四面八方的打

---

① 路内：《雾行者》，上海：上海三联书店，2020 年，第 184 页。
② 叔本华著，韦启昌译：《叔本华思想随笔》，上海：上海人民出版社，2014 年，第 353 页。
③ 路内：《雾行者》，上海：上海三联书店，2020 年，第 329 页。
④ 路内：《雾行者》，上海：上海三联书店，2020 年，第 328 页。
⑤ 路内：《雾行者》，上海：上海三联书店，2020 年，第 68 页。
⑥ 路内：《雾行者》，上海：上海三联书店，2020 年，第 220 页。

工仔，他们有着多种身份。这是一个充满活力的世界，也是一个乱象横生的地方。小说第三章"迦楼罗"的开头有这样一段文字："一九九九年，铁井镇开发区仅发生了两起命案，大大低于警方的预估。"① 暴力在这个世界里司空见惯，见怪不怪，正如端木云所说："这个小镇的一切都和暴力有关。"② 与开发区前来打工的人口数量相比，警力远远不足，秩序可想而知。工厂依靠保安队来维持秩序。工人处于保安队的控制下，尊严随时都会遭受践踏。工人在流水线上机械工作，处于严厉的监管之中，有人因为这种强度过大的工作精神崩溃而被驱逐出工厂。开发区没有多少精神方面的活动，有的只是一家又一家浴场与酒店。部分女孩为了金钱不惜出卖自己的肉体，打工仔工作之余在灯红酒绿中恣意挥霍着青春，开发区是一个让人看不到希望的地方，虽然它看起来热闹无比。对打工仔的生存境地，周劭表达了强烈的不满。他说："为什么仓管员住的地方，要么就是荒郊野外，要么就是红灯区，你想过这个问题吗……然后染上性病或艾滋。"③

打架对一些打工仔来说是家常便饭，"几乎只能算是一种体育锻炼"，到了失控的地步，杀人事件也间或发生。在开发区的打工仔大多来自农村，都有出人头地的梦想，但在现实面前纷纷败下阵来，梦想如肥皂泡一样破灭，生活也仅能维持温饱。这造就了他们中的一些人喜欢以暴力方式来解决问题。周劭说他们"都是些混不出人样偏偏又很嚣张的小崽子"④。保安借着一点权力可以肆无忌惮打人，端木云、周劭、猪仔、郑炜、刘霖都被打过，他们对此无可奈何。杨雄是小说中一个令人谈之色变的人物，大家为何对杨雄等保安的欺凌逆来顺受？作品的解释是："保安的拳头是一种介于警察和流氓之间的惩罚手段，既像官方的，也像是黑社会的，然而两者都不是。它仅仅局限在工厂（包括宿舍）范围内，但对于打工仔而言，足够了，他们有十分之九的时间都在这个区域内。想摆脱这种管束也很简单，辞职就行了，但那意味着失业。"⑤ 保安之所以敢于随意欺凌打工仔在于他们抓住了打工仔的软肋——害怕失业。与其说保安在维持着工厂的秩序，不如说他们借着维持秩序的名义在满足自己的权力欲。有暴力，就有对暴力的还击，鲁晓麦说起曾经一个治安队员被杀的事情，鲁晓麦指了指自己的胸口说："这儿进

① 路内：《雾行者》，上海：上海三联书店，2020年，第 205 页。
② 路内：《雾行者》，上海：上海三联书店，2020年，第 234 页。
③ 路内：《雾行者》，上海：上海三联书店，2020年，第 340 页。
④ 路内：《雾行者》，上海：上海三联书店，2020年，第 221 页。
⑤ 路内：《雾行者》，上海：上海三联书店，2020年，第 292~293 页。

去，后面出来。接着，她的手指划过自己的发际线，脸上浮现出杀气：第二刀用的是匕首，像印第安人一样割下了头皮，将其塞进了受害者临死前张开的嘴巴里。"①

开发区的部分打工仔对道德感失去了正常的判断，他们只看重结果，不在乎过程如何，叶嘉龙早年靠做皮肉生意发家，曾弄得一个女孩跳楼身亡，他后来想办法拿到了香港居民的身份，开起了玩具厂，赚了很多钱，但这样一个劣迹斑斑的人却是部分打工仔崇拜的对象，"成为另一个叶嘉龙就是他们的理想"②。鲁晓麦的男友俞凡做起了皮条生意，他说大部分女人是自愿干这一行的。傅民生等人在这里经营情色酒吧，吸引精神空虚百无聊赖的打工仔去寻找刺激，十块钱就可以看到舞女飘飘的情色表演。端木云也曾去过一次，并被飘飘的火辣动作撩拨得血脉偾张，梦里失控。在开发区把握住正确的人生方向是一件非常困难的事情。一些女孩受不了流水线的紧张生活，转身进入酒吧、夜总会去出卖自己的青春。但路内没有把这些女孩类型化，而是写出了她们的多样化，在去上海的路上，端木云遇到了飘飘，在卸去了浓妆假发后，飘飘呈现出另一副面容，不再冶容诲淫而带着小镇女孩的随和与开朗。这是一个缺乏安全感的女孩。在车上飘飘对端木云说："如果翻车请抱紧我。"③ 她们就像端木云的作品那样具有表里的悖论，玄雨在评价端木云的作品时说："你的小说表面上虚无，但事实上，你并不虚无。"④ 在资本密集、利益涌动、人声鼎沸的铁井镇，人的丰富性被刻画了出来。

开发区有很多"假人"，他们真实的身份被隐藏了起来，学历证与身份证是伪造的，谁也不知道他们来自何处又去向何处。辛未来去工厂卧底时就办过一个名为"蒯凤玉"的假身份证，并为这个假身份设计了一系列故事。"假人"没有身份的限制，可以为所欲为，他们把公司的货弄出去低价卖到市场上，销赃之后，人跑得无影无踪。在这样一个身份充满悬疑色彩的地方，人与人之间失去了基本的信任，梅贞质疑："可这个世界上谁不在表演呢？"⑤ 友谊在梅贞眼里是虚无的，她和周劭去黑神山，路上遇到朝气蓬勃的几个年轻人，回去的路上，梅贞看到年轻人刻在树干上的名字，并在名字

① 路内：《雾行者》，上海：上海三联书店，2020年，第236页。
② 路内：《雾行者》，上海：上海三联书店，2020年，第445页。
③ 路内：《雾行者》，上海：上海三联书店，2020年，第307页。
④ 路内：《雾行者》，上海：上海三联书店，2020年，第149页。
⑤ 路内：《雾行者》，上海：上海三联书店，2020年，第216页。

后面写上了"友谊长存"几个字，梅贞嘲讽道："他们简直是天真啊。"①

在千禧年来临的前一个晚上，梅贞觉得寂寞，出去散步，她混杂在一群打工仔中去看酒店放焰火，这样一个充满希望与诗意的世纪交接的时刻，在打工仔眼里并没多少特殊处，小说还别出心裁地写了这样的场景："这时，夜空中传来爆炸的声音，人们抬头仰望。酒店桑拿房的小妹们也走出来看热闹，他们穿着粉红色的紧身短裙，披着羽绒服或是大衣，有些抱着胳膊，有些长发飘散，引来口哨声。有人高喊：小婊子出来过年啦。桑拿妹不高兴了，有一个什么外套都没穿的女孩指着人群骂道：我去你妈的。人群哄笑。继续抬头看烟花，夜空是五颜六色的。"② 烟花的绚烂没有消解打工仔之间的疏离与冷嘲，他们彼此之间缺乏应有的尊重，因为来自五湖四海，谁都不知道对方到底是谁。项静指出："路内的小说打开了一个文学中的工厂世界，也展示了一种表现这个工厂世界的文学语言和文学习惯。"③

四、希望"在路上"

端木云与小川一行人去西藏拍纪录片，这是小说从黯淡转入明亮的部分。小川支教的时候被一个叫海燕的姑娘爱上了，她十五岁，辗转几度，但是小川不敢带她出去。小川的理由是在古代日本，妇人看见溺水的小女孩不敢施以援手，理由是一旦救起，这个女孩将重负永远无法承担的人情。小川担心某一天海燕也许不爱他了，这会使她去留两难。端木云问起两人目前的关系，小川说："还爱着。"④ 端木云说这就够了。爱使小川的生活充满了希望，也使小说一贯的黯淡色彩转向明亮。海燕在去西藏的路上怀孕了，但她有家族遗传病，凡是生下男孩，多半是残疾早夭，海燕不想等检查出性别后再去堕胎，这使两人陷入困境。不管孩子生还是不生，海燕都应该离开高原地带，但她坚持要去西藏，小川依从了她的决定，因为他知道她的倔强。后来剧组的女导演告诉小川，日本那边医院对海燕的家族遗传病有最新的筛查技术，男孩也可能躲过一劫。大家催促小川赶快去办签证，海燕拒绝了，表示以剧组的拍摄为重，自己不在乎耽误这一点时间。全车的人都被深深感染了，一种勇往直前的动力油然而生。这是小说中极为少见的渲染情谊的内

---

① 路内：《雾行者》，上海：上海三联书店，2020年，第320页。
② 路内：《雾行者》，上海：上海三联书店，2020年，第321页。
③ 项静：《我们这个时代的表情》，昆明：云南人民出版社，2015年，第53页。
④ 路内：《雾行者》，上海：上海三联书店，2020年，第557页。

容，一车人为着一个理想而跋山涉水，不顾前程阻碍重重。

剧组的小司失恋过好几次，女友去了国外，跟女诗人恋爱被甩，这使他一度心灰意冷。来剧组的目的原本是为了忘记这些伤痛，在去西藏拍摄的过程中，剧组人的开朗、坚毅、团结激活了他内心的热情，他说："上高原就是为了忘记心爱的姑娘，现在更想她了，我也想回家。"① 西藏之行对他来说是一次情感的回归，也是爱情希望之火的重燃。剧组的摄影师二猛在北京肩负着沉重的房贷，一次岳父来京看他们，二猛去菜市场买了肉、排骨和一片冬瓜打算好好招待远道而来的岳父。在带着岳父去京城逛了一圈回到家里，以为锅里会是满满的肉排，然而"用勺子捞了很久，和岳父一起数了数，除了冬瓜以外就只有三块小排骨"②。这种拮据到令人窒息的生活让二猛悲从中来，他当晚抱着女儿去火车站准备买票去云南或西藏，但想到孩子还小，于是又回到了家里。二猛这次来剧组是为了圆自己的理想。一直以来他都是在为生活奔波忙碌，做着自己不喜欢的事情，为了赚钱还贷不得不写垃圾剧本，而自己心仪的文学和摄影被搁置在一边。来西藏拍摄纪录片，也是在生活与梦想之间的一次重新选择。

端木云通过西藏之行深化了自己对文学的认识，他曾经将姐姐写进了小说，姐姐却觉得小说里的自己十分陌生。海燕认为这篇小说写出了对姐姐的爱，端木云否定了这一看法。端木云认为文学不是安慰剂，不具有温柔甜腻的效果，它可能是乏力的。换言之，文学具有自己的方向与道路，这就像他看到的川藏公路，"它的空间存在就像时间的拼接术、人生的拼接术，最初，它像是一种天真的修辞手法，为什么是这样而不是那样，为什么是这里而不是那里。久而久之，它会用其独有的声调告诉你：这是我"。端木云追求一种独特的文学表达，那种没有什么限制的创作，按他的话说是"我想象有这么一篇长篇小说，经历不同的风土，紧贴着同一纬度，不绝如缕、义无反顾地向前，由西向东沉入海洋，由东向西穿越国境。……这一诉说着'我'的象征之物意味着可能去往极远之处，获得一种并不算太廉价的解脱"③。路内的解释是："书里的……这些文学青年在小说中大谈他们的文学理想和文学观念，却又不是正统的文学观念。……小说中人物谈到的文学观念是天真、极端、个人化的，那甚至不是文学观，更像是这些人物的世界观，可是

---

① 路内：《雾行者》，上海：上海三联书店，2020 年，第 571 页。
② 路内：《雾行者》，上海：上海三联书店，2020 年，第 560 页。
③ 路内：《雾行者》，上海：上海三联书店，2020 年，第 561 页。

这些年轻人根本没怎么接触世界，哪来的世界观呢?"① 这是建构在生命体验上的一种个体性的文学观，它努力规避着精英设定的文学观念的影响。梁文道指出，曾经很多小说对于"文学是什么"的追问大多停留在哲理化、精英化的层面，但是在路内的小说里，在讲述大量 1998—2008 年之间中国以及人们生活的诸多变化之后，"文学是什么"变得"血淋淋"：这是仓管员在卡车上挥洒汗水时所提的问题，也是《雾行者》最大意义所在。②

剧组一车人驶向加乌拉山口，看到了四座气势巍峨的八千米高山，依次是马卡鲁峰、洛子峰、珠穆朗玛峰、卓奥友峰。海燕说："此时此地，湿婆神、青色美丽的女神、圣母、大尊师，正同时站在我们眼前哪。"③ 这一群有着不同经历的人在这一刻能够看到各自心内的希望。小说在经历了无数晦暗幽深的通道后蓦然给人一种浮出水面的感觉。路内小说不轻易许诺的希望与光明在小说的结局阔绰地被释放了出来。"70 后"的作家魏微这样说过："我不喜欢那类穿越万丈红尘过来的人，经历太非凡了，走不进我的视野里，我喜欢'小'的人本能地排斥英雄，喜欢平庸和日常，害怕史诗。"④ 路内喜欢写的也是一群小人物，他们大多带着浓郁的虚无色彩，缺乏明亮的人生色调，但凡有一些亮色也是稍纵即逝的，在《雾行者》中，除了悲凉之雾外还有一些透过枝叶的斑驳阳光，虽然不是霞光万丈，也能使人感觉到作者给予小人物的希望与祝福。

第二节 知识的过剩与经验的贫乏——评李洱的小说《应物兄》

凭借折桂茅盾文学奖的荣誉，《应物兄》在文化市场掀起了不小的热潮，一时间洛阳纸贵，评论鼎沸。这部倚重于表现知识分子精神气质与生活的小说，"人物遍布政、商、学、媒体、寺院、江湖、市井"⑤，线索驳杂，内容丰富，作者十三年磨一剑的苦心孤诣令人动容。通读作品下来，获益匪浅，作者从细微处旁征博引，引出大段知识，显出作者学识的渊博。但是问题也

---

① 丁扬：《路内：我可能把做其他事的耐心都用来写小说了》，《中华读书报》，2020 年 2 月 5 日，第 011 版。

② 李菁：《路内新作〈雾行者〉试图回答"文学是什么"》，《文艺报》，2020 年 1 月 17 日，第 6 版。

③ 路内：《雾行者》，上海：上海三联书店，2020 年，第 573 页。

④ 魏微、朱文颖：《写作、印象及内心活动》，《作家》，2003 年第 4 期，第 51 页。

⑤ 琼花.《李洱的不鸣则已》，《北京晚报》，2019 年，1 月 17 日，第 40 版。

出在这里。这毕竟是一篇小说，不是学术作品。学术作品可以由点及面展开思维的游荡，因为它的目的是使人获得思维的提升、知识的扩展，但是小说的基本功能不是这个，它的基本功能是审美。小说使读者阅读的过程中获得鲜活形象的感染，从作者的生活经验中获得共鸣。就此而言，《应物兄》有很多不足，"不忍于割裁，或失于繁多"①。

　　小说最重要的价值在于使人从文字里看出作者的经验世界，而不是学识是否富有，丰富学识有另外的途径。尤里·那吉宾在《我是怎么写小说的》中对文学创作做了这样的描述："在创作欲望的驱使下，我只不过把这一天的简单印象、我所熟悉的人们的特征形成文字，写到纸上，但这样一来，这个平凡的冬日给我的感受和体验竟奇妙地扩展和深化了。这使我大为惊奇。似乎这时我才真正地意识到，我热爱大自然，爱到热泪盈眶的地步……"②尤里·那吉宾认为生活体验是文学创作的价值支点，文学的意义在于对这些感性生活经验的表达。苏珊·朗格也有相似表述："艺术品是将情感（指广义的情感，亦即人所能感受到的一切）呈现出来供人观赏的，是由情感转化成的可见的或可听的形式。"③李洱似乎想借书中人物之口做夫子自道，人物只是作者学识与理念的传声筒。换言之，作者表达知识与观点的欲望太过强烈，以至于他忽略了人物的性格进程与小说发展的节奏。不管有必要无必要都随意摆出一大堆知识，这使小说变得干瘪无趣，人物的性格与情感被大堆知识素材淹没，在亦虚亦实中变得模糊起来，"既具有过剩的特征，又具有完全贫乏的特征"④。作者仿佛在借一个个场景曲径通幽做一次个人学识见闻的即兴发挥，这些见闻学识前后之间并没有一个较为完整的系统，不过是东鳞西爪地呈现。这削弱了作品的文学属性，也削弱了作品的哲理性。太过牵强的知识表达使得人物、故事之间被隔膜了。

　　小说在文化大杂烩的话语中连篇累牍地重复着文人的趣味，由于写得太多太累赘，显得过犹不及。小说写小尼采写了一部戏，文斯德应芸娘之邀对此写一部评论，他根据希腊的戏剧理论认为如果说艺术是对现实世界的"摹仿"，现实世界是对理式世界的"摹仿"，那么艺术就是对"摹仿"的"摹

---

　　① 傅振伦：《傅振伦方志论著选》，杭州：浙江人民出版社，1992年，第393页。

　　② 崔道怡等编：《"冰山"理论：对话与潜对话》（上册），北京：工人出版社，1987年，第370页。

　　③ 朗格著，滕守尧等译：《艺术问题》，北京：中国社会科学出版社，1983年，第14页。

　　④ 福柯著，莫伟民译：《词与物——人文科学的考古学》，上海：上海三联书店，2016年，第33页。

仿";"摹仿秀"则是对"摹仿"的"摹仿"的"摹仿"。本来到这里一切说得很清楚了，作者还意犹未尽，追本溯源到古希腊的文化传统中去，大谈苏格拉底与亚里士多德的喜剧观。小说教科书式地写道："亚里士多德在《诗学》中说，喜剧源于可见的丑陋和缺陷，它如同滑稽面具，它不能引起痛苦和伤害。看见丑陋的东西，我们会觉得伤心，但它不会引起同情，因为同情是笑的敌人。我们必须放弃同情，才会觉得开心。"① 这样的文字旁人可能觉得意味深长，炫然博学，但对于一个从事相关理论研究的人来说这是老生常谈的话了。

这种牵连式的思维方式，不但没有增加小说的底蕴，反而显得简单笨拙，再如在第 74 节里，应物兄与应波几人去皂荚庙，庙里有两棵皂荚树，应波由此联想到鲁迅的《从百草园到三味书屋》里对皂荚树的描写，并摇头晃脑背诵了里面相关的句子，仿佛小学生课堂上完成老师布置的背诵任务。应波接着回忆了郑树森认为鲁迅对皂荚树的描写是错误的这一细节，因为鲁迅那时候离开家乡多年，记忆有差错，应波又想到小时候被外公带着去皂荚庙的情形，这处本来可以有一些个体的感受，作者却只寥寥数语写了秋天的落叶②。小说中，一旦情感与知识之间狭路相逢，获胜的必然是知识，这是情感与经验让位于知识的展现。

李洱在叙事中喜欢展开命题作文式表述，这种命题作文的思路就是谈到一件事情的时候会由某个点发散出一系列相近或相关的事物，在命题作文中这自然容易获得满堂喝彩，它显现出作者逻辑的清晰与思维的疏朗。但是在小说中却不尽然，小说有自己的整体效果，不能因为局部有发挥的空间就恣意任性而不顾其他，这样会导致小说结构的失衡与影响叙事的节奏感，朱光潜先生谈诗的节奏时做了这样的类比："它好比贯珠的串子"③，强调的是文学作品节奏的紧凑感。小说中有一段写应物兄与文德斯谈美国学者罗蒂：围绕着罗蒂对死亡的思考，牵扯出孔子的"未知生，焉知死"思想；罗蒂欣赏兰花，孔子对兰花有过较罗蒂更为深刻的思考；罗蒂死之前写的诗歌；罗蒂喜欢鸟；罗蒂认为人有一套终极语汇。

作者李洱仿佛借助一次谈话穷尽罗蒂所有重要的特点，不管到底它是否与塑造人物与情节有关系。在第 61 节里，小说从小颜听到鸟叫声说起，谈

---

① 李洱，《应物兄》（上），北京：人民文学出版社，2018 年，第 255 页。
② 李洱，《应物兄》（下），北京：人民文学出版社，2018 年，第 668~669 页。
③ 朱光潜：《朱光潜美学文学论文选集》，长沙：湖南人民出版社，1980 年，第 233 页。

到孔子的生态思想，中西生态思想的差别，小颜对儒家致敬，小颜对规化鸟类的解说，紫翅椋鸟重现莫扎特的《G大调第17钢琴协奏曲》，莎士比亚剧作《亨利四世》中紫翅椋鸟的故事，小颜称敬修已为"规化鸟类"（因他在美国传播儒学）鸟飞行时的规则，莎士比亚作品中出现了五十二种鸟，《圣经》中提到的第一只鸟是什么，给鸟戴上飞行器是否影响它的飞行，杜鹃与儒家的关系。这由鸟叫声为逻辑起点的内容，简直就是一篇独立成章的主题作文，它与前后文之间其实并无多大关系，这造成了作品的割裂感。

作者表现知识的惯性太大，以至于收不住，将叙事无节制地往后拖延，这造成了篇幅的冗长，也并没有增加多少小说的生活趣味。小说第34节写应物兄、栾廷玉与石斧一块吃饭，栾与石从生儿育女谈到《周易》，又对栾廷玉用手机算命引出的一首诗做解读，然后栾廷玉问石斧自己是否能喝酒，石斧摆出《周易》，说其中四处提到酒，三处说酒好。接着说吃的羊肠的由来，那不是一般的羊肠，而是接近羊的肛门处的一段肠子，经人工处理后脱肛，暴露在羊的体外，日晒雨淋后具有了自然的气息。石斧卖弄式地说到"羊肠琴弦"，栾廷玉不知道那是什么，石斧就给他解释"羊肠琴弦"的制作、价格。然后话锋一转，二人的聊天回到"杂碎"上来，由"和尚是否吃杂碎"聊到《西游记》里的唐僧随身携带煮杂碎的锅上来[①]。一个饭局没有其他方面的交流，有的只是对概念一个又一个的解读。这给人的感觉好像在听书中人物做学术讲座，作者擅长借题发挥，区区一件小事就能海阔天空东扯西拉。小说仿佛是对"不学诗无以言"观念的现代诠释，不说些风流余韵、欧风美语就不像是知识分子。在理论话语的堆砌下人物除了给人满腹学识这一概括性认知外，其他方面在喧宾夺主中被淡化了。

李洱这种知识表现的强迫症，使得日常生活的感受也被抽象化为某些知识理念，小说第33节中有这样一段描写："敬修已先生昨天还告诉我，今天要下雨。他问，下雨会不会影响老太太的心情。我问，怎么会想到这个呢？他说，因为柏拉图说过，淋过雨的空气，看着就伤心。他记错了，也忘记后面还有一句。柏拉图说的是，当一阵雨落下时，有些人冷，有些人不冷，因此对于这场雨，我们不能说它本身是冷的或不冷的。不过，今天要下雨，倒是让敬先生给说着了。"[②] 中间插入的柏拉图之语，显得很生硬、突兀，它打断了小说话语的连贯性，也切割了人物情感的自然性表现，将生活场景抽

① 李洱：《应物兄》（上），北京：人民文学出版社，2018年，第289～293页。
② 李洱：《应物兄》（上），北京：人民文学出版社，2018年，第262页。

象化为知识与理念。在第 65 节里，应物兄写老师还记得自己念博士时学过《西厢记》一事而对其记忆力钦佩不已，然而小说没有追溯具体感性的往事，而是一段知识的展现，"那是多少年前的事了？当年博士毕业的时候，我们的应物兄倒是学过一段《大西厢》。给他写信要调他去北京的那个老先生，喜欢京韵大鼓，尤其喜欢《大西厢》。那位老先生曾在文章中写到《诗经》对元稹、白居易的深刻影响，元白二人对《诗经》也有精深的研究。《诗经》对元稹的影响，不仅表现在元稹的乐府诗中，也体现在元稹的传奇小说《莺莺传》当中，而《莺莺传》正是《西厢记》之滥觞。说到这里，老先生说，他甚至能从'俗到家'的京韵大鼓《大西厢》中，感受到《诗经》的遗韵，也常将喜欢《大西厢》的人引为知己"①。

按理，一个人写自己的往事，更多的是一种情绪情感的流露，应物兄写的却是一段抽象记忆——这表明了作者更看重的不是写人，而是表现知识，也就是满足自己学识展现的强迫症。小说在"谁是小颜"一节里，费鸣说小颜是个天才时，用了这样的方式来解说："孔子的话，你说出任何一句，他都能在一秒钟之内告诉你出处。譬如《论语》，他甚至能告诉你，那句话在书的第几页、第几行。当然事先他得瞄一眼你的版本，观察一下行间距、字体的大小、版面的宽窄。然后，他就可以迅速推算出来，那句话在书的哪一页哪一行。如果他说得不对，那不是他错了，而是书印错了，掉了字。这是我看到的真正的天才。"② 独立来看，这句表达没有什么，但是放在全文中看，就不难发现问题，李洱太偏爱这种知识表现了，在他的笔下，人物常常具有鲜明的知识检索的功能特性，而情感与经验的表现退居其次。

李洱对小说人物生活经验的表述，常常在需要做细节描摹的地方笔锋一转，插入其他的内容，借助于某些知识来完成对生活经验的表现。在第 34 节，郏象礼说当年在乡下的生活，说"即便在冬天，你也能感受到城市里没有的诗意"。这种诗意就是一般性的描写："北风吹，雪花飘。炉子上有一把水壶，水壶的热气把房子里弄得雾气腾腾的，新糊的窗纸仿佛都要湿透了。"为了凸显出强调的诗意，李洱故态复萌，搬出了凡·高的名画《烤土豆的人》，似乎在凡·高的画的映衬下，普通的红薯尾巴才"又甜，又绵，又耐嚼"③。李洱只有在插入的知识的助力下，才能把乡下生活写出诗情画意来，

---

① 李洱：《应物兄》（下），北京：人民文学出版社，2018 年，第 564 页。
② 李洱：《应物兄》（上），北京：人民文学出版社，2018 年，第 316 页。
③ 李洱，《应物兄》（上），北京：人民文学出版社，2018 年，第 250 页。

缺少这些知识点，作者没有什么特殊的经验去表现它们，尽管作者把这些生活强调得无比绚丽。对于一些很特殊并能丰富小说生活内容的生活场景，作者点到为止，并不去做细节上的表现，小说第 34 节有一个非常值得写的场景：栾廷玉和应物兄聊起郑象愚当年潜伏在装满活禽的火车上偷渡去香港，与郑象愚一同去香港的还有石斧，他曾向郑象愚演示，"如何用牙膏皮煎鸡蛋，吃完了，倒点水，摇一摇，又是一道蛋花汤"①。这一幕在常人的生活中闻所未闻，本身具有极大的想象张力，但也许没有可以插入的知识点做铺垫，作者于是简简单单比画了一下就鸣金收兵，在作者信手拈来、学富五车的知识储备面前，他的文学性经验显得单薄多了，"总想用一个概念来解释……立论之初确实侃侃有理，而当这个概念不得不去闪击太大的地域的时候，生拉硬扯的味道就出来了"②。

在这种知识表现强迫症的驱使下，小说常常将重要的事情一笔带过，而把重心倾注在文化概念的解读上。笔者在阅读小说的过程中甚至在想，李洱是不是最想表达的是他脑子里积累的那些知识，故事不过是一个引子，也就是说，作者预设了一个个知识点，然后寻找合适的人与故事引出这些点来。如在第 5 节，应物兄在宠物店与叫金彧的女孩商谈赔偿的事宜，应物兄认为99 万元的赔偿太不可思议了，金彧反问应物兄："您怎么知道没有这样的事？言有易，言无难。"抓住这句话，作者展开了解读："就是这句'言有易，言无难'，让应物兄不由得对金彧刮目相看。这是他推崇的一句治学名言。他甚至认为，这句话应该是所有学者的座右铭。这句话出自语言学家、音乐家赵元任先生。赵元任先生在清华研究院任教时，有一个学生在论文里写到，有一种文法在西文中从未有过。赵元任先生用铅笔写了个眉批：'未熟通某文，断不可定其无某文法。言有易，言无难！'这个学生就是后来的语言学大家王力先生。应物兄曾多次给学生们讲过这个典故，提醒他们治学要严谨。现在，这句话竟从一个宠物店女孩嘴里吐了出来！"③ 李洱知道这句话从一个宠物店的丫头嘴里说出来不大合适，却还要让她说出这句话来，这说明作者表达知识的欲望比塑造人物、叙述故事更强烈，出现二者之间的抵牾也就见怪不怪了。因为二者不可能总是做到并行不悖。小说写郑象愚想拜程济世为师，遭到拒绝，程先生对蒯子朋说了这样一番话："那个年轻人，

---

① 李洱，《应物兄》（上），北京：人民文学出版社，2018 年，第 294 页。
② 余秋雨：《戏剧理论史稿》，上海：上海文艺出版社，1983 年，第 582 页。
③ 李洱：《应物兄》（上），北京：人民文学出版社，2018 年，第 21 页。

跟我谈的是殷郊遇师，却要我做他的老师，这不是胡闹吗？殷郊是商纣王的嫡长子，曾拜广成子为师，也曾在广成子面前发誓，绝不为父王做事。可他后来念及父子兄弟之情，还是助纣为虐了。没办法，广成子只好大义灭亲，将他困入山谷，然后除掉了他。这是个血腥的故事。他愿意当殷郊，我却不愿做广成子。"① 拜师这件事的现实原委只简单说了一两句，变成了引子。作者看重的是这些知识的表达，而不是小说的叙事与人物关系表现，"逻辑秩序是由对构成秩序之具体事物的实际内容不感兴趣的规律性所揭示的，而美学秩序却揭示了一种由不可替代的个别的项所形成的特定的统一性"②。

为了满足说理的强迫性冲动，作者甚至到了不分场合的地步，应物兄与文德斯去看望卧病在床的哲学系老太太，老太太奄奄一息了还在大谈历史哲学，相当悖逆人之常情。作者表达知识的冲动远远大于塑造人物、叙事故事的热情。在小说中他写了这样一个场景：

> 接下来，他听到了一段对话。这段对话要是放在别处，或许称得上平淡无奇，但在这个场合却显得格外突兀。一个人说："您改变了人们的阅读习惯，功莫大焉。"这个人的声音显然经过了认真修饰，很低沉，低沉中又有一种柔美。一个哑嗓子的人回应道："过誉了，愧不敢当啊。"柔美嗓音又说："阅读习惯的改变，有可能改变我们时代的审美趣味、我们的语言、我们的思想倾向。"哑嗓子说："我有这么厉害？不就是出了几本书嘛。还不是我自己的，是别人的书。"柔美嗓音说："因为你扭转了当代的出版倾向。改变了语言，就是改变了世界。今天我无论如何要敬您两杯，以表敬意。"哑嗓子说："真他妈不巧，中午我有一个饭局，一喝就不知道喝到什么时候了。"柔美嗓音立即接了一句："这样行不行？午后两点钟，我去接您，接您到一个地方醒醒酒。"
>
> 这实在不是一个讨论语言、审美趣味和思想倾向的地方。③

作者其实也认识到这种过度表现知识方式的缺陷，但到了某个可以知识发散的点上，他还是控制不住，会毫无节制地陈述下去，造成小说结构上的失衡。魏微在《李洱与〈花腔〉》中颇有见地地写道："我疑心作为小说家的李洱，在做案头不久就意识到，他这是在找死。历史学界为材料所害的人和

---

① 李洱：《应物兄》（上），北京：人民文学出版社，2018年，第303页。

② 安乐哲：《和而不同：比较哲学与中西会通》，温海明编：北京：北京大学出版社，2002年，第80页。

③ 李洱：《应物兄》（上），北京：人民文学出版社，2018年，第262~263页。

事，真称得上是白骨累累，确也不在乎再多他一个写小说的。也许他常常就犯蔫了，绝望啊，材料掌握得越多，他越不知如何下手，正如细节一个个纤毫毕现，世相反而越来越模糊——而这，也不知是有意还是偶得，后来竟成了《花腔》的一个主旨。"① 或许因为在《花腔》上的无心偶得让李洱尝到了材料叠加使用的好处，他将这一策略故技重施于《应物兄》，但文学毕竟不是流水线产品，彼处有效不等于此处也能奏效。

同样写文人，钱钟书小说中学术性的东西也不少，但是比例控制得恰到好处，不会让人觉得作者有知识强迫症。在《围城》的第一节中，钱钟书言简意赅地用"局部的真理"表现女人的穿着风格，用"tomb"调侃鲍小姐蹩脚的发音，方鸿渐父子之间的文言通信，对爱尔兰人的戏谑，等等，都是点到为止，没有进一步做学术性的考究和命题作文式的引申，因为钱钟书深知小说与学术之间的区别，按照他的才学，洋洋洒洒在一件小事上大做文章岂不是随手拈来的事？尤为重要的是，钱钟书小说将表现人物与叙事摆在了优先位置，《围城》里的人物不是一开口就是吉光片羽，钱钟书先生没有借人物与故事连缀中西文化逞才使能。这使得《围城》免去了拖拖沓沓的累赘感，故事明快而有趣，夹杂其中的理论性内容为小说起到锦上添花的作用，"《围城》……在幽默的语言外层之下，自然地融入中外文学、哲学、历史、法学、教育、民俗等领域的知识，犀利、新奇的警语短句，信手拈来，即成妙语，使《围城》成为既好读又耐读的'学人小说'"②。

第三节　时代零余者与危机突围者——评路内的小说《慈悲》

少年时技校生活、学习的经历让路内记忆深刻，他近年来一系列小说都建构在这段少年往事的基础上，《少年巴比伦》中的路小路、《花街往事》中的顾小山、《十七岁的轻骑兵》和《追随她的旅程》中的"我"，都带着鲜明的作者自传性质。路内在书写少年往事的时候寄寓了自己强烈的情感色彩，小说中那些插科打诨迷乱无序的少时生活并非只是作者对陈年旧事的文学性表达，也是一种缅怀故梦的呈现。路内在《记忆残骸的消失》中谈到父亲工

① 陈克海：《北岳中国文学年选　2018 年散文随笔选粹》，北京：北岳文艺出版社，2019 年，第 204 页。

② 李骞：《中国现代文学讲稿》，昆明：云南人民出版社，2013 年，第 295 页。

作多年农药厂的残骸时说："只有我们这些和它休戚与共、几乎是从它身体里爬出来的当年的小崽子们，感到了一丝悲伤。是的，残骸消失了，随之消失的是工厂的托儿所、浴室、暑假班、俱乐部、图书馆，甚至还有一个篮球场。"① 那是一段渗透在潜意识中的情感，平时可能习焉不察，一旦面临某些变化，这种情感就会喷涌而出，这或许是路内创作的动力与源泉。《慈悲》仍然以路内熟悉的化工厂为故事背景，表现的是一个重大时代变迁的内容，但他没有表现那些气势恢宏的社会场景，而只表现了具体而微的环境中的人事与人们情感的变化，体现出宏大叙事与微观视角的统一。

一、时代零余者

《慈悲》描绘了一群工人在汹涌澎湃的时代潮流中的不同人生。有一部分人顺势而生，成为潮头浪尖的弄潮儿，而一些人被浪头打入水底，难以翻身。孟根生就是小说中一个代表性的人物。孟根生有一股热血，做事不考虑后果。在那个个人言行被规训得极其严厉的年代，他仍然有些我行我素的做派，这导致了他的人生最终以悲剧收场。他最初和厂里一个生活作风有问题的寡妇汪兴妹交往，汪是一个身材丰满独居一室的女人。汪兴妹和车间主任李铁牛厮混在一起被宿小东告发，李铁牛因"现行反革命"罪名而被枪毙。水生知道孟根生与汪兴妹的暧昧后警告他，宿小东早就盯上了他，正等着找到证据让他去蹲牢房，孟根生心存侥幸不以为然。孟根生对汪兴妹的热情一发不可收拾，这使得他的工作每况愈下，做苯酚的成品率老上不去。汪兴妹具有很多吸引人的女性特征，比如她的胸较常人大。旁人虽然爱慕，但碍于汪的身份与前科只能远观而不敢亲近。孟根生不知深浅地与汪兴妹交往等于在火里浇油，让一些人欲火更兼怒火中烧。孟根生把水生的谆谆告诫全没放在心上，他戏谑道："师傅是说过，管得住思想，管不住枪。"② 枪一词在这里具有双重意味，它既指武器，也指孟根生的生殖器。孟根生的欲望已经冲破了理性的壁垒，无法阻挡。路内小说中的爱情一般都不那么激烈，《少年巴比伦》中的路小路与白蓝若即若离似爱非爱，《花街往事》里的顾小山努力追求着"光明而卑微的未来"；《雾行者》中周劭与辛未来、端木云与沉铃之间的感情都是顺其自然，表现得并不热情。孟根生在路内系列小说中算是

---

① 路内：《记忆残骸的消失》，《文艺报》，2016 年 4 月 1 日，第 003 版。
② 路内：《慈悲》，北京：人民文学出版社，2016 年，第 37 页。

一个异端,他敢爱敢恨,在事发之后经受严刑拷打也没有把汪兴妹招出来,在知道当年众人对汪兴妹的所作所为后,他冲冠一怒为红颜痛打了王德发。

当值夜班时,孟根生因想念汪兴妹而昏了头脑,不顾厂里的安全生产制度踢了阀门一脚——小说几次写到孟根生不顾师傅、李铁牛的劝阻脚踢阀门,旨在强调他不循规蹈矩的性格,阀门在小说中带有一定的寓意——被蓄谋已久的宿小东抓住了。孟根生因"破坏生产罪"被判刑十年,他的一条腿也被保卫科用角铁打断了。孟根生缺乏与人交往的策略,他不像水生那样循规蹈矩做事讲原则,也不懂得笼络人心阿谀上司,他在厂里"劣迹斑斑":"根生一顿饭要吃六两,食堂里的饭通常会短斤缺两,根生吃不饱,和食堂里的人打架。领劳保用品,根生顺手牵羊偷过纱手套。在浴室里洗澡,根生顺便洗汗衫短裤,浪费国家的水。找老婆,根本看不上胸小的。"这些在当时看来并非小事一桩,它与个人品质乃至革命忠诚联系在一起,这成为人们笃信孟根生有罪的重要依据,但大家听说孟根生被打断了腿时,又起了恻隐之心,认为打得太重,"他好歹也是工人阶级,赤贫出身"[1]。

孟根生从狱中逃跑,他打算游水过江,在江中遇到一艘小船,船上有个和尚对他说:"一个人要是想游过江,最好抱根木头,不然就淹死了。"[2] 和尚和孟根生说了很多话,劝他回头是岸,回到监狱去。这一佛家偈语并没有让孟根生顿悟人生。刑满释放回到工厂后,水生提着香烟找相关领导给孟根生在厂里找了个岗位。孟根生的性格还是没有变,他还是以眼还眼以牙还牙的性子,水生的女儿复生被老师白牡丹欺负,他带着复生到幼儿园将秋千架给拆了。孟根生上班之余通过摆地摊卖衣服、香烟赚了点小钱,他从厂里的绰号叫"长颈鹿"和"广口瓶"的同事那里了解到走私香烟有利可图,就借了一些钱托两人引荐去私烟贩子那里买私烟,却不料付了定金后私烟贩子被抓走了。孟根生好不容易有点盼头的日子就这样结束了。一次,王德发在众人面前突然老夫聊发少年狂,先把厂医和工会干部痛骂一顿,后又说起当年怎么打断孟根生腿、汪兴妹怎么死的往事,并说起了宿小东怎么亵玩汪兴妹的身体并出言不逊的细节,这时候孟根生出现了,他弄伤了王德发的舌头并打落他两颗门牙,做完这件事情后,孟根生了无牵挂地上吊自杀了。

孟根生是一个时代抛弃的零余者,他找不到自己的位置。他一度被逼得走投无路:被宿小东诬陷而身陷缧绁让他荒芜了十多年的青春时光。出狱之

---

[1] 路内:《慈悲》,北京:人民文学出版社,2016年,第41~42页。
[2] 路内:《慈悲》,北京:人民文学出版社,2016年,第106页。

后他尝试过一种新的生活。经人介绍他认识了离异女性珍珍，也萌生了跟她生活在一起的念头。两人相谈甚欢时，珍珍前夫找上门来，孟根生与珍珍前夫大打出手。孟根生与珍珍的关系只得不了了之。宿小东等工厂干部始终对孟根生心存芥蒂，他们借口贩卖私烟而把孟根生发配到码头做保管员，孟根生没有机会过上新的生活。他没有听取师傅的劝告，安安分分地过日子，贩卖私烟获利后，孟根生想多进一些货，结果钱被长颈鹿等人骗走，加上他的戾气——一种被特定时代造就的性格特征——让他无法在新仇旧恨中释怀，最后走上了不归之路。

孟根生的形象令人想起《花街往事》中的诗人牛荠："他的脸上凝结着一个人青年时代所有的愤怒、沮丧、悲伤和迷惘，还因此而蒙受的羞辱，它们像多种建筑材料涂抹在一起，最后成为一块呆板的灰色水泥墙面。"[①] 路内说自己在创作一部作品的时候同时在构思下一部作品，不知道他是否在刻画牛荠时一并构想着根生这个人物。根生的绝望来自他对生活的希望，因为失去太多，所以他总想通过与命运的博弈把失去的拿回来，如他一无所有时对水生所说："人活着，总是想翻本的，一千一万，一厘一毫。我这辈子落在了一个井里，其实是翻不过来的，应该像你说的一样，细水长流、混混日子。可惜人总会对将来抱有希望，哪怕是老了、瘫了。"[②] 这种在绝望废墟上建立起来的希望，有时候带着强盛的力量，它难免会越出规范，那个一切刚处于新的开始的社会还缺乏应有的包容性，某些在腐朽土壤中生长出来的人性之恶已经根深蒂固无法改变，这些合力导致了根生的毁灭。

二、危机突围者

水生在工厂体制内起初算是安稳无忧的，他性格平和，加上得到师傅和叔叔的教诲，为人处世不偏不倚，生活虽然没有大富大贵却也风平浪静。小说开篇就写了水生与孟根生性格的不同，孟根生为省事踢了生产车间的阀门一脚，水生在师傅的耳提面命下明白了遵守规矩的重要性，知道那关系着自己的前程。水生的父母在饥荒年代是被活活饿死的，路内并没有去渲染这种家庭悲情，他用一贯冷静的笔法写了一家人的生离死别。在一家人出去寻找活命机会时，水生见到一个饿疯了的人叼着一根没有肉的骨头，父亲告诉水

---

① 路内：《花街往事》，北京：人民文学出版社，2018 年，第 365 页。
② 路内：《慈悲》，北京：人民文学出版社，2016 年，第 148 页。

生：“水生，走过去，不要看他！”① 这句话成了水生人生的指南，日后他遇到过很多困窘，都逾越了过去。叔叔告诉水生吃饭不能太饱，穿衣不能太暖，这样能够在面对穷苦时捱得过去。这番话对水生的启示就是做人不要满足于现状，世事难料。彼时彼地的工厂，工人生活在繁重而危险的环境中，患病率居高不下。水生的师傅患了骨癌，知道自己将不久于人世，他去工会讨要丧葬费。师傅觉得自己应该有十六块钱的丧葬费，但这个数字没有被宋主席认可，水生与师傅无果而返。这个情节令人感触不已，工厂像一个运转精密的机器，工人的生老病死都有一种类似机器般的计算模式。路内将工厂体制的特点力透纸背地表现了出来。

　　水生有前辈们的金玉良言做指引，加之他耳闻目睹了孟根生、汪兴妹、李铁牛悲惨的结局，因此水生对宿小东公报私仇的不合理的安排也不抵触，只任劳任怨工作，李伟长指出：“水生对工厂秩序的超脱态度像个容器，既有师傅表面上的遵循意识和远离是非的态度，内心也有根生同样对秩序的不屑，但他放在心里，并不说出来。”② 水生的叔叔死于喝酒，婶婶说：“陈家很多人都死不见尸，你叔叔有一具尸体，就算是很好了。”③ 这种将大悲大苦化解为云淡风轻处世哲学的观念，使水生对世事无常有一种习以为常的认知，即便后来工厂发生大的变动，他也没有觉得暗无天日、走投无路。但环境在变化着，人也在变化着，水生看到别人都想方设法寻找出路，他也不免蠢蠢欲动起来。水生对玉生说：“我觉得自己就像埋在土地里，拱一下，土就松一点。看到别人拱出去了，我也要想办法。”④ 水生人到中年后，工厂改股份制，宿小东成了董事长。水生因为玉生常年卧病在床经济窘迫，拿不出一万块钱购买工厂股份，他离开了这个为之付出了无数心血与岁月的工厂。

　　水生在邓思贤劝说下决心去帮宿小东的竞争对手，因为“现在已经没有我们厂了，只有他们厂”⑤。集体所有制工厂已经变成了少数人的私有财产。市场经济体制下，很多工厂应时而生，须塘镇镇长给心存疑虑的水生讲政策打消他的顾虑，鼓励他们为本地经济做贡献。水生和邓思贤从老板那里拿到

---

　　① 路内：《慈悲》，北京：人民文学出版社，2016 年，第 8 页。
　　② 李伟长：《随波逐流，或推波助澜：路内〈慈悲〉》，《上海文化》，2016 年第 5 期，第 16～17 页
　　③ 路内：《慈悲》，北京：人民文学出版社，2016 年，第 51 页。
　　④ 路内：《慈悲》，北京：人民文学出版社，2016 年，第 61 页。
　　⑤ 路内：《慈悲》，北京：人民文学出版社，2016 年，第 186 页。

一万块定金，各分五千，这一大笔钱让水生看到了希望，他"感觉自己又投了一次胎"①。新工厂建成之后，工作人员在水生的悉心培养下掌握了相关技术，老板却卸磨杀驴过河拆桥了，他让人把水生与邓思贤赶出了厂门。邓思贤又找到一家新的企业，两人决定趁社会发展之际大干一场。在市场经济的大潮中水生越来越灵活，他放弃个人恩怨，与当年坑他的长颈鹿合作，将宿小东逼得灰头土脸、无路可退。

手中有了不少钱，水生仍然保持着那种质朴的本色，做了一次异性按摩让他愧疚不已，觉得对不起死去的玉生。水生不但自己一改颓势，还帮助厂里的其他工人获得工作机会，让大家生活都逐渐变得好了起来。在私企，水生带了一个大学毕业生做学徒。这个大学生起初因不懂规矩，用脚去踢阀门，被广口瓶看见了，要解雇他。水生将大学生留了下来，留在身边做了学徒。水生在规矩之前总给人留有一些余地，因为他想到孟根生悲惨的一生，这也是他的慈悲情怀使然。水生的慈悲是几十年生活铸就的信念，他那分别多年做了和尚的弟弟对他说："生亦苦，死亦苦，人间一切，皆是苦。"② 由于人生苦多，与人为善、慈悲为怀就变成题中应有之义了。路内在接受访谈时指出："《慈悲》是一部关于信念的小说，而不是复仇。这是我自己的想法。慈悲本身并非一种正义的力量，也不宽容，它是无理性的。它也是被历史的厚重所裹挟的意识形态。"③

水生是小说的核心人物，以他为线索串起了一系列的人与事。水生身上见证着时代的变迁。水生与根生不同，他没有与时代死磕，而是顺应时代的发展。计划经济时代他在体制内遵循规则——这是特定时代的必然要求，如李伟长所言："绝大部分人需要秩序，离不开秩序，需要工厂的喂养，否则生存不下去，代价就是主动放弃个体的尊严，成为工厂秩序中的一个可以随时更换和拆除的构件。构件没有独立性，它可以被机械复制。"④ 水生放弃了个体的自由与尊严而免于被时代抛弃。他并非只懂得迁就隐忍，一旦找到了时代的突破口，他的生命力又会如同开闸的洪峰一样奔泻而出，释放出无穷的活力，成为一个从危机中突围而出的幸存者。水生能够成为一个危机突围者，还在于他的变通性格：小说开始写师傅告诉水生生产苯酚冥冥之中有

---

① 路内：《慈悲》，北京：人民文学出版社，2016 年，第 191 页。
② 路内：《慈悲》，北京：人民文学出版社，2016 年，第 225 页。
③ 李清川主编：《安顿灵魂》，北京：百花洲文艺出版社，2019 年，第 247 页。
④ 李伟长：《理解一个抒情者——路内小说空间的困守和逃脱》，《南方文坛》，2019 年第 6 期，第 54 页。

鬼神相助，水生认为师傅迷信。小说最后，水生捧着玉生、父亲的骨灰盒去下葬，他念念有词："玉生，爸爸，转弯了。""玉生，爸爸，你们要跟着我走，走到石杨镇。""水生，爸爸，跟紧水生，不要迷路。"① 前后言行判若两人，这说明了水生不是一个固执的人，他懂得灵活变通，这也是在变化面前他没有被淘汰的原因。

三、隐忍的抒情

路内对工厂有特殊的感情，施新佳指出："技校毕业的路内 19 岁起就与工厂周旋，有过扎实的工人经历，路内父亲也是工厂的工程师，从小在工厂长大并工作的路内，写起工人来毫无违和感，对工人生活也有着真实而不乏痛楚的体验，他懂得他们的诉求、焦虑与反抗，能够在内心深处对他们的生存呼求实现情感呼应。"② 路内也喜欢写工厂的生活，《少年巴比伦》《十七岁的轻骑兵》《追随她的旅程》对此有不俗的表现。总览路内工厂题材的作品，很难看到他情感的流露，将这些作品作为一个整体来阅读，我们可以看到路内是站在一个更高的位置来表达他对工厂的感情，这也是路内作品的重要特点，即一种隐忍的抒情。在隐忍的表象背后，路内抒发着一种对人间世的更深、更远的情感。

《慈悲》并没有具体的时间刻度，但我们能够从细节推断出时间的坐标。小说开始写水生跟师傅学习造苯酚，在问清楚水生身世后，师傅说："你穿着劳动皮鞋在街上走，就是工人阶级，就没有人敢欺负你了。"③ 这种具有特征性的话语将时间清楚表现了出来。水生在一个物质生活极度匮乏的年代出场，但是路内没有浓墨地去写这些，他只冷静地写了江边的小镇和汽轮上的灾民，灾民们"默默地往上走，排着队。像是要去一个寂静的地方。有人躺在码头上，爬都爬不动了"④。苦难在路内的笔下并不是某个时代才有的事情，它如同冰霜凝固在人生长河中。路内对苦难的表现超出了具体时空，它被视为人生的不可分割的一部分。李伟长评价《慈悲》时指出："一场跨度 50 年的人生，国营企业从辉煌到下岗的跌宕，工厂秩序的挤压和消解，

---

① 路内：《慈悲》，北京：人民文学出版社，2016 年，第 228 页。
② 施新佳：《游走在"真相"与"假面"之间——读路内的长篇小说〈慈悲〉》，《当代文坛》，2016 年第 6 期，第 136 页。
③ 路内：《慈悲》，北京：人民文学出版社，2016 年，第 2 页。
④ 路内：《慈悲》，北京：人民文学出版社，2016 年，第 8 页。

一群人的死亡和消失，与时代环境相关的这些内容，被路内写得极为冷静克制。路内擅长的抒情句式，被他压成了一个个脆生生的字和一段段冷静得近乎残酷的句子。在洞悉历史秩序之后，重新面对历史和人世，路内化繁就简的写作方式，开启文学的厚重与开阔也就在情理之中了。"① 路内的这种冷静，主要是他想通过故事来让人们去思考一些东西。李伟长认为："好的小说作品，并不在于小说家发现了什么，而是在于小说家用小说发现了什么。对小说家而言，平衡这两种发现是个棘手的问题，可能存在两种情况——个人发现走在小说发现之前，或者个人发现落后于小说发现，前者我们会认为他是思想型写作者，后者我们常常称之为敏感型写作。路内的做法是极力克制言说的冲动，努力使两者并置汇合，让小说发现自然呈现为一座冰山。"② 这并不说明路内是一个置身事外的旁观者，他在接受《南方人物周刊》采访时说："我觉得我肯定不是局外人。我不是站在外面，不是站在街边，我像是一个不小心闯了红灯、站在路中央观望着这个时代的人。我很相信卡夫卡的那句话：很难找到一个冷静的旁观者，真正冷静的旁观者是不存在的。"他对此补充道："一个小说家，我希望站在作品的背后，甚至站在这个社会阴暗的角落。"③

路内喜欢跟妻子说自己曾经的工厂生活经历，经他妻子的再次传播在朋友之间产生了很大的反响。路内常常回顾自己少年生活的情景，那里有镶嵌在他记忆里的时代。工厂与乡土社会不同的地方是，后者传递着富有诗意的人性美，那里有着质朴的乡情与亲切的乡音。但是工厂却是一个需要规训人性的地方，人与机器一样遵循大体相似的原则，这就使人们在回忆的时候带着"痛并快乐着"的模棱两可性，路内对工厂生活的描写带着克制的抒情性。虽然工厂生活有着令人压抑的氛围——《慈悲》中弥漫在四周让人逃无可逃的化学药品的气息，仿佛从字里行间飘溢出来威慑到读者的肌体——但是整体上而言，工厂生活又带有美好的印记，毕竟它常与简单生活、热血理想、无忧青春联系在一起，尽管在时间的深渊中那段时光渐行渐远，它在对比现实或者审视内心时会翻涌出来，成为现实的安慰剂。路内在表现昔日工厂生活时克制着自己的情绪，不让个人的情绪洒落在小说的叙事中，但不论

---

① 李伟长：《路内长篇小说〈慈悲〉：工厂秩序的规训与惩罚》，《文艺报》，2016 年 4 月 1 日，第 003 版。

② 李伟长：《随波逐流，或推波助澜：路内〈慈悲〉》，《上海文化》，2016 年第 5 期，第 19 页。

③ 路内：《四十岁的改变》，《新民晚报》，2016 年 1 月 10 日，B1 版。

他如何隐忍克制，我们还是能感觉到他操觚染翰时强烈的情感涌动。在《追寻她的旅程》"引子"中，路内说："《西游记》不啻为一个寻找题材的好故事。四个有缺陷的人，结伴去寻找完美，当他们找到之后，世界因此改变。《西游记》的奥妙在于，在寻找的过程中，乃至到达天路之终，作者从未试图改变这四个人的人生观。他们就这样带着缺陷成了圣徒。"[1] 如果不嫌对这段话做一个过度阐释，我们可以这么去理解：不完美的生活本身在经历过人事变迁后也会呈现出一种令人神往的美感与诗意，这或许就是"距离是美"的另一种解释吧。

第四节　云雾人间——《在屋顶上牧云》读后感

《在屋顶上牧云》收集了路内的一些短篇小说，其中部分是独立的小说，其余的截取了《十七岁的轻骑兵》《花街往事》的部分内容。全书前后在风格上不是很统一，前面的部分比较严肃，后面带有鲜明的路内少年叙事的戏谑色彩。《在屋顶上牧云》表现的是荒谬，《女神陷阱》表现的是救赎，《不一定》是关于困境的故事，《阿弟，你慢慢跑》是关于成长的故事。

一、谬误——《在屋顶上牧云》

《在屋顶上牧云》是关于谬误的故事。一个失忆者想知道过去十年发生了什么，他失去联系十年的女友莫名其妙开着宝马回来了。女友李茉沫为帮他寻回记忆，带他去一个建筑风格怪诞的地方：中国美术学院。失忆者与女友去美院各有目的，一个想到时间的深渊中去了解过去发生了什么，希望能够治愈自己的失忆，一个却在象征着欲望的空间寻找回忆。

建筑空间在故事中暗示着欲望。在美术学院，失忆者遇到一个女孩，两人聊起美术学院的建筑风格，女孩带着失忆者去了一幢教学楼，"它看起来更像是被正方形的水泥壳子限制住的蜘蛛巢城"。女孩问失忆者这里的建筑怎样，失忆者回答："还好，反正到目前为止我还没有看到阴茎式的建

---

① 路内：《追随她的旅程》，北京：人民文学出版社，2019 年，引子。

筑。"① 在失忆者看来，标志性的建筑都带着男性生殖器的征服欲望高高在上俯视人间。有个报考美术学院而不成的保安，喜欢这个女孩，女孩希望保安能够拿到去图书馆屋顶的钥匙，实现她的欲望，去屋顶象征着欲望的实现，她说："这屋顶性感吗？他们说它充满了欲望。"② 女孩认为屋顶的剖面象征着女性高潮的走势，"有三次高潮，弧形起伏……"② 钥匙在性理论中象征着女性外生殖器③，它意味着保安对女孩的欲望。但是保安一直没有拿到那把钥匙，他的欲望一直没有实现。

李茉沫的母亲曾得过一场病，需要用鳖壳做药引子。失忆者与李茉沫四处寻找鳖壳，那时候消费鳖的人家并不多。两人偷窃鳖壳得手后就一路狂奔躲避主人的追捕，几乎一次也没有失手。失忆者那时候还没有失忆，他对路径从没有迷失过。直到有一次他们走错了地方，在一个大宴宾客的人家里偷鳖壳，被人堵在了死胡同里。失忆者将李茉沫推上了墙头，自己被人团团围住，走投无路，失忆者看到"她凌空而立，甚至还有工夫稍稍整理一下凌乱的衣裙"④。在屋顶或墙头代表着不正常。小说写李茉沫很多年前在屋顶就变得不正常，下了屋顶才变得正常。不正常的李茉沫使迷恋她的失忆者失去了人生的方向。

小说中写到了拆迁的内容，很多房子一夕之间被夷为平地，推土机在对着房子摧枯拉朽折腾一番后留下了一棵数百年的古树，古树在这里是阴茎的象征，它在烟雾中矗然而立指向天空。失忆者在待拆的房子中间拿着一本《纯粹理性批判》，这本书带着讽刺的色彩，工具理性大行其道的时代，普通人的基本生存欲望也得不到保障，古树表现了某些人赤裸裸的欲望。李茉沫去了女孩梦寐以求的屋顶，女孩向保安抱怨，为什么他一直弄不到去图书馆屋顶的钥匙，保安解释说，钥匙只有领导有，也许李和领导有什么特殊关系。失忆者大声呼喊李茉沫，她站在屋顶的低处，也就是女孩说的性高潮的谷底。李茉沫告诉失忆者前不久车子出车祸的情形，并对失忆者说，她不会离开他的。失忆者哭着问李茉沫，十年前为什么离开他。李茉沫没有说话。失忆者觉得自己特别孤独。去屋顶暗喻李茉沫过去十年追求的是一种与欲望

---

① 路内：《在屋顶上牧云：路内短篇小说选》，上海：华东师范大学出版社，2016年，第15页。

② 路内：《在屋顶上牧云：路内短篇小说选》，上海：华东师范大学出版社，2016年，第16页。

③ 李奕主编：《女性生理密码解读》，天津科技翻译出版公司，2006年，第64页。

④ 路内：《在屋顶上牧云》，上海：华东师范大学出版社，2016年，第6页。

有关的生活，现在她觉得厌倦了，跌入欲壑的低谷。她不愿意告诉失忆者自己的过去，失忆者只能一直活在迷失的时间中，他绝望地在电话中询问李茉沫："你到底想告诉我什么啊！"① 两人之间存在着一种错位——失忆者寻找的是关于自己成长的时间，李茉沫寻找的是关于欲望的空间，他们之间是错位的。那个保安与女孩，也存在着一种错位关系，保安找不到女孩需要的钥匙，女孩向往着屋顶的生活，这就像故事开头说的那个故事——一个年轻人想去中国美院杭州象山的校区参加考试，却去了宁波的象山镇，这两处常常有人走错，李茉沫认为这是一种"双向的谬误"。

二、救赎——《女神陷阱》

在一次车祸事故中，"我"隐瞒了老板醉驾的事实，这让我满怀愧疚——那次事故造成一对母女身亡的惨痛后果。"我"的女友区小华让我举报要挟老板，让他给死者家属捐点钱，我拒绝了，区小华觉得"我"挺不地道。两人的感情产生裂痕。事后，"我"向老板辞了职。"我"在郊区租了一室一厅的房子，就在第二人民医院附近。"我"常常做噩梦，梦见孩子鲜血淋漓地躺在"我"的怀抱里。五天后，雪灾来临。水、电与手机网络一起中止了。这是百年不遇的雪灾。一天深夜，来了一位叫徐明兰的女人，说女儿在发烧，让"我"帮忙送孩子去医院。因为对车祸中死去的孩子感到愧疚，"我"答应了，希望能通过帮助孩子减轻内疚的烧灼感。最近的医院是二医院。冰天雪地的天气，两人根本找不到去医院的车子。

"我"抱着孩子与徐明兰步行去医院，不料两人迷路了，只能折返回去，转弯之后向前走。到下一个街口的时候，两人都迷糊了，"我"和徐明兰不知道在哪转弯。这时候一辆越野车飞驰而过，徐明兰一字字地说："那车是不会停的。"② "我"听从徐明兰的建议，决定取道桥堍下的小路去二医院。在桥下"我"遇到一个乞丐，她在烤着火。问路是"我"的禁忌之一，"我"对此有心理障碍。因为"我"少年时一次不够严谨的指路，导致一位中年妇女被失控的公交车压死在邮局门口。翌年"我"去南方念大学，坐公交车过站了，于是去凉亭下问路，一个满脸是血的人转过脸来的骇人情景让"我"失魂落魄，自此，"我"再也不找人问路。但是救人紧急，"我"打破了自己

① 路内：《在屋顶上牧云》，上海：华东师范大学出版社，2016年，第20页。
② 路内：《在屋顶上牧云》，上海：华东师范大学出版社，2016年，第31页。

的禁忌，问了桥下的乞丐，"我"问路的语气和当年向我问路的中年妇人一模一样，女乞丐缓缓抬起头，从嘴里呼出一口气："你终于来了。"① "我"认为乞丐就是那个等着我多年的鬼魂，就跟徐明兰说了十年前问路的那件事。"我"又想告诉徐明兰，前不久越野车撞死一对母女的事情，但是她打断了"我"的话，并让"我"不要再想这件事了。"我"问徐明兰到底是谁，她说："我听说，遇到过鬼魂的人，下次再遇到，他们会有知觉，我没想到你这么敏感。""我"说："真相让人瘫痪，像我现在这样。但假如最终的目的地是一个谎言，那就不会有任何人肯在这种天气出门了。"② 我们终于到二医院，徐明兰抱着孩子对我笑了笑，这种笑容让我的眼睛发烫起来，"我"想去拉住她们，但她们消失在了灯光中。

区小华惊讶于"我"来医院的速度，"我"告诉区小华有人带我来到这里，她认为"我"精神有问题，没有叫徐明兰的女人带着孩子来医院。区小华告诉"我"，上次撞死的母女，母亲叫徐明兰。区小华让"我"给一个病人捐血，因为他的血型非常罕见，恰好"我"跟他的血型匹配，病人是徐明兰的丈夫，他无法承受妻女离世的打击，从五楼上跳了下来。一个月后"我"回到住所收拾东西，搬回去和区小华住，我们的隔阂消除了。"我"问起楼上房间出租的情况，房东说那间房子很久没人住了，一直空着。房东说那天晚上有人看着"我"一个人冒着风雪往外跑。"我"拿着行李出门的时候，问中介和房东，第七人民医院怎么走，他们发出了叹息声，因为根本没有第七人民医院。

这是一个关于救赎的故事。"我"通过幻觉中救助车祸中丧生母女来使自己的良知获得救赎。这是一个有悬念但更多是情感的故事，路内生动刻画了"我"——一个忍受着良知煎熬的人在"护送"一对母女去医院途中的心路历程。"在路上""我"拷问了自己的灵魂，逾越了自己一向不敢面对的禁忌，而使人性恢复正轨。小说在细节的叠加铺垫中为"我"与徐明兰分别时的情感升华夯实了基础，使"我"人性的复杂性得到了有力的展现。

三、困境——《不一定》

"我"与文雯合租一套房子，事实上文雯算是房东，这套房子是公司副

---

① 路内：《在屋顶上牧云》，上海：华东师范大学出版社，2016年，第40页。
② 路内：《在屋顶上牧云》，上海：华东师范大学出版社，2016年，第43页。

总罗先生的房子，罗先生和她有了婚外恋情后买的房子，算得上金屋藏娇。文雯在小说中是一个有些循规蹈矩的女人，她和"我"预先约法三章，谁都不能带自己的朋友来合租的房子里，不管是同性还是异性朋友。"我"有一次违反了约定带了女朋友来合租房里，文雯很不高兴。公司同一项目组的王永梅告诉我文雯和罗总的事情。一次宵夜时，文雯开门见山地说王永梅一定告诉了"我"她和罗总的事情，同时文雯也告诉"我"王永梅和公司总监的暧昧。事实上，在一次车祸后，罗总再也没有来找过文雯，也没有给她一个明确的答复。那次车祸，给罗总开车的司机在桥下溺水身亡，这个意外使罗总改变了主意，他再也没有来过文雯住的房子。

　　文雯也没有离开那套房子，一直和人合住着，并收取另一方的房租。文雯一直等着罗总给她一个明确的答复，她接受不了不确定的事情。"我"的女友想来合租房小住三两日，文雯也不允许。文雯控制着这套房子，她不允许有超出预约的事情发生。有一天，一位自称罗太太委托的律师来到合租房，说罗先生夫妻因为离婚正在处理财产，这套房子因为是罗先生的不动产需要重新处理。文雯问律师罗先生为什么离婚，律师说和文雯没有关系。文雯问"我"是否应该给罗先生打个电话，"我"觉得没有必要，因为罗先生已经告诉了她答案。文雯说："所有的事情都有一个轮廓，从开始到现在，都在意料之中，只有这个司机的死，真的是一个意外。因为死了一个人，他再也没来过，把我撂在这里，没有任何说法地企图让我自动消失，乃至撤掉了业务合作，乃至今天，它让所有的事情都变得扭曲了。"① 文雯说，所幸一切都结束了。她开着小车离开昏暗的桥洞，眼前忽然明亮起来。

　　路内很擅长表现人物感情与纠葛，这使他的小说具有较为独特的个人印记。比如《花街往事》里，写顾小妍小时候很害怕去给母亲扫墓，因为她害怕鬼神。但是年龄稍长后，"她独自去墓地，有时甚至是秋天"②。《追随她的旅程》中的开篇有这么一段：

　　　　小女孩指着一张照片，对我说："这是你。"

　　　　我看了看，那张照片上，我被两个女孩儿夹在中间，做出很开心的笑容，身后是上海的黄浦江，有一条白色的轮船正露出半个船身，依稀有江鸥掠过的身影。照片上的我也是像现在一样，剃着很短的头发，光头露出一点发茬。

---

① 路内：《在屋顶上牧云》，上海：华东师范大学出版社，2016年，第58~59页。
② 路内：《花街往事》，北京：人民文学出版社，2018年，第67页。

小女孩指着左边的女孩儿说:"这是妈妈。"又指着右边的女孩儿说:"这是干妈,她早上去扫墓了。"①

寥寥数语之间物换星移的人间沧桑与世事的变幻无常清晰有力地被表现出来。《不一定》基本上都是通过对话、场景来推动故事的进展,当事人罗先生没有直接去表现,他和文雯之间的纠葛也是通过小说人物的对话表现出来的,在一系列的细节中,文雯这个不容含混、做事有板有眼的性格被生动展现了出来。她接受不了不确定的事情,没有确定的结论不会轻易做出改变,这使她一度陷入了困境。直到离婚诉讼律师的到来,文雯明确了事情的结果,才摆脱了长久以来的困扰。

四、方向——《阿弟,你慢慢跑》

这是一篇关于成长和方向的故事。小说中的阿弟其貌不扬,虽然家境不错,但是个人发展却经常受挫,初中毕业后阿弟想去考烹饪职校,结果遭到全家人的强烈反对,身为教授的外公更是气得几天吃不下饭,最后阿弟不得不违背自己的初衷,念了一个不怎样的高中。在复读一年后,阿弟考上了上海一所很差的大学,读了一个没什么前途的专业。阿弟业余喜欢踢球,并练了一身强壮的肌肉,这让他多少寻回一些自信。阿弟找了一个老家在四川的女孩,女孩高他一届,名叫吴勤勤,长得挺漂亮,就是家庭条件不怎么好。家庭条件的差异使阿弟的母亲对这个可能成为将来儿媳的女孩充满戒心,母亲怀疑吴勤勤有觊觎其家产的嫌疑,加上吴勤勤有一股与其年龄不相称的凄愁味道,母亲让阿弟趁早断了和吴勤勤的关系。

在吴勤勤眼里,阿弟"很好的,有时候很天真,像个小孩子"②。阿弟与吴勤勤的交往最初还算平稳,有些矛盾到后来渐渐就显露了出来。阿弟是在工作上没什么长进,吴勤勤凭借着努力在公司站稳了脚跟。吴勤勤开始抱怨,阿弟让她缺乏依靠感。这时候吴勤勤身边出现了另一个男人,但她解释这只是一个很普通的朋友。阿弟为在事业上有所进步,参加了警察考试,结果名落孙山。阿弟与吴勤勤分手了。分手之后阿弟开了一间奶茶店,结果还是赔了,命运之神没有因为阿弟失恋就对其心生怜悯。一天,阿弟碰到了久违的吴勤勤,她怀孕了,丈夫是一名台湾人。阿弟骑着自行车把吴勤勤送回

---

① 路内:《追随她的旅程》,北京:人民文学出版社,2019年,第6页。

② 路内:《在屋顶上牧云》,上海:华东师范大学出版社,2016年,第71页。

了家，分别之际，吴勤勤说："双峰，我在你人生最错误的时候认识了你，真是运气坏透了。"她接着说："你记住了，我是你遇到的最好的女孩，你是我遇到的最糟糕的男人。"① 自此，两人再没有相见。阿弟决定在世博会召开前夕再考一次警校，他穿上了吴勤勤送的一双成色很旧的鞋子，表示要考第一名。在跑道上，阿弟带着臃肿的身体跟在一个瘦高男孩的后边紧追不舍，其他人被甩在了身后。冲刺阶段，瘦高男孩急不可耐地向家人展现自己的胜利，就在离终点十米远处，阿弟一鼓作气超越了他。

阿弟是一个懵懂的男孩，在女友吴勤勤渐渐成熟的时候，他的孩子气依旧不改，两人之间渐行渐远最后分道扬镳，这个结果并不突然。吴勤勤需要的不是一个对她好的男人，而是一个可以改变她命运的男人。当她反观自己最初的选择，会因为考虑不够周详而后悔不已，她抹杀了阿弟对她的好——阿弟连家里的菜刀都偷偷给了吴勤勤的父母。阿弟这个人物在事业、爱情、家人责骂的多重挫折中渐渐认清了自己的人生方向，最终在赛场上战胜了对手，也战胜了自己，完成了一个男孩向男人的成功蜕变。

阿弟这个人物是路内小说中比较少见的年轻人逆袭的个案，在《少年巴比伦》《花街往事》《十七岁的轻骑兵》《追随她的旅程》《雾行者》等作品中，年轻人总带着颓废和过剩的精力，他们迷失在社会变迁的时代，路小路、顾小山、周劲等人无法去改变时代也无法改变自己的命运，他们身上带有一种黯淡命运的灰暗。阿弟是路内一反常态在创作中刻画出的新的人物形象，体现出一个男孩清晰成长的情感逻辑，路内在家庭、爱情、事业的合力围攻下合乎情理地将阿弟身上的潜力渐次勾勒出来，当他在跑道上一举夺魁的时候，我们仿佛能透过文字看到阿弟脸上分不清是雨还是眼泪的面容，那是成长应该有的样子。

第五节　工厂生存写真——评路内的小说《少年巴比伦》

《少年巴比伦》是路内产生一定国际影响的作品，英文版甫一上市即位居美国亚马逊亚洲文学排行榜第一。在这部小说中，路内辛辣风趣的叙事风格得到淋漓尽致的发挥，他通过许多令人捧腹的情节表现工人路小路的迷惘又自我的青春，那些插科打诨的段子初看有趣，细看却又让人心酸，因为那

---

① 路内：《在屋顶上牧云》，上海：华东师范大学出版社，2016年，第87页。

是计划经济体制下一些国有工厂最后的好时光。路内在渐行渐远的时间节点审视过往，他没有刻意煽情，因为那并不是某个人的黯淡经历，而是整个社会所面临的刮骨疗伤的阵痛，因此对个体颠沛的命运大书特书似乎略显矫情，路内说："我倒一直没有给自己贴'工厂'的标签，因为它对我来说是一个自然经验，不是特别重要的事情。"① 路内不大愿意别人给他贴上一个"工人作家"的标签，他在《"工人"与"作家"之间的秘密》中说："我一直以为身份符号是不重要的，重要的是作品本身。后来才逐渐明白，这是一句鬼话，任何有分量的评论都是从作家的生平研究开始的，作品本身很轻，被曲解的可能性很大，甚至有可能被套用。"② 因为一旦被"标签化"，他作品的多样性就可能被取消，取而代之的是某些套路化的解读，这是路内不愿意看到的。

　　路内重拾年少的心情，心平气和地叙说故事，抽丝剥茧般道出自己的生命情怀。谢有顺在推荐《少年巴比伦》时说："《少年巴比伦》是现在时的，它的叙事速度像青春一样富有生命的节律，同时还有一种青春般的透彻——忧伤，但不残酷，更不绝望。当我们看着那些刚刚流逝的时代细节，一点点地在路内的小说中重现，并由此完成一个少年心灵的塑造，从中我们能读出作者对时代和人性所怀有的那种痛惜之情。爱可以稀释痛苦，笑可以包裹悲伤，生命里的那一份执著与热爱，也能在人生的瞬间绽放出孤独而绚丽的色彩。正是从这种人心的细微处出发，路内为这个正在变化中的广大世界作出了生动的个人注释。"③《少年巴比伦》中的工厂让人想到《红楼梦》中的"大观园"，两者都具有空间的相对封闭性，都能够使青春的生命得到暂时的安放。路小路处在一个工厂转型改制的特殊时期，工人们面临计划经济转向市场经济的剧变，过去高枕无忧的生活面临市场洪流的冲击，有的人对这个让他们奉献了大半生时光的地方失去了热情，浑噩度日；他们中的一些人敏锐地感知到"山雨欲来风满楼"，通过学习改变命运；还有些人暗度陈仓，寻找新的方向。在工厂大院内，各人都有生存的哲学。

---

　　① 张瑾华：《慈悲"可以是国家的，也可以是个人的，一只猫的"》，《钱江晚报》，2017 年 4 月 23 日，A0009 版。

　　② 阎晶明主编：《聚焦文学新力量　当代中国青年作家创作实力展》，合肥：安徽文艺出版社，2013 年，第 505 页。

　　③ 姚霏：《那些啼惊世界的鸟》，云南：云南人民出版社，2013 年，第 186 页。

一、痛并快乐着

《少年巴比伦》中的化工厂，已经显现出衰败的气象，戴城化工厂几乎每年都会爆炸一次，这已经成为人们见怪不怪的事情，所以每到化工厂爆炸的时候，路小路父亲就会不慌不忙拿出应对的策略：逃避有毒气体侵蚀的方法是顶着风跑，遇到顺风的时候，就要赶紧溜之大吉。化工厂不只是一个生产化工品的地方，它深刻影响着戴城社会的格局与发展，小说中写路小路三十岁的时候带着女友张小尹去看化工厂，路小路不无自豪地对张小尹介绍这个他曾工作过的地方："这是戴城著名的国有企业，有两三千号工人，生产糖精、甲醛、化肥和胶水。如果它倒闭了，社会上就会多出两三千个下岗工人，他们去摆香烟摊，就会把整条马路都堵住，他们去贩水产，就会把全城的水产市场都搅乱，假如他们什么都不干，你也得在街道里给他们准备五六百桌麻将。"① 这段话在表现戴城化工厂在当地举足轻重的地位的同时，也暗示这个大企业面临尾大不掉的窘境。魏小河指出："工厂曾经是一种含有社会主义情感的集体组织，许多工人一辈子就生活在工厂里，他们靠厂里发工资，住厂里分配的房屋，孩子上厂里的幼儿园，他们预想退休之后，自己的孩子继续在厂里工作。但是，他们很快就会发现，往日的经验不灵了，他们已经被时代抛下。"② 路小路和中学同学来到化工厂上班的第一天，在接受安全教育之后，同学就决定不干了，他辞职去农机厂跑供销去了。路小路感觉化工厂是一个让他心如死灰的地方，他看不到什么希望，"路内在小说中……却无意中揭示出一些东西——工业化源自城市，但是在消费时代或者后工业时代，工厂生活是从主流的都市生活想象里排除出去的，工厂就是城市的流放地"③。

单调、机械还有一定风险的工作让工人们变得意兴阑珊。为使工作变得有趣一些，他们模糊男女同事之间的界限。女工们通过戏谑新来的学徒来获得精神上的满足。初入工厂做学徒的路小路被差遣去拣过冬用的燃料，他遇到一个阿姨，阿姨一边调侃他，一边"从口袋里掏出一颗糖，剥开，把糖塞进自己嘴里，把糖纸扔进了我的背篓里"④。这一动作传神地表现了中年女

① 路内：《少年巴比伦》，北京：北京十月文艺出版社，2014年，第17页。
② 魏小河：《冒犯经典》，北京：生活·读书·新知三联书店，2017年，第62页。
③ 当代文化研究网编：《"城"长的烦恼》，上海：上海书店出版社，2010年，第224页。
④ 路内：《少年巴比伦》，北京：北京十月文艺出版社，2014年，第38页。

工的“江湖地位”和随意的性格。中年女工对工作的态度是松松垮垮的，她们经常在工作的时候臧否新来学徒的外貌，并使唤他们做一些工作之外的事情。她们是中年男工工厂生活的“雨露”，男工在工厂日复一日重复同样的事情难免会感到枯燥乏味，与中年女工们调笑可以使百无聊赖的日子变得略有生气。路小路在水泵房初见师傅老牛逼时他正和一个中年女工开着性玩笑，中年女工被撩得脸色通红，用粉拳不停地锤他。换作旁人，大概率分不清他俩是情人还是同事关系。李伟长指出：“工厂是社会的一个角落，一群喧嚣的孤独个体在这里相互厮打又相互安慰。任何一个有人的角落就不可避免地生产着秘密，也消费着秘密，本能求生的自我保护意识就出现在生产和消费的犬牙交错中。”[①] 女工们做的事情是按按开关按钮等事情。冬天的时候，女工们就抱着一个热水袋取暖，被冻得哆哆嗦嗦的，“她们就像一些过期食品被随意丢弃在角落里，并且享受着那一份微薄的自由”[②]。无聊的并非只有化工厂女工，纺织厂的女工同样无聊，她们会在男工身上找乐趣，路小路的一个同学说起自己在纺织厂的状况，语气苍凉而悲哀。

路小路去工厂报名的时候，小噘嘴告诉他，不要把工厂当自己家，同时嘱咐他要爱厂如家。这两句话并不矛盾，前者针对的是一些人在厂里如同在家一样随意松散，后者说的是普遍性条件下对工厂的爱护。小噘嘴说这番话当然不是空穴来风无中生有，而是确有所指。比如工厂女工们常在上班的时候洗内衣，然后一字排开晒在车间蔚为壮观，引得一群新来的学徒看得晕头转向。女工们以厂为家的做法其实就是混淆了工作与生活的界限，工作对于她们来说就是一种变相的生活，这也许是一种积极的生活态度，但同时是一种消极的工作态度，二者辩证统一于工作车间。这是在工厂体制缝隙中生产出来的闲情逸致，这就像岩石之间的小草，在时间的推移中显现出巨大的生命力，同时这也使得坚硬的石头的裂纹慢慢扩大，以至于最后分崩离析中解体。福柯在谈到 18 世纪工人阶级道德时指出，工人的非法活动不再表现为侵吞，而是表现为不守纪律：问题不在于欲望和财富之间的关系，而在于固定在生产机制上。该非法活动的形式表现为缺勤、迟到、懒惰、玩乐等等，简而言之，一切都与违背时间或空间上的规则秩序有关。不守纪律等非法活

---

① 李伟长：《理解一个抒情者——路内小说空间的困守和逃脱》，《南方文坛》，2019 年第 6 期，第 55 页。

② 路内：《少年巴比伦》，北京：北京十月文艺出版社，2014 年，第 77 页。

动比侵吞等非法活动危险得多。① 小说中对女工们工作、生活的交错不分进行了描写，纤徐曲折揭示了计划经济体制下部分国有工厂被淘汰的深层次原因。曹文轩指出："光有想象，而没有一种有价值的精神跟随着，我以为这样的想象，是没有多大意思的，是用不着我们去赞赏的。"② 路内小说不止为我们展现了斑斓多姿的工厂生活，它还让我们认识到这种生活走向没落的现实逻辑，这是一种重要的价值。

女工们有意混淆身体的健康与疾病，好能够调换到一个工作轻松的岗位。当一个女工说自己子宫脱落时，另一个女工的直接反应不是担心她的身体，而是觉得"那就好办了"。女工们一旦患有子宫肌瘤、子宫下垂等毛病，厂长会给她们换一个轻松的岗位，如果不这么做，一旦她们子宫脱落，家属们一定不会放过厂长。碍于压力，厂长对女工们的健康不得不慎重考虑。女工们抓住厂长的软肋，想方设法往"子宫脱落"的毛病上靠，这让车间主任大为头疼，却又无可奈何。在现代文化批判者眼里，工厂作为资本价值实现的主要场地，具有摧残工人身体的破坏性。路内没有回避这一思路，有所不同的是，他通过一种不那么沉重的表述来表达对工厂体制的批判。究其因，作为一个在工厂大院生活、学习、工作的人，路内在那里沉淀了太多的情感，即使工厂的环境十分恶劣，也不足以使他对工厂心存反感，他在小说中写路小路带着张小尹去化工厂附近散步，介绍化工厂往事时看似轻描淡写，其实言谈之间饱含深情。在工厂负面性与情感冲突面前，路内选择了一种折中的表现方式，即用诙谐的笔法来尽可能抵消工厂的破坏性。当然路内也不能对这种摧残身体环境的负面性视若无睹，他借白蓝和路小路之口表现了对这种负面性的批判，"白蓝说，她不喜欢工厂，不喜欢那里的人，也不喜欢那里的话题。我说，我也不喜欢，并且不喜欢别人叫我小学徒、小钳工，但我认为这些不喜欢并不值得让我生气，因为它们都是很真实的事情，并不是造谣，也不是梦想"③。

① 福柯著，《惩罚的社会 法兰西学院课程系列 1972—1973》，陈雪杰译：上海：上海人民出版社，2018 年，第 241～244 页。

② 曹文轩：《诗意的象征》，引自殷健灵著：《风中之樱 3（真幻源）》，沈阳：春风文艺出版社，2016 年，第 168 页。

③ 路内：《少年巴比伦》，北京：北京十月文艺出版社，2014 年，第 110 页。

二、成长的雄关漫道

工人之间有一套不成文的规则，对人身关系做了严格规定。路小路做学徒的时候被派去拣燃料，后来连废纸也拣，以致被清洁工抱怨无事可做。拣纸屑这件事让路小路很受刺激，但没有办法不做。因为这是做学徒的必经之路。路父问儿子在厂里做什么，路小路怕如实禀报面子上挂不住，撒谎说自己在学修水泵。路父十分惊诧，认为儿子还没有到这个层次，他应该做的是扫地、擦桌子、打开水、给师傅擦自行车。这套不成文的规则已经深入人心。路小路的师傅老牛逼曾带过一个徒弟，不是个学机械的料，螺丝钉都不会拧，还喜欢用兰花指"捏起扳手拧螺丝"，老牛逼看得眼里冒火，一巴掌飞了过去，兰花指被打得嘤嘤直哭，老牛逼连续扇了兰花指几十耳光还收不住势，最后被水泵房的阿姨们劝住了，徒弟与师傅之间的关系如同封建时代那样严苛。在化工厂资历深的人不但可以打了车间主任平安无事，还可以拉电闸阻止工厂生产，而厂长也无可奈何。

有想法的年轻人不安心在化工厂上班，他们想通过读夜大改变工作环境或谋别枝而栖，但这不是一件容易的事情。因为资历、级别这些东西直接约束着年轻人的工作量，长脚打算参加成人高考，他只能躲在锅炉房顶层偷偷复习，尽管这样还是防不胜防，被工友们发现了。在工厂像长脚这样年轻没什么资历的工人，是不允许参加成人高考的，因为会影响工作，参加成人考试被认为"不务正业、好高骛远、三心二意、朝秦暮楚。对付这样的青工，最好的办法就是送到糖精车间去上三班"[①]。资历深的工人上班期间可以下围棋优哉游哉，任务全派给年轻人做，管工班的事情几乎全让长脚一人承担了。一旦找不到长脚，其他人就像丢了儿子一样着急，因为没人做事了。长脚想考夜大的计划最后泡汤了，上班时间东躲西藏学习让其他师傅找不到人做事，这引起了管工班师傅们的集体不满，他的复习资料被师傅们找出来并付之一炬，以彻底断绝长脚想考夜大的念想。长脚为此想不开，差点跳河自杀。

长脚考试未遂的殷鉴不远，加上深谙化工厂对年轻人学习不甚友好的风气，这使白蓝就采取了"避实就虚"的策略。她知道化工厂面临改革，工厂医院人员将会裁减，自己面临到车间工作的重新安排，去车间工作是一个没

---

① 路内：《少年巴比伦》，北京：北京十月文艺出版社，2014年，第170页。

前途没地位的事情，路小路的堂叔直言不讳地说，科室里的女人皮肤都比车间里的好。白蓝父母双亡，孤身一人，没有什么背景，她找不到门道继续留在清闲的工厂医院，所以她下定决心考研走人另谋出路。白蓝非常小心地掩饰自己考研的计划，她让路小路不要去厂里说，毕竟化工厂不支持年轻人学习的潜规则对每个年轻人都如此。白蓝躲在家里闷声复习了考研所有的资料，并顺利参加了研究生入学考试。对考试之后的事情，白蓝也全部计划好了，她春节之后打算辞职，这样档案就调到街道上，化工厂就没法卡她的档案。白蓝缜密地构想了考研乃至调档的整个过程，这体现出她优秀的数理逻辑思维。路小路跟白蓝聊天看到她备考的数学教材，感慨数学使人聪明。白蓝算是一个幸运的"出逃者"，这得益于她对付化工厂不良风气行之有效的策略。在辞职到上学的几个月里，白蓝一身轻松去了西藏旅游，相对于无止境"三班倒"看不到未来的路小路，她的成功显得难能可贵。

化工厂森严的等级及短视的管理表明化工厂不但不善于培养人才，也留不住人才，年轻人看不到未来，这为将来化工厂的解体埋下了伏笔。在《少年巴比伦》中，路内对化工厂僵硬的管理体制做了深刻而形象的揭示。长脚想考夜大，先后请管工班长、鸡头、车间主任、劳资科长胡得力吃饭，最后被胡得力一番呵斥后吓得灰溜溜跑了回来。长脚历尽艰辛后考上了夜大，胡得力却不让学他喜欢的机电专业，而是强迫长脚去学所谓的管工专业，以便回来继续在管工班上班，这让长脚几乎感到绝望。路小路在戴城大学读会计专业，结果被胡得力嘲讽说路一辈子也做不了会计，做会计也一定会贪污。

年轻人学习的积极性被扼杀在青草之末。他们改变命运的尝试显得道阻且长。在工厂内，年轻人向往的工作是这样的："每天早上泡好自己的茶，再帮科长泡好茶，然后，摊开一张《戴城日报》，坐在办公桌前，等着吃午饭。宣传科的窗台上有一盆仙人球，天气好的时候，阳光照在仙人球上，有一道影子像个日晷，上午指着我下午指着我对面的科长，午饭时间它应该正好指着科室的大门。如果你每天都有耐心看着这个日晷，时间就会非常轻易地流逝。"① 这种在似水流年中消磨的生活方式竟然让初出茅庐的路小路心驰神往。但这种美好生活图景不过是海市蜃楼，可望而不可即。祝新宇在评论《少年巴比伦》时指出："中国的 90 年代，起着承前启后的历史作用。动乱时期早已结束，市场经济开始兴起。日常生活一下子被历史推到了选择的关口，虽然这种选择是缓慢的、被迫的。20 世纪 90 年代初，能够进工厂，

---

① 路内：《少年巴比伦》，北京：北京十月文艺出版社，2014 年，第 4 页。

尤其是效益好的工厂无疑是件幸运的事。但那时下海发财的故事已经在工厂里传开。父辈们的理想定义慢慢更改，至于该改成什么样子，谁也不清楚。"①

三、马蹄催趁月明归

20 世纪 90 年代初的戴城开始引进外资及港台资本，工业园区建设如火如荼，土方车在街头横冲直撞，弄得乌烟瘴气，农田被征用于建设厂房，那是一个令人壮怀激烈的时代，也是一个让人一头雾水的时代——六根的村子里某天来了一群西装革履的人，说帮村里人挖鱼塘，这让村民十分高兴，后来才知道这不是挖鱼塘，而是建厂房，他家的菜地莫名其妙地变成了厂房。小说充满讽刺地写有些不理性的发展状态："那阵子戴城开发工业园区，把农田填平了造厂房，到处都是运土方的大车，在马路上开得稀里哗啦犹如坦克。这种土方车好像只装了油门，从来没见过司机踩刹车的。在我的印象中，只有日本人的神风敢死队才有这种派头。鬼子飞行员在登机之前一定要凝望富士山的方向，把布条绑在脑门上，然后高唱'君之代'，因为马上就要去送死。至于土方车的司机，他们既不唱歌也不绑布条，他们很开心，因为这种车子只会让别人死掉。"②

与开发区"指点江山"的热闹比较，在戴城举足轻重的化工厂倒显得有些落寞，工厂内年份久远的办公室的墙上"工人阶级领导……"几个字暗示着国有工厂地位的失落，它不再像过去那样受宠。小说写道："后面两个字应该是'一切'，所谓一切，其实是个虚指，等于什么也没领导。"路内对工厂落魄的原因做出了分析："看看我身边的工人，老牛逼、外卵，以及所有的姿色阿姨们，都什么歪瓜裂枣，让他们去领导一切，简直是个笑话。"③这话说得有些过分，却也不是没有道理。小说中，工人们的创造力没有用在工作上，倒用在一些无所谓的事情上面。比如计生办贴了一张告示："未上环的女工速去医务室上环。"女工对此通知心领神会，但男工们却嚼起舌头来，他们开始质疑：未上环的女工是否包括处女？她们也没有上环。后来计生办把通知内容改为："未上环的已婚女工速去医务室上环。"男工们还是不

① 祝新宇：《悦读者　乐在书中的人生》，北京：九州出版社，2019 年，第 291 页。
② 路内：《少年巴比伦》，北京：北京十月文艺出版社，2014 年，第 143 页。
③ 路内：《少年巴比伦》，北京：北京十月文艺出版社，2014 年，第 98~99 页。

理解，他们又问：难道我们厂里的未婚女工都上了环，现在轮到已婚女工上环？把计生办的人搞得傻了眼。国有工厂体制的弊端在嬉笑怒骂中被表现得淋漓尽致。

在开发区的热闹面前，有些年轻工人经受不住诱惑，蠢蠢欲动暗度陈仓。六根就是其中一个。六根把各种假调休到一块凑足三个月，因为台资企业的试用期是三个月，调休的假期刚好可以满足试用期的时间要求。六根想，如果在台企上班觉得合适就留下来，不合适就继续回化工厂上班，打得一手如意算盘。怀着对台资企业的美好想象，六根暗地踏上了新的求职之路，然而一个礼拜后，六根鼻青脸肿地回来了。台资企业虽然人数只有几百人，但是配备了八个保安，这让六根迷惑不解，糖精厂几千工人的大厂才五个厂警，六根感觉这不像工厂倒像一个劳改营。他带着糖精厂上班时的自在四处张望时，被几个保安围住了，保安出言不逊骂六根"傻逼"，这让六根勃然大怒，他与保安发生冲突，奈何双拳不抵八个人的拳头，六根被结结实实痛打了一顿，"八个保安围着他，像打狗一样打他。周围的工人依然静悄悄地走过，没有人围观，也没有人劝架"[1]。被打完之后，六根被扔在过道边，口袋里塞着一张开除通知单。六根去台资企业求职的悲惨经历，让其他人噤若寒蝉，糖精厂自此再无人有想去三资企业求职的想法。这段不乏夸张的描写表现了资本赤裸裸的剥削本质，不管外表如何光鲜亮丽，内在的剥削本质始终不改。

台资企业工人对六根被暴打视若无睹，一幅事不关己的冷漠姿态，多少让人想起鲁迅先生的国民性批判，这使小说带有强烈的讽刺色彩。六根在台资企业的遭遇忽然让人产生对化工厂的好感，虽然那里有很多积弊，但毕竟没有这样践踏人的粗暴与冷漠。这种情感转向不仅是读者的，更是路内的一种内在情感，在小说中路小路直言说自己不喜欢三资企业，对他来说那是外在植入的企业，纯粹以获取利润为目标，缺乏情感的温度。路内这种对三资企业的抵触情绪在后来的《雾行者》中得到更为细致的表现。《雾行者》中的周劲、端木云在铁井镇开发区三资企业当仓管员，那是一件十分枯燥无趣的事情。一般人干不了几年就会辞职。三资企业中充满暴力事件，端木云等人都被保安无端打过，一个叫杨雄的保安几乎到了生杀大权在握的地步，对看不上眼的工人就大打出手。端木云谈及保安这种肆无忌惮的暴力行为时说："保安的拳头是一种介于警察和流氓之间的惩罚手段，既像官方的，也

---

①　路内：《少年巴比伦》，北京：北京十月文艺出版社，2014年，第179页。

像是黑社会的，然而两者都不是。它仅仅局限在工厂（包括宿舍）范围内，但对于打工仔而言，足够了，他们有十分之九的时间都在这个区域内。想摆脱这种管束也很简单，辞职就行了，但那意味着失业。"① 保安敢于对工人实施暴力基于他们对工人求工心切的心理洞若观火的了解。戴城化工厂工人就显得很有人情味——长脚换灯泡被电，女工们将他搂在怀里替他按摩。路小路的头被跌破后，水泵房的阿姨们帮他擦油消肿。这些情节都带着浓浓的情感色彩。这也是化工厂生活虽然很多时候不尽如人意，却让路小路心生留念的原因。多年后他在旧书市场看到一本印着"戴城糖精厂图书馆"图章的书，"心里非常悲伤，好像是从废纸篓里找到了遗失多年的情书"②。爱·摩·福斯特曾说："在人生中，除时间外，似乎还有别的东西。为了方便起见，我们称它为'价值'吧。价值并不以时或分来衡量，而是用强度来计算。因此我们回顾过去时，便感到过去并不是往后延伸的平原，而是一些堆积而成的瞩目的山峰。"③ 记忆赋予了过去以一种深邃的情感，当这种记忆因缘际会浮出水面时，一种久违的情感便会油然而生。路内虽然早就远离了工厂，但那种生活的经验并没有远离，依附在他的情感深处，路内不时会借助于文字来释放蛰伏已久的能量。

第六节　庄子思想与现代性——评阿来的小说《尘埃落定》

阿来的《尘埃落定》以浓郁的象征笔触表现了以麦其土司为核心的西藏土司世界在现代文明渗透下的变化，展现出西藏土司世界的神秘生命力与引人入胜的异域风情。张学昕认为："阿来的写作，无疑为汉语写作大大地增加了民族性的厚度。他的作品承载了一种精神，这种精神里面，既有能够体现东西方文化传统的智慧者的化境，也有饱含朴拙'痴气'的旺盛、强悍生命力的冲动。"④ 梁海指出："《尘埃落定》，在一夜之间让我们走进了藏地，神秘、瑰奇、绚烂，充满了各种欲望和诱惑。透过最后一个康巴土司王朝令人荡气回肠的悲剧故事，我们看到了漫山遍野令人沉迷的器粟花，土司宫廷

---

① 路内：《雾行者》，上海：上海三联书店，2020年，第292～293页。
② 路内：《少年巴比伦》，北京：北京十月文艺出版社，2014年，第207页。
③ 福斯特著，苏炳文译：《小说面面观》，广州：花城出版社，1984年，第24～25页。
④ 张学昕：《朴拙的诗意——阿来短篇小说论》，引自陈思广主编：《阿来研究资料》，成都：四川文艺出版社，2019年，第99页。

内的刀光剑影、明争暗斗，还有喇嘛活佛施展的天启般的呼风唤雨转寄灵魂的神秘巫术……这些带着异域风情和宗教文化的叙事元素，在最大限度上满足了我们对西藏的想象。"① 这些评论切中肯綮。《尘埃落定》中的主角傻子，是一个被排斥的边缘人，其行止见识被人们所嘲讽，然而这样一个非正常的人却具有时代的敏感触角，他如有神助般指引家族在土司纷争中走向正确的方向；他反对麦其土司一家独大，使土司之间的恩怨涣然冰释，在边境开创出符合顺应时势的新世界。小说体现出庄子"樗栎之材"中无为而为与顺应自然的思想。《尘埃落定》还表现了现代性渗透土司世界后的变化，体现着作者对现代文明与部落文明交汇时的深切思考。

一、樗栎之材

麦其土司的二儿子在人们眼里是一个傻子，他常常说着莫名其妙不着边际的话，做着令时人匪夷所思的事情。傻子就像庄子《逍遥游》中的樗栎之材。惠子谓庄子曰："吾有大树，人谓之樗。其大本臃肿而不中绳墨，其小枝卷曲而不中规矩，立之途，匠人不顾。今子之言，大而无用，众所同去也。"庄子曰："子独不见狸狌乎？卑身而伏，以候敖者；东西跳梁，不辟高下；中于机辟，死于罔罟。今夫斄牛，其大若垂天之云。此能为大矣，而不能执鼠。今子有大树，患其无用，何不树之于无何有之乡、广莫之野，彷徨乎无为其侧，逍遥乎寝卧其下。不夭斤斧，物无害者，无所可用，安所困苦哉！"② 庄子为樗栎之材辩护的理由是它不合人们的要求，如果符合人们的审美要求，早就被拿去做柴烧了。傻子之所以能够安然无恙，就在于他这种"樗栎之材"的特点，因为行为处事不合规矩，反而不容易引起人们的敌视，小说写大少爷与傻子的关系时道："哥哥因为我是傻子而爱我。我是因为是傻子而爱他。"③ 麦其土司也对外人说因为不存在儿子争夺权力，自己免去了很多烦恼。

傻子这种角色时刻规范着他的意识，使他没有陷入世人的纷争中去。孔占芳认为："在阿来的整个创作中，主人公或主要意象都带有边缘感和由此产生的孤独感和痛感。《尘埃落定》中的主人公傻子二少爷，因为

① 梁海：《小说的建筑》，上海：复旦大学出版社，2011年，第65页。
② 王先谦集解，方勇导读整理：《庄子》，上海：上海古籍出版社，2009年，第9页。
③ 阿来：《尘埃落定》，北京：人民文学出版社，1998年，第88页。

'傻'……成为别人眼中的另类,是土司家族中远离权力中心的边缘化存在。在边缘化的角色中他能感觉到土司家族中的人每天为家族忙碌,而他整日无所事事,除了游戏,就是玩耍,但内心是一种无奈的空虚和失落。"① 当卓玛要和银匠结婚,傻子疑惑卓玛为什么不选择他这个贵族却选择跟一个穷人结婚,卓玛说傻子又当不了土司,那一刻,傻子忽然心生了做土司的念头,但是他马上打消了这个念头,"天哪,一瞬间,我居然有了要篡夺权力的想法,但一想到自己只不过是一个傻子,那想法就像是泉水上的泡沫一样无声无息地破裂了。你想,一个傻子怎么能做万人之上的土司,做人间的王者呢? 天哪,一个傻子怎么也会有这样的想法?"② 傻子认识到自己的身份,所以他不介入权力的结构中去,也不与人争夺什么,甚至他所喜欢的卓玛也拱手让人。从傻子身上我们看到的不仅是一个不合世俗情理的人,他同时又是一个时代的新人。这个新人处在时代浪潮之端,对处于变动中的时代有着超出一般人的理解。小说对傻子这个人物的描写带着象征色彩,他是汉族母亲与土司所生的孩子,血统上具有汉藏交合的基因,所以对汉族带来的现代文明即将造成的西藏变化有着不同流俗的体悟,这颇有些像本雅明,他对时代有着形而上学的敏感。本雅明的作品中看不到时代流行的理性痕迹,带着寓言的色彩,却准确地描述着那个时代的变迁。傻子这个新人不被人们理解是因为他远远超出了时人的认知范畴。"樗栎之材"相对在某些特定的场合是没有用的,一旦超出了这些场合,它的功能还是会发挥出来。如同福柯所言,"疯人的灵魂并不疯"③。

傻子的哥哥在人们眼里是一个英俊有为的土司继承人,因为弟弟浑浑噩噩,所以哥哥不把他作为继承人的争夺者而对其心存芥蒂,这就免去了寻常故事中兄因为权力相争而骨肉相残的俗套。哥哥是一个充满斗志与欲望的人,他不仅希望父亲早一点把土司的位子让给他,而且有些迫不及待。土司对觊觎自己位子的儿子深感不安,在大儿子打败汪波土司那一晚,他在月光下舞蹈,身边的姑娘尖声惊叫表达着与英雄舞蹈的荣耀,把这一切看在眼里的父亲却心有所思,"关键是在这个胜利的夜晚,父亲并不十分高兴。因为一个新的英雄诞生,就意味着原来的那个英雄他至少已经老了。虽然这个新

---

① 孔占芳:《边缘地域下边缘文化的张力——阿来创作中的地域文化特征探析》,引自陈思广主编:《阿来研究》,成都:四川大学出版社,2014,第120页。

② 阿来:《尘埃落定》,北京:人民文学出版社,1998年,第64页。

③ 福柯著,林志明译:《古典时代疯狂史》,北京:生活·读书·新知三联书店,2005年,第360页。

的英雄是自己的儿子，但他绝不会不产生一点悲凉的情怀"①。家族之间的权力代代交接虽然是不可避免的事实，但身处权力顶端的人不会那么心甘情愿地让出这个位子，血缘关系也阻止不了这个暗藏矛盾的产生，麦其土司对傻子说，做土司有很多好处，"连自己的儿子也要提防"②。在大儿子被刺杀身亡后，麦其土司"……觉得自己越来越壮实了"③。

麦其的大少爷有着强烈的权力欲望，以至于对于别的权力不屑一顾。大少爷对喇嘛翁波意西的憧憬不以为然，表示自己不相信他那一套，也不相信其他喇嘛的教派，这让翁波意西大为吃惊，"他平生第一次听见一个人敢于宣称自己不相信至尊无上的佛法"④。大少爷向往统治一切的权力，他容忍不下别的权力。傻子却怀疑一切终极价值，传教士查尔斯向麦其太太等人传道，说耶稣"替人领受苦难，救赎人们脱出苦海"。傻子听后却质疑："这个人这么可怜，还能帮助谁呢。"⑤ 正是因为怀疑既定的意义和价值，傻子被人们认为是傻子，因为人们都是按照既定的规则行事与思考，没有意识到他们所处的时代是变动不居的。傻子与哥哥命运的迥异各别，缘起于他们对于世界的不同看法。《庄子·山木》云：

> 庄子行于山中，见大木，枝叶盛茂。伐木者止其旁而不取也。问其故，曰："无所可用。"庄子曰："此木以不材得终其天年。"
>
> 广夫子出于山，舍于故人之家。故人喜，命竖子杀雁而烹之。竖子请曰："其一能鸣，其一不能鸣，请奚杀？"主人曰："杀不能鸣者。"
>
> 明日，弟子问于庄子曰："昨日山中之木，以不材得终其天年；今主人之雁，以不材死。先生将何处？"庄子笑曰："周将处乎材与不材之间。材与不材之间，似之而非也，故未免乎累。若夫乘道德而浮游则不然，无誉无訾，一龙一蛇，与时俱化，而无肯专为；一上一下，以和为量，浮游乎万物之祖；物物而不物于物，则胡可得而累邪！"⑥

同样性质的事情发生在不同事物身上结果却大相径庭，一个安享天年，一个却身首异处，庄子对此的解释是不拘泥于物，"与时俱化"，才能避免被斫被杀的厄运。即不要把某种理念固化，一旦固化就失去了它保全自己的价

---

① 阿来：《尘埃落定》，北京：人民文学出版社，1998年，第31页。
② 阿来：《尘埃落定》，北京：人民文学出版社，1998年，第327页。
③ 阿来：《尘埃落定》，北京：人民文学出版社，1998年，第299页。
④ 阿来：《尘埃落定》，北京：人民文学出版社，1998年，第84页。
⑤ 阿来：《尘埃落定》，北京：人民文学出版社，1998年，第86页。
⑥ 王先谦集解，方勇导读整理：《庄子》，上海：上海古籍出版社，2009年，第192页。

值。麦其家大少爷最终的惨淡收场，跟他不懂审时度势、灵活变通有关，这使得他一门心思去征战杀伐，企图让别的土司归顺于己，也企图借这个机会笼络人心，逼垂垂老矣的父亲退位让贤。他不懂得顺从时势的变化去发展。傻子二少爷没有具体的目标，既不想继位也不想开疆拓土，甚至他在边境开拓的集市，也愿意让出给麦其土司管理，这种无所求的处世之道，使得他超出了常人的利害算计，能够站在一个更高、更远的人生制高点上，而避免了一时一地的利益计较，这让傻子如鱼得水般节节获得胜利，最后在他的哥哥同其他土司作战的过程中屡屡失败而大势已去时，傻子成为人心所向的土司继承人的不二人选。这种"樗栎之材"的思想在《尘埃落定》中有多处表现，比如一个关了二十多年的犯人，一直都住在牢房单间里，后来他和别人关一起，就抱怨起新土司不如以前的土司。第二天，这个犯人就被处死了。原因是他喜欢用二十多年积累的固化生活经验来衡量事情，不懂变通。

二、顺应自然

《庄子·养生主》有云：

> 庖丁为文惠君解牛，手之所触，肩之所倚，足之所履，膝之所踦，砉然向然，奏刀騞然，莫不中音。合于《桑林》之舞，乃中《经首》之会。文惠君曰："嘻，善哉！技盖至此乎？"庖丁释刀对曰："臣之所好者道也，进乎技矣。始臣之解牛之时，所见无非牛者；三年之后，未尝见全牛也。方今之时，臣以神遇而不以目视；官知止，而神欲行。依乎天理，批大郤，导大窾，因其固然，技经肯綮之未尝，而况大軱乎！良庖岁更刀，割也；族庖月更刀，折也。今臣之刀十九年矣，所解数千牛矣，而刀刃若新发于硎。彼节者有间，而刀刃者无厚；以无厚入有间，恢恢乎其于游刃必有余地矣。是以十九年而刀刃若新发于硎。"[1]

《养生主》的本意是说明为人处世要顺应自然，这样就游刃有余，不然就困厄重重难以为继。《尘埃落定》里的傻子这样一个懂得顺应自然的人，他有如神助一般做出了很多正确且重要的事情。他不仅改写了土司世界的格局，还创建了和平安详的偏安一隅。汉人黄特派员给这个尚没开化的世界带来了鸦片，这种满山遍野开着迷人花朵散发着销魂香气的植物，一度使得麦

---

① 王先谦集解，方勇导读整理：《庄子》，上海：上海古籍出版社，2009 年，第 31~32 页。

其土司赚得盆满钵满，也使得别的土司眼红垂涎，他们放下身段通过联姻方式来换取鸦片种子。麦其家视鸦片为种在地上的银子，不愿意把种子分给其他土司。傻子却反对这样，他说种子不是银子，它会被风吹到四处。这一顺应自然的主张最后被证明是准确的，罂粟种子最后还是被其他土司获取了，土司将种子播撒在广袤的土地上，这时候麦其土司家才觉得这些年为所谓的罂粟独家种植权明争暗斗"实在没有必要"。大量种植罂粟使得粮食的耕种面积减少，土司管辖区域的老百姓因此而挨饿。这时种植什么就变成了重要的事情。麦其土司家几乎众口一词主张种罂粟，大家对这一主张带来的美好前景坚信不疑。傻子提出了种粮食这一"不合时宜"的主张。秋天的时候，麦其家粮食大获丰收，"金灿灿的玉米瀑布一样哗哗地泻到了地上"①。随即，傻子又跟父亲建议，免去老百姓一年的贡赋，这一建议如一石激起千层浪，让麦其土司等在场人员大吃一惊。麦其土司问傻儿子不希望土司强大吗，傻子说土司就是土司，不能成为国王。傻子认为，按照麦其家目前的势力，如果坚持不懈攻打其他土司，总有一天就只剩下一家土司，这种结果不合时势。因此，麦其土司维持着自己的强大，其他土司也有一席之地，这是最好的局面。麦其土司家粮食大丰收后，各路土司纷纷到他家来请求粮食援助，因为其他土司除了鸦片几乎没有什么粮食收成。茸贡土司也来到麦其土司家，这个生命力旺盛的女土司有一个漂亮的女儿娜塔，傻子喜欢上了这个美丽不可方物的女人，他提出要用茸贡土司的女儿交换粮食，茸贡土司没有选择，因为她的老百姓在啼饥号寒苦捱度日。傻子得到了这个让他"骨头里满是泡泡"的女人，这让傻子的哥哥也艳羡不已。

麦其土司让大儿子在南部边疆建设基地，让他寻找怎么守护基业的办法，大儿子为表现出自己的能力，大费气力把房子盖好后将一切告诉了父亲，然而父亲对此感到失望，他认为大儿子并没有从中找到管理基业的方法。在土司时代，代际之间并没有传授统治术的传统，这需要下一代继承人自己去心领神会。麦其土司又让大儿子继续去北边建房子，让他继续思考其中的道理，然而房子盖好后大儿子还是不知道其中的玄机。傻子却领会了父亲的意思，但是他来不及告诉哥哥。麦其土司派两个儿子各自守卫南北边疆的基地，那里囤积着家族收割的粮食。大儿子把仓库修成了一个看似坚不可摧的堡垒，里面壁垒森严，守护者严阵以待。麦其土司对局势的变化有着清

---

① 阿来：《尘埃落定》，北京：人民文学出版社，1998 年，第 155 页。

醒的认识，他常常喃喃自语："世道真的变了。"① 大儿子却不懂得这种变化，他只懂得一味征战杀伐，满足自己的权力欲望，这与时势格格不入。时势的变化表明攻守之势异也，过去没有现代的坚船利炮，麦其家需要高筑壁垒来对抗敌人，如今有了现代化武器，完全不需要像过去那样严防死守了。然而麦其土司大儿子的思维仍然停留在过去的时代，没有顺应时代的变化。左文指出："大少爷对历史规律和潮流是无知的，他是典型的历史盲动主义者。虽然他具有强烈的自我意志，这使他有继承土司的政治野心，有勇猛杀敌的赫赫战功，但是正是这种意志使他违抗了历史规律和潮流。"②

傻子却懂得这个道理，他与哥哥思维不同的地方在于，他不胶柱鼓瑟，而是顺乎自然。傻子认为麦其家如今有钱有势，没有必要作茧自缚。傻子给拉雪巴土司地域上的老百姓发放粮食，让他们吃得饱饱的，为自己修筑房子。这是一个开放的建筑，不像傻子的哥哥那样把四面都弄得铜墙铁壁似的。傻子描绘了一个和平的未来图景："门口什么地方有一道墙，跟没有墙都是一样的。"③ 粮食使得拉雪巴土司的百姓对傻子心悦诚服，他们认为拉雪巴土司失去了怜爱之心与审时度势的智慧。麦其土司在获得了更多的百姓与土地之后变得更强大了。拉雪巴来到北边边疆看到那里的祥和气象，也留了下来，与傻子做起了生意。两人摒弃前嫌，成了真正的朋友。后来，越来越多的土司来到边疆安营扎寨，铸剑为犁，纷纷做起了生意，"一个繁荣的边疆市场建立起来了"④。傻子通过将从汉人手里买的粮食高价卖给土司们谋取差价大发其财。傻子的哥哥，那个雄心勃勃的青年才俊在南部的边疆仍在用悖逆时势的方式制造着成功的幻觉，"他兵锋所指的地方，不要说人，活着的牛羊也难见到，更不用说金银财宝了。麦其家的大少爷，将来的麦其土司，掌握着威力强大的先进武器，但却没人可杀。他见到的人，大多数都已经饿死了，活着的，也奄奄一息，不愿再同命运挣扎了"⑤。一个冲锋陷阵在"无人之阵"的"英雄"最终黯然离场，他死于仇人儿子的刺杀。

傻子这个麦其土司与汉族妻子酒后行房生出来的儿子，带着"酒神"的迷狂。尼采以诗意的语言描述酒神迷狂的状态："人在载歌载舞中，感到自

---

① 阿来：《尘埃落定》，北京：人民文学出版社，1998年，第172页。
② 左文：《明慧、盲动与盲从——〈尘埃落定〉的三种历史观》，引自左文：《蛮憨斋论丛》，北京：华文出版社，2014年，第187页。
③ 阿来：《尘埃落定》，北京：人民文学出版社，1998年，第217页。
④ 阿来：《尘埃落定》，北京：人民文学出版社，1998年，第227页。
⑤ 阿来：《尘埃落定》，北京：人民文学出版社，1998年，第229页。

己是更高社团的一员；他陶然忘步，混然忘言；他行将翩翩起舞，凌空飞去！他的姿态就传出一种魅力。正如现在走兽也能作人语，正如现在大地流出乳液与浆，同样从他心灵深处发出了超自然的声音。他觉得自己是神灵，他陶然神往，飘然踯躅，宛若他在梦中所见的独往独来的神物。"① 傻子对当下表现得混沌傻愣。这有时候表现在他的语言上，如在他对大婚之日宾客的描述："大家不停地吃啊吃啊吃了好多好吃的东西。"② 又如傻子描述拉雪巴族人饿着肚子的样子："这些人喝起水来就像牛马一样。就是在梦中，我也听到他们被水呛得大口喘气的声音。听到他们肚子里咣当咣当的水响。他们并不想惊扰我这个好心人，要不，他们不会小心翼翼地捧着肚子走路。"③ 傻子能够看破存在的本质，在关键时候为处在十字路口的家族指明方向。傻子总在思考一个问题"我在哪里，我是谁"④。

这种对生命意义的叩问使他能够发现时代发展的规律与部落关系的走向，从而能够做出准确的决定。这其实是对历史与生命顺乎自然的理解与把握。傻子之死是他顺应自然的必然结果，麦其土司曾对这个儿子感到迷惑不解："为什么你看不到现在，却看到了未来?!"⑤ 革命政权建立后土司制度必然走向没落，这是历史的规律，他让仇人之子杀死自己正是表明了历史的车轮不可抗拒，小说充满寓意地表现了康巴藏族土司部落在历史交接之际的命运抉择，陈晓明、陈欣瑶指出："在傻子或始终长不大的孩子眼中，历史不再是革命叙事中被正义所摧毁的腐朽遗产，而是舞台上的戏剧或曰皇帝的新衣，多么残酷、悲壮都不过是虚无和灰飞烟灭。在这个意义上，阿来与苏童一道，赋予历史一种颓败的复杂美学形式。"⑥

三、现代性

《尘埃落定》体现着作者阿来对现代文明进入土司世界后的思考。他饱含深情地描绘着这种思考："我所以写作是因为，我常常听到某种固执的声

---

① 童庆炳，马新国主编：《文学理论学习参考资料新编》（下），北京：北京师范大学出版社，2005年，第2514页。

② 阿来：《尘埃落定》，北京：人民文学出版社，1998年，第208页。

③ 阿来：《尘埃落定》，北京：人民文学出版社，1998年，第218页。

④ 阿来：《尘埃落定》，北京：人民文学出版社，1998年，第192页。

⑤ 阿来：《尘埃落定》，北京：人民文学出版社，1998年，第330页。

⑥ 陈晓明、陈欣瑶：《历史的衰败与虚化的叙事——阿来的〈尘埃落定〉及其小说艺术》，引自陈思广主编：《阿来研究》，成都：四川大学出版社，2014年，第55页。

音。当我个人的心境与情绪与青藏高原的大地，与这片大地上的我的众多的同胞特别契合的时候，这种声音就特别地清晰，并在灵魂深处冲突不已。我只是领受了命运的安排，把这些声音固定在纸上。"①《尘埃落定》中，土司们的世界在维持着既有生活方式的同时，现代文明渐渐渗透了进来，汉人们带来了质地考究的丝绸、包装得花花绿绿的糖果，还有使人如痴如醉的鸦片、让其他土司们闻风丧胆的枪炮，查尔斯等来自西方世界的人带来了显微镜、手电筒、收音机、自鸣钟等现代产品，这一切改变着人们的生活。鸦片是土司们明争暗斗的驱动力，为了从麦其土司那里获得罂粟的种子，各路人马煞费心机，人性的恶被逼迫出来。

麦其土司凭着像银子一样贵的罂粟助势，声势日隆，他假借造反名义杀死了自己垂涎已久的美人央宗的丈夫查查头人。得到心仪的女人后，麦其土司与央宗肆无忌惮在日益成熟的罂粟地里野合，情欲在罂粟花的衬托下越发显得扭曲。济嘎活佛看着漫山遍野的罂粟花，忧心忡忡地对麦其土司说："我看，这一连串的事情要是不种这花就不会有。这是乱人心性的东西啊！"② 世俗的势力在枪炮的助力下将原本高不可攀的活佛拉下神坛，他们不得不依附在土司们门下赔尽笑脸。小说写了济嘎活佛去规劝麦其土司的时候忽然地动山摇起来，活佛从楼梯上摔了下去，他强忍着伤痛继续从楼下沿着阶梯往上爬。这一幕颇具意味，它暗示着过去那种神权高于世俗权力的社会结构发生了翻天覆地的变化。麦其土司既不接受查尔斯的基督教也不接受翁波意西的境内教派，因为在他内心，自己才是这个世界的主宰者。

在与外面世界接触的过程中，土司的家庭结构也在发生着变化。土司的女儿去了英国，在西方文明的浸染下，土司女儿不想回来了，她害怕回来后会被强迫嫁给某个土司的儿子。麦其土司的儿子甚至不知道这个亲人的长相，他们对土司女儿的认知局限在一封封来自远方的长信或者挂满照片的空房子。土司女儿嫁给了英国的一位爵爷，傻子觉得姐姐身上混合了英国人的气味，这让他非常不习惯，"弄得我差点呕吐了"。傻子内心抱怨："看看那个英国把我们的女人变成什么样子了。"③ 土司的女儿变成了"他者"，一个与土司世界变得疏远的人。同时，家人与故乡在她眼里也是不折不扣的异端，土司女儿抱怨自己为什么出生在这么一个野蛮的地方，连电台都收不到

---

① 阿来：《获奖感言》，见《民族文学》2000年第1期，第55页。
② 阿来：《尘埃落定》，北京：人民文学出版社，1998年，第57页。
③ 阿来：《尘埃落定》，北京：人民文学出版社，1998年，第161页。

任何频道，这会让她回到伦敦后跟不上潮流。土司女儿回来的目的是跟父亲要丰厚的嫁妆，她以后不会回来了。除了大儿子，一家人都希望这个来自异国他乡的亲人赶快离开这里。土司女儿离开家的时候，头也没有回一下。

土司之间的社会关系在现代文明的介入下也发生着变化，过去他们为争夺资源剑拔弩张斗得你死我活，但是土司世界还能维系着平衡关系，那是一个保持着固定状态的世界。拉雪巴土司说："你们又有什么脑子好动，地盘是祖先划定了的，庄稼是百姓种在地里的，秋天一到，他们自己就会把租赋送到官寨，这些规矩也都是以前的土司定下的。他们把什么规矩都定好了。所以，今天的土司无事可干。"① 黄团长来了之后让麦其土司一家获得罂粟种子，使得麦其土司一家独大而恃强凌弱。其他土司在麦其土司之前唯唯诺诺，不敢造次。黄团长由于反对内战而被剥夺实权，退居权力边缘。取而代之的是不学无术的姜团长。姜团长与黄团长的观念不同，后者希望麦其家能够统治土司世界，前者希望土司们互相争斗，为此他将罂粟种子分发给各路土司，让他们有银子之后去购买军械，自相残杀。

这样一来，土司们不得不花费大量的银子从汉人那里购买粮食，麦其土司也不例外。汉人军官的到来极大地改变了土司世界的格局。换句话说，汉人使官使土司世界与外面世界联系在一起，这是一把双刃剑，它既给土司世界带来了新的理念和物资，也在暗地侵蚀着土司世界的根基，使它走向衰败。土司太太对两个儿子说："你俩回到边界上去吧，看来，那里才是你们的地方。"她表示在土司"没了"之后，会去投奔自己的儿子。② "边界"是一个充满隐喻色彩的词，那是一个区域的最后空间，意味着突破的可能与新的开始。傻子就是在边界开辟的集贸市场，那是一个与土司世界完全不同的地方。

现代性带来了对土司世界人们的身心的损坏。从外面世界来的戏班子的组成人员是一群妖艳的女人，戏班老板决定留在和平的边疆集贸市场。戏班老板用"干净"与"不干净"来区分她手下的姑娘，这种标签化人身设定喻示着外在世界对这方世外净土的侵蚀与污染。这是一群用身体做交易的妓女，这些女人营建着新的商业模式，它更新了土司们的生活，使他们看起来容光焕发，土司们抱怨本地的女人怎么没有这样的本事。鸦片与妓女加速了土司们走向没落，黄师爷目睹沉湎在声色犬马中的土司们，感慨道："由他

---

① 阿来：《尘埃落定》，北京：人民文学出版社，1998年，第340页。

② 阿来：《尘埃落定》，北京：人民文学出版社，1998年，第262页。

们去吧，他们的时代已经完了，让他们得梅毒，让他们感到幸福。"① 梅毒在土司们的身体上肆虐着，也在这片原本纯净的土地上传播，麦其土司也得了梅毒。

现代性一个表现是时间的"虚化"，即时间从固定的空间中脱离出来。② 《尘埃落定》第十章中写道："……时间加快，并不是太阳加快了在天上的步伐，要是用日出日落来衡定时间的话，它永远是不变的。而用事情来衡量，时间的速度就不一样了。书记官说，事情发生得越多，时间就过得越快。时间一加快，叫人像是骑在快马背上，有些头晕目眩。我是从麦其家种鸦片那年开始懂事的，已经习惯于超越常规地不断发生些离奇的事情。哥哥死后这些年，我除了在边界上收税，设立银号之外，土司们的土地上可以说什么事都没有发生。"③ 现代性超越了固定地点，从而使时间变得具有普适性，土司世界的"时间"不再是过去那个简单的农耕社会的计算方式，过去人们可以习惯看很远的时间，但是现在却不行了，因为"时间"容纳了越来越多的外面世界的内容。这种对时间感知的变化，使土司世界的人们感到困惑。

---

① 阿来：《尘埃落定》，北京：人民文学出版社，1998年，第345页。
② 吉登斯著，田禾等译：《现代性的后果》，南京：译林出版社，2014年，第15页。
③ 阿来：《尘埃落定》，北京：人民文学出版社，1998年，第315页。

第四章　人生之美与谜

第一节　纯粹的灵魂——评泽塔勒的小说《大雪将至》

在小说《大雪将至》中，奥地利作家罗伯特·泽塔勒以平淡的笔触表现了主人公安德里亚斯·艾格尔波澜不惊的一生，《法兰克福报》对这本书的评语是："这本书以一种美丽的语言，安静地、聚精会神地、不带激情地叙说一个人所能承受的事。"他的一生几乎生活在大山的怀抱中，这里弥漫在空气中的是牛羊的气息，人们触目是巍巍群山和绵延不绝的树林。这样简单的环境培育出艾格尔纯粹的灵魂，他无欲无求地生活着，"他很少去餐馆，除了一顿饭、一杯啤酒或者一杯植物烧酒，他从来不会让自己多享受一点。晚上他几乎不在床上睡觉，多数时候他就睡在干草堆里，在屋顶阁楼上，或者在牲口棚里的牲口旁边"①。他包容着一切，甚至对将他打成残疾的康茨斯托克尔也报以宽恕，在他的身体变得强壮之后没有痛打康茨斯托克尔，以报当年被他打断腿的旧怨。山里的生活使艾格尔满怀深情地看待周遭的一切，当夜不能寐时他能从小天窗旁的月亮寻找到安慰，月光带着友善、柔软，给予艾格尔安慰，他得以看清自己。大山也有发怒的时候，雪崩带走了艾格尔的一生挚爱玛丽，但他并不怨天尤人，默默地接受着自然的安排。大山之外的世界在快速地变化着，这丝毫没有改变艾格尔的生活，他一如往常地生活着，在日升月落、沧海桑田中坚守着他热爱的大山之域。

艾格尔在母亲去世之后过着寄人篱下的生活，他生活在姨夫康茨斯托克尔家里，康茨斯托克尔收留艾格尔的原因是他带来了一笔钱，不然像他这样锱铢必较的人是不会收留艾格尔的。艾格尔虽然和康茨斯托克尔的孩子们睡

---

① 泽塔勒著，刘叶秋译：《大雪将至》，海口：南海出版公司，2018 年，第 33 页。

在一张床上，但他只是一个外来人，与家里其他孩子并不具有相同的地位。康茨斯托克尔常常用泡软的榛木棒打他，一边打一边假惺惺地祈求上帝宽恕他的行为。一次，康茨斯托克尔忘记将榛木鞭子泡在水里，失手将艾格尔打残疾了。幼年失怙使艾格尔饱尝被人冷眼相待的凄楚，他在又脏又丑的阁楼里养伤的时候会不由自主地想起母亲，想起她的死，母亲在他记忆里非常模糊。所幸的是，艾格尔可以在自然那里找到慰藉，春暖花开的时候，草地里的报春花和多榄菊使他感到莫名的亲切。

从艾格尔被人从外地带到大山区开始，他就将眼前的景物深深刻印在了脑海中，这些景物伴随了艾格尔的一生。艾格尔具有十分敏锐的感知，一旦某种事物或者某个人触发了他的感觉，艾格尔就会将其牢牢记住。他遇到的唯一所爱的女孩叫玛丽，那是在村里的金岩羚羊客栈，艾格尔想通过酒精来抚慰一下受惊的情绪，年轻的女招待玛丽为他拿来了酒，"在她向前弯身把杯子放到桌上时，衬衫的一褶轻轻地触到了艾格尔的上臂。那个轻微的接触几乎难以让人察觉，然而它还是在艾格尔心里留下了一丝甜蜜的痛楚。这种痛的感觉似乎每一秒都更深地陷进他的身体里"。这看似普通不过的一瞥和接触却演变成艾格尔思绪里的隽永。

与玛丽接触的美好感觉在艾格尔知觉中被置换成了家禽们的特征：玛丽的皮肤使艾格尔想起了刚出生的小猪仔，他孩提时代有时会把头埋在小猪仔身上，感受着混合着泥土、奶香、猪粪味的气息，那是艾格尔童年时为数不多的美好感觉之一。玛丽深深触动了艾格尔的情感，在礼拜天的教堂，艾格尔见到戴着白色小礼帽的玛丽，小礼帽使他"不由得联想到森林里有些地方幽幽突出地面的植物根茎，那上面有时候会奇迹般地长出一朵零星的、白色的百合花"[①]。由于经年累月生活在大山里，艾格尔对于美好的感知拘囿在自然界，大自然使他的感觉带着纯粹的色彩，他无法用自然之外的东西来表现美的感觉。

玛丽对艾格尔的感觉也非常的纯粹，她不在乎他一贫如洗，也不在乎他身体的残缺。大自然将他们那种简单纯粹的爱情衬托得耐人寻味，这一对恋人听着小溪潺潺的声音、树冠在风中的簌簌作响、知更鸟的啾啾之鸣，空气中有干苔藓与树脂的香味，两人沉浸在自然营造的美好氛围中。虽然没有玫瑰花、香槟与甜言蜜语，自然为他们馈赠了比这些更有价值的礼物。艾格尔只是一个短期雇佣工人，不具备成立一个家庭的能力，但是玛丽对此视若无

---

① 泽塔勒著，刘叶秋译：《大雪将至》，海口：南海出版公司，2018年，第37页。

睹。艾格尔没有对两人未来做世俗意义上的考量，他所想的是与玛丽手牵着手快乐地生活在自然的怀抱里。但是爱情使艾格尔想为玛丽做一些事情，他说"男人必须把目光抬起来，往尽可能远的地方看，而不是只盯着他自己那一块儿土地"①。艾格尔因此去了比特尔曼公司毛遂自荐，并成功打动了原本对他有所顾虑的经理，获得了工作。在工作的时候，艾格尔也常常想起玛丽，想她脖子上那道伤疤，伤疤在他看来不仅不是身体的残缺，反而成为艾格尔寄寓情思的某种凭借。

　　与玛丽生活在一起后，艾格尔自觉肩上的责任重了，他去经理那里希望能获得更多的工作。经理对艾格尔"需要更多的工作"的措辞不予认同，他认为艾格尔是想要更多的钱。对于同一件事情的两种措辞其实表明了两人之间不同的生活态度，艾格尔没有金钱的概念，经理习惯用金钱来衡量事情。这说明了大山与外面世界的差别。经理对艾格尔说了这样一番话："你可以按小时买一个男人的时间，可以偷走他很多天的日子，甚至可以抢走他整整的一生。但是没有任何一个人能拿走一个男人的哪怕一个瞬间。"② 这句话的意思是，金钱的意义是有限的，它能够使人为其劳作，但无法购买人的想法。

　　艾格尔为获得更多报酬而不辞辛劳工作的干劲让招工经理感叹不已。促使艾格尔不畏辛劳的动力来自玛丽，这个不完美的女性有着巨大的能量，她让艾格尔怀着激情投入工作。在比特尔曼公司工作的人到了冬天就只剩下寥寥数人，艾格尔就是其中一位，他在陡峭的卡尔拉特纳山峰下开山凿壁建设工程项目。在难以挪步的雪地里，艾格尔仍然想念着独自在家的玛丽，家让他感觉到温暖，这温暖胜过篝火的热量。在艾格尔的记忆中，寒冷可以吞噬人的灵魂。在暴风雪中救助羊角汉斯时，羊角汉斯告诉艾格尔："但是会有一种寒冷，冷到可以侵蚀骨头，还有灵魂。"③ 这番话让艾格尔不寒而栗。爱情让艾格尔具有了对抗寒冷的能量，即使在冰天雪地中，艾格尔内心仍然燃烧着一团火焰。死亡在其他工人那里意味着什么也没有，也没有所谓的"冷"，艾格尔认为死亡的时候寒冷会吞噬人的灵魂，冷与热之间是对立也是统一的关系，没有吞噬灵魂的"冷"，就无所谓让人心花怒放的热情，"冷"是因为丧失了一切，拥有的时候是不会"冷"的，艾格尔心里有玛丽，所以

① 泽塔勒著，刘叶秋译：《大雪将至》，海口：南海出版公司，2018年，第43页。
② 泽塔勒著，刘叶秋译：《大雪将至》，海口：南海出版公司，2018年，第54页。
③ 泽塔勒著，刘叶秋译：《大雪将至》，海口：南海出版公司，2018年，第6～7页。

他不再畏惧"冷"。

现代科技打消了人们对大自然的敬畏，外来的游客乘坐着缆车去往高山地带，然后像彩色的昆虫一样在山间四处攀爬，美国现代化理论的著名学者布莱克说："比起传统社会，现代社会中的个人不大受其环境的支配，就此而言，个人更自由了。但同时，他更无法确定自己的目的。"① 游客的行为使艾格尔感到恼火，"他很想在路上拦住他们，教训他们一顿"②。同时艾格尔也对他们满怀羡慕，因为游客们都充满活力，而他已经是崦嵫在迫的老人了，他逐渐认识到，与其羡慕别人的活力，不如将自己残存的精力投入到为游客服务的工作中，山顶缆车开通之后，他为自己是一名驾驶缆车的工作人员感到高兴，并视自己为巨大缆车的一部分。但是大自然一旦发怒，排山倒海让人无法阻挡，即便是现代科技也束手无策，某天夜里发生的雪崩夺走了十六个人的生命，其中一位是玛丽。

身陷在厚厚的积雪块下，艾格尔想到了家里屋檐下的燕子是否安然无恙，并思考着自己在建筑上的安排是否足够保护那些小燕子，然而那些建筑不如他想的那般结实，它无法使燕子也无法让玛丽幸免于难。艾格尔与玛丽坠入爱河的时候曾说，自然像一个瓷器，一旦某个环节出现问题，就会一发不可收拾地崩塌。这似乎预示着现代科技对大自然侵犯而招致的灾祸——比特尔曼公司的招工经理欲盖弥彰地对艾格尔说雪崩与公司的爆破没有关系。公司并没有因为这次雪崩就有收手的意思，他们还继续扩展着绳车索道的建设，因为人们如此疯狂地迷恋滑雪。

玛丽的死让艾格尔感到生活变得空虚，他去公司做护理索道的工作，在崇山峻岭间与几个看淡了生死的工人一起工作。艾格尔内心有很多混乱、绝望的想法，这与玛丽在世时截然不同，那时候他心里总是暖烘烘的，想象着玛丽在家守候的温馨场景。自然美丽如昔，但这些季节变换的画面在他眼里形同虚设，曾经他与玛丽穿行在这些地方，感觉生命的种种美好，甚至玛丽不完美的身体也被这些美丽景观同化得让艾格尔觉得妙不可言。经过了几年的低落期，艾格尔慢慢恢复过来，他开始细看周围的景物，审视着身边的人们，倾听游客们的交谈，从中他逐渐感觉到一种生机和趣味。

艾格尔回归生活的时候又要与生活擦肩而过，战争的爆发使他离开了大山下的小镇远赴战区。艾格尔的从军经历颇有些荒诞不经，就像欧·亨利的

---

① 布莱克著，段小光译：《现代化的动力》，成都：四川人民出版社，1988年，第43页。
② 泽塔勒著，刘叶秋译：《大雪将至》，海口：南海出版公司，2018年，第67页。

小说《警察与赞美诗》所描述的情节：苏比向往入狱的时候苦而不得，在他被唱诗班唤醒了堕落的灵魂打算洗心革面重新做人时，警察却带走了他。这是一种荒诞。艾格尔起初想参军入伍，但不被接纳，四年之后他没有这个诉求却被国防军招去入伍了。

艾格尔在战场上浑浑噩噩的，他甚至不知道前沿阵线在哪里。驻守在白茫茫一片的雪地中，艾格尔孤身一人，凄神寒骨。他不发一枪，没人死于他的手下，在那种举目无人的境地里，甚至敌人都能让艾格尔感觉到一丝慰藉。有一次艾格尔遇到一名年轻的敌对方的军人，那人缴获了他的枪扔掉然后转身离去，在敌人离去的时候，艾格尔更感到深不可测的孤独。笔者在此表现出反战的立场，战争在小说中并没有硝烟炮火，敌对双方在冰天雪地的恶劣环境中反而有一种相依为命的荒谬感，战争结束之后艾格尔等战俘与俄罗斯士兵围绕着火堆开怀跳舞，小说着墨不多却穷形尽相写出了和平的可贵。

艾格尔在战区不像一个参战的士兵，他在错误的时候被安置在错误的地方，这就像存在主义者所主张的：存在主义哲学，从某种意义上来说，就是一种悲剧哲学。在存在主义视野中，人生就是一种毫无理由的、不可逃避的悲剧。人被"抛入"了一个"荒谬"的悲剧世界。[1] 在供给被停止之后，艾格尔撤离了驻守的阵地，却误入俄罗斯人的地域，所幸他灵机一动把枪扔到一边逃过了一死。小说写艾格尔被押送到战俘营的路上见到途中有无数的木质十字架，这让他想起曾读过的杂志，里面的风景与眼前的景象大相径庭。艾格尔不懂得战争，他衡量战争的尺度是审美的、经验的，他觉得战争破坏了他经验中的世界，"受伤的世界是多么的不同"[2]。这不是好战者看待战争的方式。

小镇已经不是艾格尔熟悉的那个样子，镇上的道路变成宽敞的柏油马路，老式笨重的柴油发动机汽车被小车取代，家禽排泄物的臭味也被雪蜡的气息盖住了。竞争也被引入到小镇上来，金岩羚羊客栈面临米特雷弗尔客栈的挑战，后者的客栈经过精心装饰显得光彩熠熠，引人注目。与这些相对应的是人心也在发生着变化，金岩羚羊客栈主去世之后留给女儿四家客栈和数公顷土地等等财务，这使得客栈主常年待字闺中的四十大几的女儿忽然成为镇上人们竞相追逐的求婚对象。艾格尔沉默地接受了这些变化。在不断变化

---

① 尹鸿：《悲剧意识与悲剧艺术》，合肥：安徽教育出版社，1992年，第253页。

② 泽塔勒著，刘叶秋译：《大雪将至》，海口：南海出版公司，2018年，第103页。

着的当下，过去的经验在艾格尔的脑海中也发生了变化，"过往好像朝着所有的方向弯折，事情的经过在他的记忆中千回百转、相互交织混在一起，更确切地说，它们以独特的方式在他记忆中重新塑形，重新分配权重"①。在镇上遇到对他刻薄又残忍、已经垂垂老去的康茨斯托克尔，他已经老朽不堪，不断对艾格尔抱怨着命运的残酷，并让艾格尔动手打他报仇。艾格尔对康茨斯托克尔感到难过，他希望对方能够像年轻时那样坐在椅子上。艾格尔深深感觉到年轻生命的可贵，在送康茨斯托克尔下葬的途中，艾格尔看到小旅店中的孩子欢快地守着电视机观看节目，他很想停下来和孩子一起笑。在送葬队伍中，艾格尔感受到生命力衰微带来的黯淡。

小说不动声色地写艾格尔在时代背后落寞的身影，他有些莫名其妙地看着电视机前热闹的观众，电视机里播放新奇的节目，艾格尔在电视机前感到手足无措，他像个孩子一样看着电视机前人们令人费解的行为，他不属于这个时代。在大山中，他找到了自己的位置，一对老夫妇迷失了方向，艾格尔带着他们走出了迷途，在获得对方信任后，他们又请艾格尔做向导，分别的时候，夫妻俩含着热泪踏上了归途。艾格尔利用自己在山上工作的经验及对地形地貌的熟悉做起了导游的生意，游客们乘兴而去，尽兴而归的旅程使他感到非常愉快。一次他的一位女游客滑雪时受了伤，游客戏谑地说这样两个人可以一起瘸着腿下山了，艾格尔回答道："不！"他站起来继续道："我自己走！每个人瘸着腿自己走自己的！"② 艾格尔主张人应该依靠自己去克服生活的障碍，而不是他人的怜悯与扶助。艾格尔心如止水，他失去玛丽之后用了很久的时间才平息内心的伤痛，在后来孤身一人的日子里虽然与女游客有过接触，但他没有与她们有亲密行为。艾格尔不了解女人，女游客们的言行举止常使他感到思绪的僵滞，需要很长时间才能摆脱出来。艾格尔坚守着与玛丽的爱情之约，虽然后者已逝，他克制着情欲的涌动，与自己进行着旷日持久的斗争。

艾格尔在小镇建设如火如荼的时候退回到了山上简陋的牲口棚，他享受着那里的宁静，山上与山下的距离隔断了工地上机器喧嚣声的干扰，没有人说话的时候艾格尔就自言自语，他也会怀念起玛丽，构想这一辈子可能发生的事情。艾格尔的窗户前可以看到白云青山，这样的景观使他很开心，甚至会笑出眼泪来。能够一直活下去被艾格尔看作是命运的馈赠，他这一辈子虽

---

① 泽塔勒著，刘叶秋译：《大雪将至》，海口：南海出版公司，2018年，第115页。
② 泽塔勒著，刘叶秋译：《大雪将至》，海口：南海出版公司，2018年，第138~139页。

然没有大起大落，却也有过得失起伏，像现在这样活着艾格尔觉得非常满足了，"在冰雪开始融化的那几天里，早上他走过自己的小屋子前被晨露湿润的草地，躺到疏疏落落散在草地的平石中的一块上面，背上感受着凉爽的石头，脸上洒着一束温暖的阳光。每当这时候，他心里感到，很多事情根本没那么糟糕"[①]。尽管世界仍然处在茫茫大雾之中，艾格尔能够透过大雾感受到清晨的来临。艾格尔这一生再简单不过了，他没有不良嗜好，始终如一地爱着一个女人，现代科技在月球上炫耀着自己的胜利也没有改变他对上帝的信仰。艾格尔虽然不知道死亡之神将自己带向何处，但他不畏惧。艾格尔这一生没有遗憾，他先后用一个戛然而止的微笑和巨大的惊讶来向人世做最后的告别。艾格尔几乎一辈子都是在小镇度过的，他没有离开家，以至于找不到回家的感觉。小说的最后写"冬天降临到了山谷"[②]。冬天带着死亡的气息，作者反复渲染了死亡的阴冷属性，冬天的到来，也就意味着艾格尔的人生落下帷幕。冬天又是艾格尔一生的象征，因为冬天来临的时候世界是浑然一体的，看不清起点终点，看不清其他色彩，剩下的只有白色。这是纯粹的色彩。

第二节　交集与错位——评莫迪亚诺的小说《缓刑》

　　法国小说家帕特里克·莫迪亚诺于 2014 年获得诺贝尔文学奖，国内围绕他而展开的研究日趋增多，研究者基于小说情节、艺术表现、情境主义、巴黎地形、原型探究、叙事策略等视角对莫迪亚诺的小说进行了地毯式的研究。这在不断开掘莫迪亚诺小说内蕴的同时，也存在着对他的小说整体性的把握的不足，比如基于孩子视角的研究容易导致对成年人视角的忽略，本文尝试以莫迪亚诺的《缓刑》为研究对象，在互动的视角去审视小说中孩子与成年人之间的关系。《缓刑》表现了孩子对成年人世界的好奇与窥视，虽然他们被阻止进入成年人的世界，但通过孩子的天真与想象力他们看破成人世界的不正常。成年人也偶尔会进入孩子的世界，但浮光掠影止于表面。因为成人对孩子的忽视，使孩子有机会接近成人的世界，发现其中的异常。

---

① 泽塔勒著，刘叶秋译：《大雪将至》，海口：南海出版公司，2018 年，第 163 页。

② 泽塔勒著，刘叶秋译：《大雪将至》，海口：南海出版公司，2018 年，第 176 页。

一、疏离于成人世界外

《缓刑》的开头就落墨表现"我"与父母的疏离,"我"的母亲在外忙着巡回演出,将"我"和弟弟寄养在几位女友在巴黎村庄的家中。"我"对外面的世界一无所知,母亲和"我"与弟弟的联系十分有限,父亲来的时候也不多,他们与"我"之间的关系非常生疏——关于莫迪亚诺父亲的身份一直是悬而未解的谜,他本人对此讳莫如深,这种拒绝透露父亲身份的态度背后是父子情感的疏离。1957年,他的弟弟吕迪·莫迪亚诺去世。这件事让莫迪亚诺抱憾终身。他说:"我认为除了弟弟吕迪,他的死……再也没有什么能深深牵动我的心。"① 在莫迪亚诺的作品中,不只亲人间存在着疏离的关系,国家也与公民之间存在着疏离。在小说《星形广场》中,主人公从巴黎漂泊到外省寻根,处处碰壁,他想到自己的祖国寻根,但祖国已经变成穷兵黩武之地,他在国内被警察抓到,预感自己会被处以极刑,主人公感到"祖国"是靠不住的。

《缓刑》中母亲几位女友的家庭,在"我"眼里也带着陌生的色彩,小说以细致的笔调写道:"这是一座二层楼的房子,正面的墙上爬满了常春藤。英国人称作为'凸肚窗'的一扇凸起的窗户延伸了客厅的长度。房子后面是一座梯形花园。在花园的第一座平台深处,吉约坦医生的坟墓掩映在铁线莲之中。他曾在这座房舍里生活过吗?他曾经在这里改进他的断头台吗?在花园的高处,生长着两棵苹果树和一棵梨树。"② 这种描写不只是作者简单向读者介绍人物生活的环境,还带着一种生疏、游离的情感色彩——孩子寄寓在别人家中的陌生感。在"我"看来,这里的一切带着古旧而陌生的感觉,在"我"眼里,这里的一切都显得别具意味。这种视角带着探究的意味,它是作者对过往人生的一种寻觅与发现而不只是回忆。莫迪亚诺说:"我童年的一些经历一定也为我的作品埋下了伏笔。我长期不和父母住在一起,而是和一些我根本不了解的朋友住在一起,辗转于不同的地方和房子里。后来,这让我想试图通过写小说来解决这些迷惑,希望写作和想象力能最终帮我把这些零散的线索都串起来。"③

---

① 莫迪亚诺著,李玉民译:《家谱》,《世界文学》,2015第2期,第40页。
② 莫迪亚诺著,严胜男译:《缓刑》,上海:上海译文出版社,2014年,第1页。
③ 毛信德、李孝华编:《诺贝尔文学奖获奖作家散文精品》,南昌:百花洲文艺出版社,2016年,第306页。

接着，"我"由空间上从近及远的方式介绍了房内的布置、小楼外的布局等等。瑞典学者万之指出："他的结构是外向的，非常注重环境的细节描述，可以让巴黎的街道都栩栩如生，让读者仿佛身临其境，而在时间上他又是向前的，他是把过去的人物又往前拉，展现在今天的读者面前，所以是'引出'，以连接'现在'。"① 在若即若离中，一个遥远的故事被勾勒出来。莫迪亚诺对环境的敏感多少受到萨特的影响，早于莫迪亚诺的萨特小说《恶心》中主人公洛根丁"对所遇见的人的感受，对周围事物细节的感受，对街道的感受……而且是敏感的、神经质的，甚至是病态的感受"②。这是重视日常生活细节的情境主义的重要特征。

"我"所寄居的地方住着几位妇女：阿妮、小埃莱娜、玛蒂尔德、白雪。小埃莱娜是一个杂技演员，对她的职业，"我"没有亲历过，只是从相册上看到她穿杂技服装的照片，她的过去对"我"是平面的、缺乏具体感知的。成年人的世界对"我"而言就像艾德莱纳的过去那样是平面化的，她们的情感世界怎样，"我"一无所知，她们也不打算让"我"知道，就像"我"随手翻阅画报《黑与白》时被玛蒂尔德一把夺回去，说："别看这种画报，幸运的傻瓜！这不是给你这样年龄的人读的……"③ 阿妮在马戏团哭了一整夜，"我"不知道她因为什么而哭；阿妮每晚都会开着汽车去巴黎，直到夜深的时候回来，对她去巴黎做什么，"我"仍然一头雾水。成人的世界就像一个谜，"我"无法探知里面究竟发生了什么。玛蒂尔德和小埃莱德在谈论阿妮的时候也是闪烁其词，语焉不详，从她们的措辞中"我"能感觉到阿妮"在做一些严重的事"。

在多尔代恩医生街的尽头矗立着一座荒芜的城堡，据说是烧酒大王科萨德侯埃利奥·萨尔泰尔留下的，由于涉及非法经营，萨尔泰尔的城堡连同他的其他财产一起被没收，至于他人去了哪里，没人知道，父亲只告诉"我"，萨尔泰尔会回来的。这座城堡在"我"眼里充满了神秘的色彩，这种神秘气氛与莫迪亚诺的小说《夜巡》《环城大道》中表现的第二次世界大战时社会扑朔迷离的氛围内在呼应。《缓刑》中，"我"根据父亲说的话在头脑中敷衍出这样的画面：萨尔泰尔乘坐最后一班火车来村子，然后步行去他的城堡。为了使萨尔泰尔的行踪不被人们发现，有人为他清理了城堡的枯叶和瓦砾然

---

① 万之：《文学的圣殿：诺贝尔文学奖解读》，上海：上海人民出版社，2015年，第341页。

② 柳鸣九：《从选择到反抗——法国二十世纪文学史观》，上海：文汇出版社，2005年，第39页。

③ 莫迪亚诺著，严胜男译：《缓刑》，上海：上海译文出版社，2014年，第15页。

后又铺上。萨尔泰尔乘坐飞机去了远方，但他过些时候会回来。

"我"甚至还想象出这样的场景："侯爵坐在一张绿丝绒安乐椅上，对着巨大的壁炉，格罗斯克罗德在炉里生了火。在侯爵身后，摆好了一张饭桌，上面有银烛台、花边织物和玻璃器皿。我和弟弟走进大厅。大厅只被壁炉的火光和那些蜡炬的火焰照亮着。"① 莫迪亚诺似乎对那些密闭的空间特别感兴趣，在《陌生的踪迹》一文中莫迪亚诺不止一次表现了将人拒之于外的建筑：先是写了杜伊勒利花园中大门紧闭着的绿色小木屋，接着又写了香榭丽舍大街上一个荒芜的别墅，前者唤起"我"童年生活的美好记忆，后者"在黑暗中反射着月光的高高在上的丘比特，带有某种忧伤悲切，令人不安的情调，既让我心寒又叫我迷惑。它仿佛是我生活过的巴黎的残迹"②。

在《缓刑》中，萨尔泰尔冒险家的形象是"我"将从阿妮那里获得的经验移花接木到他身上形成的。"我"对成人世界的认识太有限，所以想象出来的形象荒诞不经。读者可以根据历史和作者在小说中的设置推测出萨尔泰尔因为走私酒而受到处罚并出逃，但作为孩子的"我"无法知道事实的真相，所以只能依靠自己的经验来想象萨尔泰尔所经历的事情和他的样子。这个想象与事实之间相去甚远。这是"我"处在成人世界外围使然。

虽如此，"我"和弟弟还是打算在月明星稀的晚上去城堡探看一番，但"我们"离开家五十米不到就缩回去了，这寓意成人世界与"我"之间有一道鸿沟。小说写"我"和弟弟蜷缩在床上想象不断靠近城堡的情形，"下一次，在往回走之前，我们将在多尔代恩医生街上再往前走远点。我们将走到女修院。再下一次，更远，到农场和理发铺。下下次，再更远，每夜多走一段路。那么就只用再走十几米路，就可以到城堡的栅栏前。再下次……结果我们都睡着了"③。这体现出卡西尔的观点：人"应当是不断探究他自身的存在物——一个在他生存的每时每刻都必须查问和审视他的生存状况的存在物。人类生活的真正价值，恰恰就存在于这种审视中"④。

① 莫迪亚诺著，严胜男译：《缓刑》，上海：上海译文出版社，2014年，第32页。
② 张永义：《旷野面纱：欧洲大师情趣文选》，长春：吉林人民出版社，2005年，第330页。
③ 莫迪亚诺著，严胜男译：《缓刑》，上海：上海译文出版社，2014年，第34~35页。
④ 卡西尔著，甘阳译：《人论》，上海：上海译文出版社，1985年，第8页。

二、童心视域下的成人世界

"我"将未能实现的梦想挪移到生活中来，把阿妮和小埃莱娜结识的一些人贴上了"科萨德侯爵埃利奥·萨尔泰尔"的标签，这些朋友看起来神神秘秘的，就像"我"想象中午夜归来的萨尔泰尔。"我"这样感觉阿妮一位朋友罗歇·樊尚微笑的样子："这微笑并不快乐，而是冷淡、迷惘，就像笼罩在他身上的一团轻雾。"① 他来去谨慎低调，不惊动旁人。罗歇·樊尚虽然对"我"和弟弟很客气，但我们对他所知不深，只觉得别人很尊重他。作者从"我"的视角表现了罗歇·樊尚的特点。这种特点是"我"先入为主将对萨尔泰尔的想象转移到他身上以及将他和别人比较的结果。罗歇·樊尚充满了神秘感。阿妮的另一个朋友让·D很随和，他给我们一本书《别碰金钱》，但被阿妮阻止了，她认为这不是孩子该看的书。这喻示着"我"与成人之间被划出了一道界限，《别碰金钱》既代表着阿妮等人做的不为人知的事情，也代表着那是成人的世界。

罗歇·樊尚等人常常在小车里面交谈，对他们在小车里面到底说了什么，"我"不知道。成人世界处处都有看不见的高墙阻碍着"我"接近。"我"感到奇怪的是，为什么警察从没有问过"我"，这说明成人世界对"我们"是封闭的。一次罗歇·樊尚让我们看好他的车子，这种嘱咐使"我们为能履行这样重要的使命而自豪"②，在我们的意识中，这算是与成人世界最接近的一次了，他们没有避开我们，其实我们只是被当作他们的工具而已。在完成看护小车的任务后，罗歇·樊尚等人带我们去游乐场玩碰碰车，这再一次表明，"我们"在他们眼里只是孩子。

随着"我"与罗歇·樊尚等人交往的增加，他们神神道道的样子使"我"头脑中萨尔泰尔的形象变得清晰，虽然他们不一定在晚上出现，但在"我"看来这与萨尔泰尔夜深人静时分出现的效果相埒，萨尔泰尔不愿意人们知道他的行踪，罗歇·樊尚等人也这样。表面看起来，"我"与罗歇·樊尚等人的关系越来越亲密，其实这种关系朝着疏远的方向发展。小说写"我"和弟弟愿意唯一生活在其中的地方是马戏团和杂耍歌舞剧场世界，"这

① 莫迪亚诺著，严胜男译：《缓刑》，上海：上海译文出版社，2014年，第39页。
② 莫迪亚诺著，严胜男译：《缓刑》，上海：上海译文出版社，2014年，第54页。

或许是因为小时候母亲领我们去参观后院的包厢和后台的缘故"①。这句话点明了"我"和弟弟喜欢没有隔膜的交往，这体现出孩子的天真无邪，"我"因为了解到马戏团和杂耍歌舞剧场世界的后台是怎样的，因此喜欢上了这些地方，因为它们没有对我们隐藏什么。作者将罗歇·樊尚等人的秘密通过孩子的视角表现出来，虽然小说没有直接写他们做了什么，但是罗歇·樊尚等人的行径受到了孩子的反感与抵触。换句话说，孩子的无邪天真反衬出他们见不得光的罪愆。

在《缓刑》的"序言"中，奥利维埃·亚当指出："莫迪亚诺的书就像一个迷人的露天作业。每本都有双层含义。你尽可以认为，在一部完结的作品的最大续航能力范围中，它已经完结，同时又把它当成一块全新的拼版，属于一幅还没有完工的大拼图，一些部分仍然'空着'，另一些部分已初具轮廓，越发精确。"就《缓刑》而言，属于孩子世界的部分是未竟的工程，属于成人世界的已经万物皆备，但孩子未竟的工程的世界中与成人世界有着情感上的交集，"我"看着让·D温柔又忧伤的目光，"觉得他和我们一样是孩子"②，阿妮和"我们"捉迷藏的时候，"她像我们一样，也是个孩子"③。由于被包含在孩子的世界中，所以"我"虽然不懂得成人做什么说什么想什么，却能本着孩子的敏感寻找着真相。

莫迪亚诺写"我"成年之后见到了让·D，这时候他已经两鬓有些斑白，成人之间有了对话的机会，但是"我"和他之间一言不发，这时阿妮、小埃莱娜、罗歇·樊尚等人可能死在了监狱中，"我"的弟弟也死了，关于过去的话题就像断了线的风筝，聊起和这些人有关的话题，"我们就会像被击中要害倒下的射击场木偶那样"④。《缓刑》中的"我"在将要接近真相的时候戛然而止，体现出"我"在过去真相前的退缩，这与"我"孩提时不断寻找让·D等人的秘密的主动行为大相径庭，这是孩子和成人之间切换导致的变化。"我"成年后的退缩也和《暗店街》中的居伊·罗朗不同，罗朗在失去记忆后遍访与他生活有关的人物，为的是了解自己的过去。在《忧郁的别墅》中，施马拉伯爵重回别墅就是为找回从前的自己。莫迪亚诺在《暗店街》中指出："生活中重要的不是未来，而是过去。"⑤ 但《缓刑》中"我"

---

① 莫迪亚诺著，严胜男译：《缓刑》，上海：上海译文出版社，2014年，第64页。
② 莫迪亚诺著，严胜男译：《缓刑》，上海：上海译文出版社，2014年，第47页。
③ 莫迪亚诺著，严胜男译：《缓刑》，上海：上海译文出版社，2014年，第93页。
④ 莫迪亚诺著，严胜男译：《缓刑》，上海：上海译文出版社，2014年，第69页。
⑤ 莫迪亚诺著，王文融译：《暗店街》，北京：人民文学出版社，2017年，第175页。

百转千回寻觅过去，并没有找到明确的结论；或者说，过去过于沉重让"我"觉得难以直面，莫迪亚诺选择了一个偶遇的情节让"我"间接推测出了过去发生的事情。

瑞典学院为莫迪亚诺颁奖时说，优秀的文学可以是"记忆艺术"，可以承担"记忆"的功能。莫迪亚诺通过文学的"记忆"，如搭起一座文字艺术的桥梁，沟通过去与现在，让个人往昔的命运呼之欲出，让过去的"生活世界"重新呈现在读者眼前。[①] 小说在疏离中将人物命运和盘托出，表现出昔日朋友、亲人黯淡的人生。蓝文青认为："莫迪亚诺笔下这些很像纪录片一般，甚至有些破碎的纪实描写，都在表达一种时空之中的亲疏和不稳定，这种亲疏和不稳定是我们这些生命体没有永恒的时间造成的。"[②] 小说在后面采用倒叙的手法写罗歇·樊尚当年的所作所为，莫迪亚诺含蓄地使用了修车行、巴黎交通图、栗色鳄鱼皮等物象通过一定的逻辑安排勾勒出他们过去做的事情——"我"在巴黎瓦格朗大街咖啡馆里遇到一位老人，我身上的栗色鳄鱼皮烟盒引起了他的注意，老人告诉"我"，他也有这样的烟盒，他原来库存的烟盒全部失窃了，而且此后再也没有卖过栗色烟盒，所以"我"这个烟盒就显得弥足珍贵。

老人含蓄地揭示了一起盗窃案，失窃的时间和罗歇·樊尚等人在巴黎神秘兮兮的活动的时间能够对上号：十五年前。小说写道："外面，我在瓦格朗大街上怀着一种奇怪的激奋行走着，很久以来，我第一次感到阿妮的存在。那天晚上，她在我身后走着。罗歇·樊尚和小埃莱娜大概也在这座城市里的一个地方。事实上，他们从来没有离开过我。"[③] 这十五年中，"我"一直在寻找着他们的踪迹，想了解当年他们做了什么，罗歇·樊尚等人一直活跃在"我"的思绪中。孩提时代的好奇心在"我"内心埋下了一颗种子，这颗种子在成年后变成茁壮大树仍然控制着"我"的生活。

三、成人对孩子浮光掠影的认知

罗歇·樊尚等人没有深入孩子的世界，不知道"我"关注着他们的神秘举动。罗歇·樊尚们偶尔也会进入"我"的世界中，他们始终把我们当懵懂

---

① 万之：《文学的圣殿：诺贝尔文学奖解读》，上海：上海人民出版社，2015 年，第 339 页。
② 蓝文青：《莫迪亚诺："稍纵即逝的存在"》，《中华读书报》，2015 年 3 月 11 日，第 011 版。
③ 莫迪亚诺著，严胜男译：《缓刑》，上海：上海译文出版社，2014 年，第 103 页。

无知者来看待，这是他们对孩子的定义，也就是说他们以浅尝辄止的方式审视这些孩子。罗歇·樊尚等人以为作案的整个过程设置得严丝合缝，没料到"我"以孩子的天真和想象在审视着他们的行为。莫迪亚诺用"混沌"形容自己二十一岁前对生活的感受①，这种感觉更准确地适用于小说中的"我们"这些孩子，虽然对成人的世界知道的很少，但是孩子的天性赋予了"我们"以一种特殊的方式去审视世界，并从细微中看出世界的美好与不正常。孩子这种审视世界的天赋罗歇·樊尚等人难以察觉，他们的谬误在于，喜欢一厢情愿地以成人居高临下的方式看待孩子，觉得"我们"缺乏洞见，浑浑噩噩。玛蒂尔德认为阿妮等人在做见不得光的事，但对"我们"的行为却缺乏感知，她说自己是基督徒，什么都看得见，但是这种天赐予人的禀赋，在"我们"这里也不管用。

阿妮不让"我们"看《黑与白》画报，认为这不适合"我们"这样年龄的人阅读，"黑与白"在此寓意着"我们"与阿妮等成人之间的不同，他们喜欢夜深出没，说话遮遮掩掩，就像黑夜那么令人难以捉摸，"我们"却像白日那样坦荡。让·D鼓励"我"读黑色小说，他在小说中把"我们"看作是可以说说心里话的倾诉者，在罗班·代·布瓦旅店的酒吧间，让·D对"我"说不要轻易相信女人的外表。"黑色小说"寓意着他们的世界，这是阿妮不允许的事情，她不愿意"我"知道他们的事情。阿妮等人认为只要对"我"保持疏离状态就能使秘密不会被知晓，这表现出她对"我们"这些孩子的了解失之浅陋。

后来，他们已习惯把"我们"看作不谙世事的无知者，于是渐渐忽略了"我们"的存在，"我"上学时让·D和阿妮在停在门口的四马力汽车中谈话，没看见"我们"，"但我还是向他们挥了一下手"，等我们回来的时候，两人还在汽车中，"我向他们俯下身，但是他们甚至没有对我看上一眼。他们说着话，两人都愁眉苦脸"②。这个场景揭示出阿妮和让·D并不重视"我们"的存在，或者说，他们已经不担心"我们"会发现他们的问题。但是孩子特有的好奇心却让"我"一直关注着他们，寻思着他们在车里聊些什么。阿妮等人常常晚上将"我"和弟弟支走后聚在一起讨论秘密的事情，他们没有想到"我们"一直在黑暗中窥视着他们的举动。

在对"我们"放松了警惕之后，罗歇·樊尚甚至和小埃莱娜当着"我

---

① 莫迪亚诺著，严胜男译：《缓刑》，上海：上海译文出版社，2014年，序言。
② 莫迪亚诺著，严胜男译：《缓刑》，上海：上海译文出版社，2014年，第48页。

们"的面谈起了与其交往密切的安德烈·K，他说"安德烈经常和洛里斯通街的那帮人来往……"这句话给"我"留下深刻印象，因为"我们在学校里也有一帮人：花匠的儿子、理发师的儿子和另外两三个我记不起来的都住在同一条街的同学"①。罗歇·樊尚等人不知道他们的关系会被"我"置换成孩子的生活经验，"我"通过自己的生活经验将云遮雾罩的成人世界还原为能够理解的内容。

正是因为不理解成年人语焉不详的表达与藏头露尾的行为方式，"我"更觉得他们神秘，这激发了"我"想了解他们的兴趣，阿妮带"我"和弟弟去了巴黎达马约门的一家修车行，这里有很多残缺不全的汽车，老板叫比克·达尼，他和阿妮关着门在办公室交流着什么，修车行在"我"眼里就像萨尔泰尔的城堡一样神秘；最后，从一辆属于罗歇·樊尚的车那里认识到他和比克·达尼是朋友的关系。阿妮无论如何也猜不到他们的秘密被"我们"识破，他们不了解孩子的好奇心，所以对"我们"毫无防范。这种好奇心驱使"我们"渐次步入成人世界的深处。

"我"和罗歇·樊尚等人之间处于错位的关系中，他们肤浅地将"我们"视为懵懂无知的孩子，以为稍稍收敛就能将"我们"置之门外，但"我们"却在蛛丝马迹中梳理着他们的关系，并发现了这些成年人的秘密。莫迪亚诺在互动的关系中揭示两个世界的交集与错位，"我们"以孩子的童心捕捉到成人世界的秘密，成人由于对"我们"的忽略而暴露出他们的秘密。

第三节 回溯与回归——评莫迪亚诺的小说《地平线》

法国著名小说家帕特里克·莫迪亚诺的小说《地平线》在时间之维中展现了主人公博斯曼斯对往事的回溯与追寻，这体现出莫迪亚诺小说的"寻根"思想。莫迪亚诺亦幻亦真地将回忆、想象、事实杂糅在一起，构建起一个含义丰富、具有多种可能的世界，我们很难用一个既定的话语模式去描述它，这与德勒兹的"逃逸线"理论具有内在的契合性。德勒兹的"逃逸线"将世界视为多元的、联系的总体，它取消了界限，各个部分相互转化，构成一个具有多重意义与价值的世界，"逃逸线同时标志出：多元体确实占据的有限数量的维度的现实性；不可能存在替补的维度，除非多元体沿着逃逸线

① 莫迪亚诺著，严胜男译：《缓刑》，上海：上海译文出版社，2014年，第57页。

被转化"①。张法对此的解释是："逃逸线，也就是成功地从辖域化中逃了出去的线。在逃逸线上，间隙成为断裂，差异成为主向，多样性自由呈现。"②"逃逸线"使有限的世界转化为无限，从而创造出新的希望。莫迪亚诺的《地平线》中不止一次提到"逃逸线"，他也用文字实践着这一理论。《地平线》中，属于过去世界并非固定不变的，它具有不确定性和未知性，世界因此而呈现出多样性。主人公博斯曼斯通过记忆与梦境回到过去的生活，在那里有了不同的发现。

一、生活感觉与生存空间

小说的开头写博斯曼斯对青年往事的沉思："他清楚地感到，在确切的事件和熟悉的面孔后面，存在着所有已变成暗物质的东西：短暂的相遇，没有赴约的约会，丢失的信件，记在以前一本通讯录里但你已忘记的人名和电话号码，以及你以前曾迎面相遇的男男女女，但你却不知道有过这回事。如同在天文学上那样，这种暗物质比你生活中的可见部分更多。这种物质多得无穷无尽。逃逸线反对统一性，主张多元存在。"③ 往事在碎片式的线索中很难被还原，只能通过记忆与想象将过去的生活重塑为多种可能性并存的世界。追忆往事不能依靠名字，它只是一种对事物和人的概念，如果注意力过多集中在概念上，"闪光就会消失"。柏格森认为："概念的缺点在于它们是以符号代替符号所表示的对象……以一定的符号所构成的译文，与符号所要表达的对象相比，永远是不完满的。"④ 概念使世界变得平面，以概念的方式去寻找往事等于在纸面上按图索骥，结果北辕适楚。

在莫迪亚诺眼里，一切符号背后有着感性的生活内容，它指向着过去某段时空人们的生活。他说："这也是为什么在我年轻的时候，为了帮助自己写作，试着去找那些老巴黎的电话本，尤其是那些按照街道、门牌号排列条目的电话本。每当我翻阅这些书页，我都觉得自己在通过 X 光审视这座城，它就像一座在水下的亚特兰蒂斯城，透过时间一点点呼吸着。这么多年过去了，千千万万不知名的人留下的就只有他们的名字、住址和电话。有时候，

---

① 加塔利著，姜宇辉译：《资本主义与精神分裂：千高原》（卷2），上海：上海书店出版社，2011年，第10页。

② 张法：《走向全球化时代的文艺理论》，合肥：安徽教育出版社，2005年，第53页。

③ 莫迪亚诺著，徐和瑾译：《地平线》，上海：上海译文出版社，2012年，第2页。

④ 柏格森著，刘放桐译：《形而上学导言》，北京：商务印书馆，1963年，第66～69页。

过了一年，一个名字就消失了。翻阅这些老电话本，我会想，如果现在再拨打这些电话，大概多数都无人接听吧。"①

追寻往事的方式是通过概念引出经验与想象，在经验、想象中将往事一点一点搜罗出来，然后构成生活的某种片段。这种过往世界的片段缺乏一个结果，它只呈现出生活的部分，到了某个时间、空间的点就会戛然而止，仿佛唱片的指针遇到了障碍，"从此刻起，他们的脸和他们的声音消失在时间的漫漫长夜之中——玛格丽特的脸除外——唱片给卡住了，然后突然停止转动"②。每一个时间的片段背后有着具体的内容，博斯曼斯某天晚上背靠着栅栏，在天文台大街的人行道上等玛格丽特，"那个时刻脱离其他时刻"，每个看似孤立的时刻背后有着不同故事。博斯曼斯等玛格丽特的这个时刻是"她去费尔纳教授家的第一天晚上"③。

在过往生活世界中，都市重复着单调的节奏，人们来来往往熙熙攘攘，博斯曼斯与玛格丽特·勒科兹的相遇就像是在麻木中被疼痛唤醒，他们在地铁口被人群挤在了一边，这是两人相识的开始。相识使博斯曼斯和玛格丽特原本孤独的生活出现了生机，在此之前，博斯曼斯孤身一人在巴黎这座大都市中生活，他凭着记忆不至于在都市中迷失方向，玛格丽特为逃避一个叫布亚瓦尔的男人的纠缠，搬到了远离市中心的边缘地区生活，在这个城市里她举目无亲，唯一的熟人就是博斯曼斯。

博斯曼斯感觉他和玛格丽特随时会被人流冲散似的，他带着一种不安，这种不安既是当时博斯曼斯的生存经验，也是日后他回忆往事时候的一种极不稳定的感觉，因为靠着不多的线索去寻找过往的生活世界，就像飘忽不定的画面，忽然之间就会消失了影像。施莱尔·马赫认为"感觉的空间"是由主观感觉中的感觉群的相互依存和相互区别构成的。它的特点是：有限的；不稳定的，不均匀的；根据人的感觉、年龄、心理条件的差异而变化的。④博斯曼斯的记忆中的世界带着不稳定与有限性，并在不同情绪状态下呈现不同的内容，对同样的内容，有时候博斯曼斯感觉到的是压抑不安，有时候又觉得欢欣愉快，比如他那本绿面的记事簿所记载的内容。

博斯曼斯靠着一本记事的练习簿上的记录回溯旧事，练习簿上写满密密

---

①　毛信德、李孝华编：《诺贝尔文学奖获奖作家散文精品》，南昌：百花洲文艺出版社，2016年，第307页。

②　莫迪亚诺著，徐和瑾译：《地平线》，上海：上海译文出版社，2012年，第20~21页。

③　莫迪亚诺著，徐和瑾译：《地平线》，上海：上海译文出版社，2012年，第43页。

④　夏基松：《简明现代西方哲学》，上海：上海人民出版社，2015年，第15页。

麻麻的文字，他从中解读出自己当年内心的不安感，当年他写这些文字的时候却浑然不觉自己具有这样的感觉，这是他多年之后重读旧文时从字里行间捕捉到的信息，这说明回忆不只有对往事的简单复现的功能，它还是一种创造和发现。荣格认为我们生活在一个由表象组成的世界里，"我们所直接接触到的远不是一个物质的世界，而是一个心理的世界……我们生活在一个由我们自己的精神所创造的世界之中"①。莫迪亚诺在《地平线》中不厌其烦地追溯，其目的是发现被遗漏的生活意义。

狄尔泰认为："对生活的反思形成了我们的生活经验。它把具体的知识同我们的自我在跟周围的世界及命运接触中所发生的（由冲动和感情在我们内部唤起的）许多分明而细微的事件结为一体。"② 博斯曼斯在对生活的反思过程中构建起一种新的生活价值，这是他始料不及的，"那么，在这远离尘嚣的安静房间里，练习簿上的一排排字为什么写得如此之密？他写的文字又为什么如此忧伤，令人透不过气来？"博斯曼斯感慨道："这是他当时未想到的问题。"③

曾有一段时间，玛格丽特与博斯曼斯住在巴黎远离喧嚣面朝花园的房间，这里没有让博斯曼斯感到舒适与放松，却让他感到忧伤与紧张，这间接表现出那个年代人们的生存状态，博斯曼斯在玛格丽特受伤后建议她请几天假，玛格丽特拒绝了，因为一天不上班就会丢掉饭碗。关于这一点我们可以借助于本雅明在《巴黎，19世纪的首都》中引用爱德华·福柯写在《巴黎发明家：法国工业的生理研究》的一段话来加以说明，"安静的享受对于工人来说几乎是一种折磨。他居住的房子可能上有万里晴空，四周绿茵环绕，有花香，有鸟语；但是如果他闲待着，他永远理解不了幽居的妙处。然而，如果远方的噪声或汽笛声能够传到他的耳朵里，甚至他若能听到工厂里机器的单调碰撞声，他的脸上立即露出生气。他不再感到有什么芬芳的花香。高耸的工厂烟囱冒出的浓烟、打击铁砧的轰鸣，都让他兴奋不已。"④

博斯曼斯的焦虑是因为他只是一个底层职员，没有大学学历，所以闲适的环境反而引起他不安的感觉。身处多年之后的时空中，博斯曼斯可能淡忘

---

① 荣格著，冯川等译：《心理学与文学》，北京：生活·读书·新知三联书店，1987年，第426页。

② 童庆炳，马新国主编：《文学理论学习参考资料新编》（下），北京：北京师范大学出版社，2005年，第2892页。

③ 莫迪亚诺著，徐和瑾译：《地平线》，上海：上海译文出版社，2012年，第23页。

④ 瓦尔特·本雅明著，刘北成译：《巴黎，19世纪的首都》，北京：商务印书馆，2018年，第102页。

了那种生活的感觉，但是练习簿上密密麻麻的文字表现形式却引导他发现了当时的生活状态，翁冰莹指出："莫迪亚诺之所以选择'记忆叙事'策略……是为自由个体以'记忆'的方式来探索人的存在本质开辟出一条道路。"①

二、身份危机与时间祛魅

多年前，在巴黎这个人潮汹涌的都市中，博斯曼斯和玛格丽特都是别人眼里的无名者，没人知道他们来自何处，无名者的身份使他们感觉好像远离巴黎，而实际上两人都身处在巴黎，这种充满矛盾的生活状况源自博斯曼斯和玛格丽特是寂寂无闻的小人物，即便每天跻身于地铁中，人们也不记得他们。即便是小人物，玛格丽特和博斯曼斯也没能逃过被人跟踪。玛格丽特一直被神秘的布亚瓦尔跟踪，博斯曼斯被"母亲"和一个男传教士跟踪。布亚瓦尔为什么跟踪玛格丽特作者在小说中语焉不详，博斯曼斯的"母亲"的来历更有些荒诞不经，她莫名其妙就在户口本上成为博斯曼斯的母亲了。

布亚瓦尔和"母亲"像一个秘密，他们困扰着玛格丽特和博斯曼斯，使后者一直处于逃避的状态。《地平线》表现了博斯曼斯和玛格丽特深深的"身份危机"，玛格丽特在去斯图尔特职业介绍所求职的时候，对自己的出生地有些敏感；博斯曼斯从童年就有罪孽感。博斯曼斯想向费尔纳教授倾诉自己这种不安的感觉，"叙说他从童年时代起一直感到却不知为何感到的犯罪感，以及经常像走在流沙上的不舒服感觉……"②。这种身份的危机感如影相随般无法消除，不论玛格丽特与博斯曼斯在哪里，布亚瓦尔和"母亲"总能找到他们，这让玛格丽特和博斯曼斯忧心忡忡。

瑞典学者万之这样评述莫迪亚诺的作品：他的文学世界就像是个冲洗照片的暗房，似乎总是很昏暗，不明朗，总是模糊而晦暗，总是暮色苍茫或梦境一般的夜色，常常是巴黎街头的夜色，只有昏暗的街灯。但是，不要错认为他在引导读者进入暗夜里寻找失去的记忆。不，他是把记忆从暗夜中招引出来，让你能看清楚那些人物为了生存下去如何挣扎甚至抗争，这就是授奖词说的"引出"人的命运，"揭示"那个纳粹占领法国时期的人世。③ 博斯

---

① 翁冰莹：《莫迪亚诺〈青春咖啡馆〉的记忆叙事》，《厦门大学学报（哲学社会科学版）》，2020 年第 1 期，第 171 页。

② 莫迪亚诺著，徐和瑾译：《地平线》，上海：上海译文出版社，2012 年，第 67 页。

③ 万之：《文学的圣殿——诺贝尔文学奖解读》，上海：上海人民出版社，2015，第 341 页。

曼斯和玛格丽特这种身份危机之后是变幻不定的历史背景，作为个体无法摆脱时代加诸其身的印记。

小说中，博斯曼斯希望能从法学教授费尔纳那里得到帮助，但不知道怎么，也没有机会向他表达自己面临的困境，这表明了他的困境超越了法律，它在那个时代是普遍存在的。莫迪亚诺不断将他们身上的时代印记以隐晦的方式表现出来，暗示着个体在出身、国籍这些因素之前无法选择的命运，就如萨特和海德格尔对人的命运的哲学表述，人是被迫抛入世界中来的，带有偶然性，萨特主张人的自由选择，海德格尔认为人总在流动不息的日常生活中感到"烦"与"畏"。莫迪亚诺综合了萨特和海德格尔的思想，在《地平线》中，他让博斯曼斯和玛格丽特既因为被"跟踪"而感到无法摆脱的苦闷，同时他们也在不断地想办法摆脱被"跟踪"，过一种自由的生活。博斯曼斯和玛格丽特谈起布亚瓦尔和"母亲"带来的困扰时说："他们可以随时离开巴黎，前往地平线上新的地方。他们是自由人。"①

海德格尔的存在主义哲学建构在时间之维上，他认为一切都在时间的流逝中发生着变化，没有亘古不变的东西。海德格尔的传记作者萨弗兰斯基说："对海德格尔来说，存在的意义就是时间，即流逝与发生。对他来说没有常住不动的理想的存在。在他这里思维的任务恰恰是如何使人感受到时间的流逝。……在'发问的旋涡中'，任何东西都不可能稳定长存。"② 这一存在主义理念在《地平线》中得以薪火相传。

小说写若干年之后，博斯曼斯在街头又遇到了"母亲"和传教士，母亲虽然已经衰老，但仍然威严不可一世的样子，他们依然如故地向他索要钱财，博斯曼斯没有带钱，"母亲"用拐杖把他的脖子擦出血来。博斯曼斯感慨道："'天哪，随着时间的流逝，我们过去受到的痛苦显得多么微不足道，而在你的童年或少年时代，因巧合或命运不佳，在你的户籍上强加给你的亲人，现在也变得微不足道。'……博斯曼斯笑了起来。"③ 时间将曾经的强大和痛苦变得轻微不值一提，这意味着生活的世界发生了变化，虽然一些阴影还没有完全散去，但是它不足以影响生活。过去的记忆在一种辩证关系中反衬出现在的意义，它不仅在过去的时间维度上具有存在的意义，还对现在的生活具有参照的价值。

---

① 莫迪亚诺著，徐和瑾译：《地平线》，上海：上海译文出版社，2012年，第39页。
② 萨弗兰斯基著，靳希平译：《海德格尔传》，北京：商务印书馆，1999年，295～296页。
③ 莫迪亚诺著，徐和瑾译：《地平线》，上海：上海译文出版社，2012年，第33页。

三、迷雾世界与内在回归

莫迪亚诺将梦境与现实世界融合为一体，营建出亦真亦幻的叙事效果，这赋予了小说丰富的意义。博斯曼斯在多年后的梦中见到了玛格丽特，就在阿尔及利亚人雅克的酒吧里，那是一个阳光照耀着的夏天黄昏。博斯曼斯在梦境中调整着自己的年龄，"他心里在想，他的脸是现在这张脸，还是二十一岁时的那张脸，当然是二十一岁时那张脸。否则的话，她看着他会显出奇特的神情，会认不出他"①。这里梦境与现实世界交织在一起，使人分不清真实与梦境的世界的分界点在哪里，时间在此并非非此即彼而呈现出模棱两可。莫迪亚诺描写梦境并非只为写某种心态，而是将梦境视为通往现实的指引，"这个梦如同一道亮光，照出了过去的真实情况。照出了他和玛格丽特一起走过的一条条街道和遇到过的一个个人。如果这道亮光可信，那就是他俩在那个时期沐浴其中的亮光？"②梦境与记忆使过去的生活像被一团雾笼罩着，缺少清晰的轮廓，在彼与此之间移动不定。

"我们一天天看到的事物，都带有现时不确定的印记。"③变化是《地平线》的主题，"现时总是充满不确定的因素，嗯？你焦虑不安地在想，将来会怎么样，嗯，然后，时间流逝，这将来变成过去，嗯？"④玛格丽特不管住得离市中心有多远，仍然会遇到令她感到害怕的布亚瓦尔，博斯曼斯总会在街头遇到"母亲"和传教士。换句话说，逃避不是改变事情的办法，唯一的办法是通过时间的流逝来改变事情，因为改变是生活永恒的主题，但是梦境可以保留一些人和事。博斯曼斯在梦里见到了多年前见过的那些人，他们仍然年轻，过着同样的生活，并不因为时间的流逝而发生变化。梦境与现实生活不同，现实生活中个体常常变得无法辨识，"他在日常生活的种种事情中随波逐流，这些事使你跟大多数人大同小异，它们则渐渐化为一种迷雾，变成一股单调的潮流，被称为事物的发展"⑤。波德莱尔表达过类似的观点，他说一个人扎进大众中就像扎进蓄电池里一样⑥。

---

① 莫迪亚诺著，徐和瑾译：《地平线》，上海：上海译文出版社，2012年，第40～41页。
② 莫迪亚诺著，徐和瑾译：《地平线》，上海：上海译文出版社，2012年，第41页。
③ 莫迪亚诺著，徐和瑾译：《地平线》，上海：上海译文出版社，2012年，第41页。
④ 莫迪亚诺著，徐和瑾译：《地平线》，上海：上海译文出版社，2012年，第42页。
⑤ 莫迪亚诺著，徐和瑾译：《地平线》，上海：上海译文出版社，2012年，第75页。
⑥ 本雅明著，张旭东、魏文生译：《发达资本主义时代的抒情诗人》，北京：生活·读书·新知三联书店，1989年，第19页。

《地平线》中充满了未知的事情，玛格丽特在巴盖里安家做家庭教师，但对她到底在巴黎还是瑞士她感到一头雾水。玛格丽特后经介绍又去了费尔纳教授家做他一双儿女的家庭教师，但费尔纳教授从事什么研究她却毫不知情。博斯曼斯对工作的沙漏出版社的用途无法确定，书店的前途也无法预料。未知使得人们的关系处在扑朔迷离的状态。玛格丽特的生活就像无迹可寻的未知之谜，"以不规律的跳跃和停止的方向前进，每次都是重新从零开始"①。玛格丽特不断抹掉自己生活的印记，"她从未回到过起点。另外，也从未有过起点，就像有些人对你说，他们出生在某个省或某个村庄，并常常回去，她从未返回到他生活过的一个地方"②。

玛格丽特每去往一个地方都满怀喜悦，她认为那是对过去的永别和新生活的开始。在每个可能属于她的地方，她总是保持着警惕，随时保持着离开的状态，这体现出德勒兹的"逃逸线"思想，玛格丽特不想生活被固定，她永远在朝着变化的方向安排自己的生活。玛格丽特匆匆忙忙离开了巴黎，至于她为什么离开巴黎，她是否知道伊冯娜·戈谢、安德烈·普特雷尔犯了什么事，博斯曼斯并不知道，博斯曼斯觉得生活就像夜行的列车，"一些短暂的相遇，巧合和空虚也在其中所起的作用，要比你在一生中其他年龄时更大，这种相遇没有未来"③。

短暂的相遇对生活具有绵延不断的影响力，因为它并非一次性的存在，它处在不断的转化中，这种转化创造出无限的生活意义。玛格丽特带着自己和伊冯娜·戈谢、安德烈·普特雷尔的秘密离开了巴黎，博斯曼斯无法说服她留下来。玛格丽特一去就是多年，然而"发生过一次的事，会无休止地反复出现。在哪里，在这条街道的尽头，玛格丽特会朝他和 32 号楼房走来"④。博斯曼斯找到了玛格丽特，她买下了俄国人的书店后一直卖和柏林有关的书。在充满未知的世界中，唯一能够确定的是玛格丽特最终回归到了自己的起点处，博斯曼斯也在时间之旅中找到了他寻觅多年的心爱女人。

莫迪亚诺在一次采访中说，"我书中被遮住的光引起了一种误读：它并不是设法重现一段精确的过去，它仅仅是想为时间上色……我只是试图展示时间是如何流逝的，如何把一切事与人都湮没，光线是如何暗淡下去的……我很年轻的时候就强烈感受到时间会吞噬一切，是因为我有一种深深的不安

---

① 莫迪亚诺著，徐和瑾译：《地平线》，上海：上海译文出版社，2012年，第85页。
② 莫迪亚诺著，徐和瑾译：《地平线》，上海：上海译文出版社，2012年，第78页。
③ 莫迪亚诺著，徐和瑾译：《地平线》，上海：上海译文出版社，2012年，第139页。
④ 莫迪亚诺著，徐和瑾译：《地平线》，上海：上海译文出版社，2012年，第154页。

全感，以及由此产生的逃离意识"①。莫迪亚诺在小说中安排博斯曼斯和玛格丽特情感与精神的回归也是对这种盈虚有度引起的不安感的应对策略。

第四节　失落的世界——评莫迪亚诺的小说《八月的星期天》

莫迪亚诺的小说《八月的星期天》延续了他一贯的寻觅主题——这种叙事主题是莫迪亚诺为人诟病也是成就他浓墨重彩个人风格的地方。在记忆与现实亦真亦幻的此起彼落中，莫迪亚诺将一个交织着爱情、社会、政治的故事有条不紊地在读者眼前徐徐展开。摄影师约翰在拉瓦莱那河水浴场为一个小出版商拍摄照片，在那里约翰认识了年轻迷人的已婚女人希尔薇娅，两人坠入爱河并带走了希尔薇娅丈夫维尔库的一颗钻石逃到了另一个城市尼斯。维尔库与保尔设计将钻石夺回，而希尔薇娅从此不知所踪。约翰带着回忆追溯他与希尔薇娅一起的美好而忐忑的短暂日子。《八月的星期天》带有浓郁的悬疑色彩，尤其是保尔设计抢劫希尔薇娅的钻石一节，带着十分鲜明的侦探小说色彩，但与一般侦探小说不同的地方是，莫迪亚诺没有安排一个水落石出的结局，他的目的是通过故事探讨人的存在——交织着荒谬、无奈、希望的存在，这也使得莫迪亚诺的小说具有深刻的哲学色彩，它与萨特、德勒兹的哲学思想构成互文。《八月的星期天》展现的是一个失落的世界——这个世界中，爱人失踪、豪族没落、繁华落幕，小说带着一种挥之不去的伤感情绪。

一、失散的爱人——寻觅与逃离

约翰与希尔薇娅在拉瓦莱那认识，那时候约翰拍摄《河水浴场》的影集，见到希尔薇娅"被她的惊人美丽和闲散气质震住了：她漫不经心地点燃香烟，用同样的动作揪着麦管吸干橘子水，把杯子放在身边。然后她用那优美的姿势伸展地躺在蓝白条相间的日光浴躺椅上，两只眼睛藏在太阳镜后面，这使我想起了那个出版商的疑问。是的，蒙特卡洛和拉瓦莱娜没有多少

---

① 姜海佳、张新木：《莫迪亚诺笔下的生存困境与记忆艺术》，《当代外国文学》，2015 年第 1 期，第 125 页。

相似之处，但是这天早晨我却见到了一个：那就是这位姑娘"①。希尔薇娅的迷人气质与惊人美貌使约翰入迷，他们很快就坠入情网，不辨方向。希尔薇娅是一个有夫之妇，她的丈夫维尔库是一个不务正业的男人，成天想着一夜暴富，结交一些不三不四的朋友。

在约翰看来，粗俗的维尔库完全配不上令人着迷的希尔薇娅。为表现这一点，小说用了两个地方来进行暗示：希尔薇娅的金质烟盒与粗大表链搭配的男表，前者与她"自然纯朴的风姿"格格不入，后者"越加显得她的手腕纤细"。这两种不和谐暗指希尔薇娅的婚姻状况。维尔库是一个俗不可耐的男人，他在小说中出场不久，这种刻意掩饰的斯文面具就被撕破了，谈吐与穿戴揭穿了他的本质。他手上带着链形手镯，并嘲讽母亲和约翰关于拉瓦莱那的话题，希尔薇娅目睹丈夫的失态后悔把约翰带到家里来。小说不止一次提到了维尔库的链形手镯，渲染他的暴发户气质。维尔库在约翰面前沾沾自喜地炫耀自己和朋友"干一桩重要事业"，约翰借助于手镯做了类推想象："如果他所谓'重要事业'是跟这又大又粗的手镯一个类型，那么除了倒卖美国汽车这种勾当，大概不会是别的吧？"②

希尔薇娅和约翰渐渐打得火热。希尔薇娅一次被维尔库打了之后带走了他和朋友准备倒卖的一颗钻石，然后和约翰来到尼斯准备过新的生活。他们淹没在人群中间，过了一段美好的日子，但是这种美好常常让约翰觉得不真实，在希尔薇娅来尼斯与他会合的那晚，在公寓内，约翰"看着她穿着大衣的样子，仿佛随时准备离开这个房间，我真怕她就这样把我一个人留在床上"③。这种不安贯穿了小说的大部分内容。莫迪亚诺在一次采访中说，"我很年轻的时候就强烈感受到时间会吞噬一切，是因为我有一种深深的不安全感"④，这种不安是蛰伏在莫迪亚诺潜意识深处的东西，他在一系列作品中将这种稍纵即逝的不安渗透到故事中，《缓刑》莫迪亚诺写了"我"在童年时与一群成人之间愉快而充满不安因素的生活；《地平线》中"我"在巴黎与玛格丽特愉快地过了一段平静的时光，然后她因为普特雷尔大夫被捕而不得不离开巴黎，不知去向。希尔薇娅的离开构成了这种离别系列中的一环，这是作者在时间深渊中所感受到的一种宿命。

---

① 莫迪亚诺著，黄晓敏译：《八月的星期天》，安徽：黄山书社，2015年，第125页。
② 莫迪亚诺著，黄晓敏译：《八月的星期天》，安徽：黄山书社，2015年，第137页。
③ 莫迪亚诺著，黄晓敏译：《八月的星期天》，安徽：黄山书社，2015年，第31页。
④ 姜海佳、张新木：《莫迪亚诺笔下的生存困境与记忆艺术》，《当代外国文学》，2015年第1期，第125页。

就此而论，莫迪亚诺与曹雪芹的《红楼梦》有相似之处，曹雪芹在书中不厌其烦地念叨着这样的如花美眷敌不过似水流年，最终这些花一样的女孩会谈婚论嫁坠入平凡的生活，大家在一起和和美美的日子终究有曲终人散的时候。莫迪亚诺的小说也在不断表达着这样的情感，这使得他的作品带着诗意的感伤色彩。黑格尔曾指出，有一类诗的形式"在整体上是叙事的……但是另一方面这类诗在基本语调上仍完全是抒情的……此外，这类诗从效果看也是抒情的"①，莫迪亚诺在叙事中将诗意感伤地传递出来。

在写约翰对贝伊夫人的追思时，莫迪亚诺没有采取直抒胸臆的方式，而是以叙事的方式来表达这种情思的："爱芙拉顿·贝伊夫人……她是一个可爱的幽灵，是遍布尼斯的数千幽灵中的一个。有时候，她会在下午时分来坐在阿尔萨斯·洛林公园这条长凳上，就在我们身边。幽灵是不会死亡的。在它们的窗前永远有灯光，就像我四周这些楼房的窗户一样。这些楼房的赭石与白色相间的外表被广场上的华盖松遮得若隐若现。我站起身，沿着维克多·雨果大街漫步而行，机械地数着梧桐树。"② 在对往事现状的叙述中，一种哀思弥漫在字里行间。

在尼斯生活的日子里，约翰与希尔薇娅想把钻石卖掉，这个钻石对他们来说是一种累赘，不但有风险，也是不愿回首往事的一种见证——钻石是从维尔库那里偷来的，看到钻石会想到维尔库。约翰与希尔薇娅隐匿在人群中，希望不被人们记住。"人群"在本雅明和波德莱尔的文章中带着现代都市的色彩，本雅明引用了波德莱尔一首十四行诗——《给一位交臂而过的妇女》——来说明"人群"在爱情中的功能，"人群不是罪犯的庇护所，而是爱情逃避诗人的隐身处"③。这种人群与爱情的主题在《八月的星期天》中得到了体现。小说多处写到约翰与希尔薇娅在人群中安之若素的生活。他们借助于人群来逃避维尔库，也在人群中过得自在开心。他们能够隐身在人群中的方法对维尔库也是有效的。

一想到维尔库也可能在人群中窥视他们，不安就开始在两人心中扩散开来。尼斯这座都市有许多第二次世界大战时远来这里避难的人，"我们和那些年复一年地在这些街座上等待的成千上万的人一样：那是一些逃到自由世界的避难者、流放者，有英国人、俄国人及'地中海宫殿'里摆赌做庄的科

① 黑格尔著，朱光潜译：《美学》（第三卷：下），北京：商务印书馆，1996年，第193页。
② 莫迪亚诺著，黄晓敏译：《八月的星期天》，安徽：黄山书社，2015年，第26~27页。
③ 瓦尔特·本雅明著，刘北成译：《巴黎，19世纪的首都》，北京：商务印书馆，2013年，第110页。

西嘉人"①。"逃离"在此就不是个别人而是一个时代的主题,这暗指第二次世界大战虽然硝烟散去,但是它仍然对社会产生着影响。约翰与希尔薇娅的逃避与第二次世界大战时期逃难之间形成了互文性。"逃离"主题一定程度上体现出莫迪亚诺对德勒兹"逃逸线"理念的阐释,"逃逸线"在实践中是人对既定界域的摆脱,从而走向生命的自由与解放的过程,而这一过程充满着危险与希望。小说《青春咖啡馆》的女主人公露姬一生都在逃离线上,她的生活充满快乐,同时伤痕累累。

两人虽然小心翼翼,但还是没有躲过维尔库的算计,他与一个名声不好的家伙保尔精心设计了一个骗局,保尔假装成一个有钱人尼尔,他渐渐骗取了希尔薇娅与约翰的信任,在熟络之后,尼尔与夫人带他们回"蓝堡别墅"喝咖啡,事实上那个别墅不是他的,他的父亲在那里做过园丁而已,尼尔对那里很熟。尼尔佯称别墅是他父亲留下来的,这一说法打消了约翰的一些顾虑。莫迪亚诺在这里熟练地表现出侦探小说的技法——他受到侦探小说家乔治·西默农的影响。莫迪亚诺巧妙地为后来尼尔真实身份的揭开埋下了几个伏笔:别墅中没有侍者来为他们送咖啡;花园里荆棘丛生,乱草埋路;希尔薇娅想推门进入别墅内部,被尼尔拦住了。

约翰对这些异常没有深究,他对不经意之间的某个图腾产生了一些不安感,"我们四个人都坐在白木扶手椅上,椅子在游泳池边上形成一个半圆,每个人的咖啡杯子都放在左边的扶手上。这个对称图形给了我一种模糊的不安感觉"②,这说明了眼前的一切仿佛像是一个精心设计的局。尼尔对希尔薇娅的钻石产生了兴趣,说想买下来送给太太做礼物,急于将钻石脱手的约翰答应了,这一切似乎来得太顺利,约翰感到像在梦境中一样不真实。从车辆稀少的地方转入人声鼎沸、车辆如流的区间,两人感到像从被囚禁的梦境中摆脱出来似的。"人群"在此又表现出了它的庇护功能。

尼尔夫妇约约翰与希尔薇娅去"椰子海滩"吃饭,电话里说这件事情时尼尔的美国口音消失无踪了,口音的变化暗示着尼尔是个假冒美国人的骗子,莫迪亚诺在小说中一次次揭穿他的假面具,却听任着约翰与希尔薇娅一步步走进骗局,二者之间构成了一种反讽的效果,这一方面深化了某种存在的不确定性,一方面也增强了小说的戏剧效果。笔者感觉莫迪亚诺在撰写《八月的星期天》时可能借鉴了电影技法的功能,他在叙说约翰在尼斯的平

---

① 莫迪亚诺著,黄晓敏译:《八月的星期天》,安徽:黄山书社,2015年,第38页。
② 莫迪亚诺著,黄晓敏译:《八月的星期天》,安徽:黄山书社,2015年,第82页。

静生活时用了"化出"的电影技巧,不仅这一点,在表现尼尔施展骗术时,莫迪亚诺非常注意他的神态、语气、动作的细节展现,带着很强的电影画面感,让人感到尼尔心思缜密的布局。

接着约翰与希尔薇娅跟尼尔去了戛纳,尽管两人内心不愿意,但是尼尔像口香糖一样粘人,一副不由选择的姿态,两人不得不顺从了他的意志。在去戛纳的路上,尼尔夫人芭芭拉恰好没有烟了,在约翰下场去买烟回来后,发现尼尔的车不见了,希尔薇娅也不见了。失去了希尔薇娅,约翰失魂落魄,"黑暗和寂静像裹尸布一样缠着我,使我感到窒息。渐渐地,窒息的感觉又被空虚、沮丧所代替"①。

约翰遍寻尼尔的去处,但没有结果。关于尼尔的身份,约翰在邦切特街的意大利餐馆里一个专给食客们照相的人那里获悉真相,原来,叫尼尔的这个人真名叫保尔,蹲过监狱,他的父亲在蓝堡别墅当园艺师。在整理照片时——照片是认识希尔薇娅的前几天在拉瓦莱那拍的,约翰在一张照片中发现了保尔和维尔库的身影,"两个男人并排坐在那儿,悠闲地聊着"②。自此,一个精心设计的骗局昭然若揭。约翰活在恍惚中,他在现实与回忆中不断穿梭,回忆略略使他感到温暖,回到现实中时,一切又变得冷冰冰的。希尔薇娅身上的那颗钻石,似乎带着不祥,它的拥有者几乎不是被杀就是失踪。约翰去警察局报警,不知道怎么叙说案情,他的生活支离破碎溃不成形,再说,那颗钻石原本不是属于他们的,这些秘密,约翰只能深深藏在心里,不能跟人诉说。这意味着,他无法获得帮助,只能孤独地在尼斯生活着。

从叙事结构上看,约翰与希尔薇娅的爱情像一个圆,小说先写约翰在尼斯的街头见到维尔库,这勾起他对希尔薇娅的回忆,小说的最后部分写两人的相识,也就是叙事的原初点,然后又写约翰与希尔薇娅离开拉瓦莱那来到尼斯,故事呈现出这样的结构:结果—经历—开始—经历—结果……这种可以反复轮回的叙事结构使故事处在不断发展、完善的过程中。在《青春咖啡馆》中,莫迪亚诺写"我"对路姬的回忆:"时至今日,每至夜晚,当我走在大街上的时候,我时常会听到一个唤我名字的声音。音节有些拖长,我马上就分辨出,那是露姬的声音。我转过头去,却不见一个人影。还不只是在晚上,在你不知道今夕何夕的夏日午后的那些休闲时刻也一样会发生。一

---

① 莫迪亚诺著,黄晓敏译:《八月的星期天》,安徽:黄山书社,2015年,第108页。
② 莫迪亚诺著,黄晓敏译:《八月的星期天》,安徽:黄山书社,2015年,第123页。

切都将重新开始，像从前一样。一样的白昼，一样的夜晚，一样的地点，一样的邂逅。永恒轮回。"① 这种永恒的轮回是不是一个模式化的叙事，可以不断根据时间、空间做出调整，这个时间、空间充满了变数与不确定，每一次回溯都能使叙事者发现新的意义。

二、衰败的豪族——历史与身份

关于保尔假冒尼尔的身份，小说采取了大故事中套小故事的叙事方式来说明，这使《八月的星期天》具有多重时空的特点，小故事使大故事具有历史、政治的色彩，而不局限在约翰等人的个人纠葛上。约翰是通过一位住在蓝堡别墅的美国领事孔德·琼斯悉知尼尔的身份的。保尔是孔德·琼斯的司机，这在约翰去蓝堡别墅探听尼尔的情况时小说不动声色地揭示出来，当时孔德·琼斯知道约翰的来意后，叫"保尔"去拿点酒来。这个细节揭示了保尔的身份，他的父亲在蓝堡别墅做侍者，也说明了他为什么能够开外交使团牌照的车，因为有近水楼台的便利。孔德·琼斯听约翰来找尼尔，觉得十分惊讶，他在离任之前交给约翰一个大大的蓝信封，并用了"幽灵"一词来形容约翰所要打听的"尼尔"，在孔德·琼斯看来，幽灵并不存在，但蓝堡别墅就像一个幽灵，值得人们去探索它的秘密。他对约翰说："亲爱的朋友，您探索蓝色海岸这些老房子的秘密，倒是做对了……"②

蓝堡别墅的秘密关涉尼尔一家的盛衰史，"蓝堡别墅，西米叶大道，三十年代曾属于美国公民维吉尔·尼尔所有。此人系托卡隆化妆品及香水公司老板，公司办事处分别设在巴黎欧柏街七号、邦普街一百八十三号和纽约西二十大街二十七号。一九四〇年德国占领法国初期，尼尔回到美国，其夫人留居法国。维吉尔·尼尔夫人娘家姓鲍迪埃。由于她证明了自己的法国国籍，得以接管丈夫的企业，并且在美国参战以后，避免了托卡隆化妆品及香水公司被德方没收交德国人暂管"③ 后来，维吉尔·尼尔夫人在德国占领时期曾在巴黎和尼斯同一个名叫列昂德里·埃田纳·保尔的人关系密切，后者由于通敌罪受到20年劳役的处罚。蓝堡别墅于1944年9月被查封，不久后被美国人征用。在1949年，尼尔将蓝堡别墅的所有权转让给美国驻法大使馆。

---

① 莫迪亚诺著，金龙格译：《青春咖啡馆》，北京：人民文学出版社，2010年，第93页。
② 莫迪亚诺著，黄晓敏译：《八月的星期天》，安徽：黄山书社，2015年，第69页。
③ 莫迪亚诺著，黄晓敏译：《八月的星期天》，安徽：黄山书社，2015年，第69~70页。

陈华文借《地平线》来分析莫迪亚诺的叙事特点："使用倒叙故事的闪回手法，时间在其中占据主要地位。时间让人、物分离，随心所欲地进行解构、组合。时间分隔成一条条管状的密封'走廊'，如同蓬皮杜中心的自动扶梯，人们可以生活在同一个现在，却无法跟被命运投入另一自动扶梯的人交流。"① 虽然知道保尔的身份，但是他去向不明，约翰无法向他询问希尔薇娅身在何方，时间使他们分隔在不同的通道中各行其是无法交集。约翰除了通过回忆来使自己与保尔同处在同一时空外，没有别的办法同他交汇，记忆使保尔的秘密越来越多地暴露出来，但是找不到希望之路，它只不断地回旋在保尔的身边。

蓝堡别墅后来渐渐变得陈旧，它最初的荣耀在历史的变迁中所剩无几，一幢新的大楼在蓝堡别墅的角落边拔地而起，新旧的对比表明尼尔家族的由盛而衰。蓝堡别墅被保尔用来行骗，他利用蓝堡别墅的易主装作别墅主人，博取了约翰的信任。保尔假扮的尼尔，原本是美国人，保尔却操着一口流利的法语，这种身份上的错位虽然让约翰起疑，他却没有在这一问题上寻根究底，这似乎不符合莫迪亚诺一向对身份问题的好奇心。曾有记者问莫迪亚诺，为什么他的作品中有侦探小说的元素，但从未写出真正意义上的侦探小说呢？莫迪亚诺回答，由于童年的经历，他对神秘失踪、身份探寻、失忆和回忆的主题很感兴趣，但他的小说不是侦探小说，不具有现实主义甚至自然主义风格，没有严谨的逻辑推理，没有说教目的，只是把记忆的碎片和残缺的梦境用想象的黏胶来黏合。②

虽然在《八月的星期天》中，莫迪亚诺多次暗示出尼尔身份上的破绽：比如他的过于热情不像有钱人的性格、没有能够说明美国身份的盎格鲁－撒克逊口音、一口流利的法国口音甚至对法国土话也张口即来，还有尼尔太太与希尔薇娅相似的外形——"芭芭拉·尼尔的洗得发白的牛仔裤不论是式样还是颜色都和希尔薇娅的那条一模一样。她们两个人都采取了一种懒洋洋的姿势，于是我发现她们都身材苗条，显出清晰的臀部曲线，以至于如果我只看身材和臀部，简直无法把她们区分开来"③。这一外形的细节表明尼尔太太与希尔薇娅身份与生活上的相似，也就是说尼尔太太不像是有钱人。虽然有很多疑点，但是约翰一直没有揭穿他，作者的目的不是要像侦探小说那样

---

① 陈华文：《莫迪亚诺编织出的一条"地平线"》，《光明日报》，2014 年 10 月 20 日，第 015 版。

② 张迎璇：《莫迪亚诺：记忆碎片的拾荒者》，《文艺报》，2014 年 10 月 15 日，第 010 版。

③ 莫迪亚诺著，黄晓敏译：《八月的星期天》，安徽：黄山书社，2015 年，第 82 页。

揭示答案，而是用记忆来对抗对生活的遗忘，假尼尔身份依稀带着莫迪亚诺父亲的影子，在第二次世界大战期间，他父亲使用虚假身份生活，被捕后得到高层人物帮助获释。有人据此推测，他父亲可能是法国盖世太保组织的成员。

对于历史记忆，莫迪亚诺在诺贝尔文学奖颁奖典礼上这样说道："因为我出生在巴黎，我的生命属占领区的巴黎。那个时期生活在巴黎的人都希望尽快忘记那段经历，或者说只愿意记住日常生活的一些细节，那些让他们以为究其实每天的生活和平常的日子并没有太多不同的生活点滴。那不过是作为幸存者的一个噩梦，带着一丝淡淡的愧疚罢了。当他们的孩子日后问起那段日子和当时的巴黎时，他们的回答也是支支吾吾、含含糊糊的。要不他们就保持缄默，好像他们已经把那段幽暗的岁月从记忆中抹去了，要向我们隐瞒一些事情。但面对我们父辈的沉默，我们已经猜到了一切，仿佛我们自己亲身经历过一样。"[1] 莫迪亚诺视历史为自己写作不可分割的一部分与不可分离的身份记忆，在《八月的星期天》中，他延续了一贯的历史意识，将第二次世界大战法国被德国占领的历史镶嵌到个体的故事中，使历史与个体形成了一个整体。

卡尔·雅斯贝斯在阐述康德的思想时说："康德还理解到我们的一切对象存在，或者说，一切为我们之对象的存在，都受从事于思维的意识所制约（比如，客观事物的统一性是受产生这一种统一性的那个一般意识的统一性所制约）；或者换句话说，一切'为我们的存在'都是'自在的存在'的现象，因为都要呈现于那包罗着一切为我们的存在的一般意识之前。"[2] 莫迪亚诺的这种历史与时代的观念在他的创作中根深蒂固，规定约束着他对生活的观察与发现，这形成了他的小说一种鲜明而独特的风格。

三、落幕的繁华——根源与记忆

拉瓦莱那浴场是故事发生的起点，在那里约翰认识了希尔薇娅和维尔库及他的母亲。当时，约翰拍摄一卷关于拉瓦莱那河水浴场的影集，拉瓦莱那不同于蒙特卡洛，但约翰将 W. 维恩曼于 20 世纪 30 年代末完成的蒙特卡洛作品给出版商看时，出版商表达了疑问："您难道认为拉瓦莱那和蒙特卡

---

① 黄荭译：《莫迪亚诺获奖演说》，《世界文学》，2015 年第 2 期，第 59 页。
② 雅思贝斯著，王玖兴译：《生存哲学》，上海：上海译文出版社，2014 年，第 7 页。

洛是一回事吗？"① 但当约翰遇见希尔薇娅后，他发现拉瓦莱那与蒙特卡洛之间还是有相似之处的，这个相似处就是美丽动人的希尔薇娅，"是的，蒙特卡洛和拉瓦莱那没有多少相似之处，但是这天早晨我却见到了一个：那就是这位姑娘，旁边是 W. 维恩曼用黑白照片充分显示的气氛。是的，她不但不会使背景减色，相反还会增加它的魅力"②。这里暗示着希尔薇娅不属于拉瓦莱那，她的离开似乎具有某种必然性。另一种含义是，拉瓦莱那已经今非昔比，它处在没落的状态中，希尔薇娅的出场反衬出她与拉瓦莱那之间的不和谐。

　　莫迪亚诺将常用的亦真亦幻的现实与想象杂糅的表现手法来表现约翰与希尔薇娅产生情愫的场景："她向我微微一笑。我们走出拉瓦莱那沙滩，在沿着马纳河的大路中间走着。路上没有一辆车，没有一个行人。阳光下一切都寂静无声，一片柔和的颜色：蔚蓝的天，淡绿的白杨和垂柳……连平时浑浊不动的马纳河水这一天也格外清盈，水中倒映着蓝天、白云、绿树。"③这一段文字中包含着两个时空，一个是想象中的，它是美好的；一个是现实中的，它与想象中的拉瓦莱那相去甚远，"浑浊的河水"指涉现实中的拉瓦莱那。莫迪亚诺认为："我一直相信诗人和小说家只要用一种专注、近乎被催眠的姿态去观察世界，就可以挖掘出被日常生活淹没的人和貌似平庸的事物的隐秘。在他们的注视下，日常生活最终仿佛裹在隐秘中发出幽幽的磷光，隐藏在日常生活深深的褶皱里，乍一眼是看不见的。"④ 意思即想象能够改变日常生活的平庸，赋予它以诗意的外表。这一创作理念在小说人物身上得以发挥。

　　约翰在希尔薇娅的请求下去了她家，一幢带有镂花铁门的别墅。在希尔薇娅家里，约翰认识了她丈夫维尔库与婆婆维尔库夫人。知道约翰为拉瓦莱那拍摄影集的目的后，维尔库夫人感慨道："拉瓦莱那变多了……现在是一片死气沉沉了……"维尔库夫人说起拉瓦莱那过去的繁华不胜感慨："那个时候，好多电影明星都到拉瓦莱那来……有莱内、达利、吉米、盖亚尔、普列扬……弗拉特利尼夫妇就住在佩勒……这些人我丈夫都认识。他玩赌赛马，在特列姆布莱，和于勒·贝利一起……"⑤ 维尔库夫人见证了拉瓦

---

① 莫迪亚诺著，黄晓敏译：《八月的星期天》，安徽：黄山书社，2015年，第124页。
② 莫迪亚诺著，黄晓敏译：《八月的星期天》，安徽：黄山书社，2015年，第125页。
③ 莫迪亚诺著，黄晓敏译：《八月的星期天》，安徽：黄山书社，2015年，第129页。
④ 黄荭译：《莫迪亚诺获奖演说》，《世界文学》，2015年第2期，第62页。
⑤ 莫迪亚诺著，黄晓敏译：《八月的星期天》，安徽：黄山书社，2015年，第133～134页。

莱那的鼎盛时期，说起过去，她微笑了起来，脸上的皱纹舒展开来，约翰觉得维尔库夫人年轻时一定是个漂亮女人，她与拉瓦莱那一起经历了由盛而衰的转变。

维尔库夫人仿佛是拉瓦莱那的代言人，她滔滔不绝谈起这里的历史与轶事，聊起这里的酒店与景点如数家珍，然而这只是她记忆中的过往，这些让她眉飞色舞的地方如今早就不存在了，当儿子打断她的美好回忆时，维尔库夫人粗暴地回敬儿子道："那又怎么样？我们有权利梦想，是不是？"[1]维尔库夫人活在过去的记忆中无法自拔。莫迪亚诺在维尔库夫人身上寄寓了某种感情，也许他把维尔库夫人当作了自己的化身，关于梦想的那句话像是他对读者说的，又像是他对自己的喃喃自语。

维尔库夫人对拉瓦莱那的感情很复杂，当知道约翰打算用黑白胶卷拍拉瓦莱那时，她不容置喙地赞同他做得对，她内心的拉瓦莱那充满魅力，也饱含伤心往事。维尔库夫人伤感地说："马纳河岸的所有这些地方都是令人伤感的……当然，在阳光下，它们使人产生错觉，除非您十分了解它们。它们给人带来厄运……我的丈夫就是在马纳河边一场不可理解的车祸中死去的。我的儿子在这里出生，在这里长大，变成了一个无赖……而我，我将要一个人在这凄凉的风景中衰老……"[2]维尔库夫人提醒约翰理解拉瓦莱那要注意把握这里的"气氛"，即融汇了历史与政治的整体认识，不能满足于浮光掠影的感知，维尔库说起了拉瓦莱那不堪回首的过去、繁华背后的黑幕与龌龊，约翰从维尔库夫人那里获得了对拉瓦莱那新的认识。这也说明了拉瓦莱那为什么会逐渐没落的原因，它有着不为人知的原罪。

小说写维尔库夫人处事干练，对她那无所事事、游手好闲的纨绔儿子看不顺眼。如果说维尔库夫人象征着拉瓦莱那的辉煌过去，维尔库在小说中则象征着拉瓦莱那每况愈下的今天，他结交了一群不务正业的狐朋狗友，成天做着一夜暴富之梦，维尔库夫人对儿子的所作所为感到不屑，对儿子引荐的朋友态度冷淡，甚至不愿意同他握手。小说写维尔库夫人"那母狮一般的面孔，她的大墨镜，还有午餐时喝下去的威士忌，本来可以使她看来很像一个在艾登罗克度假的美国贵妇。然而，无论是她还是我们身旁这些岩石、游艇、浮桥上的遮阳篷，虽然都是蓝色海岸不可缺少的点缀，却就是和蓝色海岸有那么一种区别。维尔库夫人和马纳河的风景协调一致，她和这景色有相

---

① 莫迪亚诺著，黄晓敏译：《八月的星期天》，安徽：黄山书社，2015年，第142页。
② 莫迪亚诺著，黄晓敏译：《八月的星期天》，安徽：黄山书社，2015年，第148页。

似之处。也许是因为她沙哑的嗓音?"①

维尔库夫人的沧桑与贵族气质与拉瓦莱那之间具有内在的一致性,而他的儿子没有继承她的优良品质,维尔库的穿着打扮与言谈举止就像一个市侩,他自以为是,喜欢做出高高在上的姿态,这引起了约翰的不满。母子之间形成了强烈的反差,这种反差暗示着拉瓦莱那渐行渐远的辉煌。小说最后写道:"我最后一次看见了拉瓦莱那河滩,一切都是从那里开始的。跳水台、淋浴间、月下的蔓藤花架,此情此景在我们童年时的夏天显得像仙境一般,而这天晚上却好像注定要永远寂静荒凉下去了。"② 这预示着拉瓦莱那堪虞的未来。

《八月的星期天》带着一种淡淡的哀伤,在小说中,世界处在不稳定的状态中,爱情、友谊、环境、社会都在悄无声息地变化着,这种变化让人无所适从,产生深深的失落感,约翰、尼尔家族、维尔库夫人都在时间的流逝中失去了曾经的美好,但莫迪亚诺在小说中仍然寄寓了对未来的某种希望,虽然这种希望看起来很渺茫,甚至有些不合时宜,但它毕竟存在,这赋予了小说一丝光亮。这并非作者强行塞入作品中去的东西,而是面对颓势的一些尝试。萨特在《存在是一种人道主义》中说:"我只知道凡是我力所能及的,我都去做;除此之外,什么都没有把握。"③《八月的星期天》中的约翰在看似虚无的世界中苦苦寻觅却一无所得,虽然没有带来希望的结果,但是这种努力本身就见证了存在的价值。莫迪亚诺与菲茨杰拉德不同,菲茨杰拉德悲观地感慨:"我们奋力前进,却如同逆水行舟,注定要不停地退回过去。"④

莫迪亚诺常常没有给予小说一个确定的答案,但是在寻找的过程中,小说人物获得了对生活某些方面的洞悉与发现,这本身是一种重要的意义。这是莫迪亚诺小说的一种鲜明特征,正如魏小河在评论《暗店街》时所说:"然而小说最迷人的部分不在于故事的结尾,不在于主人公是否找到了真相,是否了解了'我是谁',而在于追寻的过程,在拼凑记忆的途中。是的,拼凑记忆,这是主人公在整本书里努力去做的事情,因为没有人能告诉他他是谁,没有回忆录,没有日记,没有传记片,他必须把从这里听到的故事,和

① 莫迪亚诺著,黄晓敏译:《八月的星期天》,安徽:黄山书社,2015年,第141页。
② 莫迪亚诺著,黄晓敏译:《八月的星期天》,安徽:黄山书社,2015年,第155~156页。
③ 萨特著,周煦良、汤永宽译:《存在主义是一种人道主义》,上海:上海译文出版社,2015年,第20页。
④ 菲茨杰拉德著,李继宏译:《了不起的盖茨比》,天津:天津人民出版社,2013年,第174页。

那里得来的线索拼在一起，然后推导出结论。当然，结论很有可能是错的，主人公就不止一次错认了自己。"①

第五节　失序与拯救——评松本清张的小说《砂器》

　　松本清张是日本具有深远影响的小说家，他反对本格派和变格派局限于男女私情、个人恩怨的狭窄视野，注重侦探小说题材的社会性，有"社会推理小说开创人"之称。松本清张使日本的推理小说摆脱了欧美推理小说的模式，进入了新的层次。他的一系列小说——《日本的黑雾》《深层海流》《现代官僚论》《帝国银行事件》以及《砂器》《昭和史的发掘》具有明显的现实主义倾向，在日本产生过很大的影响。"此类小说引起轰动，不是因为文字优美，也不是因为结构精巧，只是因为作品极力表现整个民族的生存文化和当代生活中的生命哲学意义，为人们开拓了一个新的精神空间。"② 在国外，松本清张的小说被法国东方语学校列为学生的教材。

　　美国推理小说家艾勒里·昆恩在《欧美文坛应向日本学习》一文中自认"我又从日本的推理小说作家身上学到了许多事物"③。这是在包含着松本清张小说的文集出版时昆恩所说的话。《砂器》1960 年 5 月起历时约一年的时间在《读卖新闻》上连载，后来的单行本由光文社刊行，在 1961 年图书排行榜位列 5 位，是当年度最畅销的文艺类图书。《砂器》以侦破退休警察三木谦一的死一案为主要线索，以东京警视厅刑警今西荣太郎在重重迷雾中寻找案件的蛛丝马迹为主要情节。为了揪出凶手，今西遍访与案件相关的地区与人，几经辗转他终于发现了凶手和贺英良被隐匿的人生轨迹及其犯罪的动机、证据，在和贺英良意气风发即将出国之际今西荣太郎将他缉拿归案。

　　故事中的日本，处在战后复兴的过程中，新旧交替使社会呈现出巨大的变化，小说用现代性文化关注的空间关系来表现这种社会状况，今西荣太郎所住的地方充满喧哗声，他的妻子老想着搬家却思而不得，因为今西的收入并不高，不足以支撑搬家的费用。小说写道："和十年前相比，这一带的房

---

　　① 魏小河：《读在大好时光》，北京：生活·读书·新知三联书店，2016 年，第 158 页。
　　② 任翔：《文学的另一道风景：侦探小说史论》，北京：中国青年出版社，2001 年，第 71 页。
　　③ 昆恩主编，林规矩译：《日本推理小说杰作精选》（第 5 集），台湾：林白出版社，1983 年，第 5 页。

子愈来愈多，旧房子倒塌后新建起了高楼大厦，在空地上建起了公寓，已经完全改变了面貌。只有今西家所在的地方是极少见到阳光的洼地，因而还有巴掌大的一块地方保留着当年的风貌。"[1]

　　小说含蓄道出当时日本在高度发展背后传统面临着巨大的挑战，整个社会的格局发生着巨大的变革，这在音乐家和贺英良等新艺术团那里有着具体而微的表现。一名哲学副教授在评价他们时说："这些人对以往的道德伦理和秩序观念一概采取否定的态度，并着手打破这一切。"[2] 在 R 报纸举办的音乐会上，批评家关川对老一辈文化批评家川村根一不屑一顾，认为他只是一个靠过去光环来谋利的老朽之徒，迟早会败在自己手下不得翻身。艺术前辈在新人士眼里只是一群倚老卖老毫无价值的人而已。关川毫不顾忌地在文化部部长面前说："我们并不关心老年人，对那些人已经毫无兴趣了。"[3] 这些人一方面高自标置，一方面也善于攀援附会，在音乐界声名鹊起的和贺英良一边诅咒着资本主义的没落，一边和资本家女儿田所佐知子恋爱，他美其名曰这样做是为了了解对方的内部情况，更好地战斗，是一种"策略婚姻"。

　　和贺英良采用现代技术革新着既有音乐的表现方式，由于过于晦涩，使得人们对他的音乐一头雾水，这种晦涩背后是一种矛盾——新旧之间的矛盾，和贺英良标新立异的脚步走得过快过急，以至于他远远把人们甩在了背后，但是和贺英良不在乎人们的态度，他更在乎的是如何在社会上取得自己的一席之地。这些急于出人头地的人成了媒体和时代的宠儿，和贺英良等人即使出现在边陲小镇也会有一大堆新闻记者闻讯而至，将他们围得严严实实。而兢兢业业捍卫法律尊严的今西荣太郎等人却无人过问，二者之间形成了鲜明的对比，在这种对比中，日本社会的虚浮风气渐渐呈现了出来。新艺术家们表面看起来风光无限，其实私底下都见不得光。关川有个情人惠美子，他不敢光天化日之下去跟她约会，一般选择在晚上去情人的公寓，遇到人会吓得一脸菜色，生怕传出去影响自己的事业。为安全起见，关川常常要惠美子搬家，使她居无定所。和贺英良也有个地下情人——前卫话剧团的成濑理枝子，他们的关系一直没有公开，这让理枝子感到失望，她在爱而不得的郁郁寡欢中自杀。

　　新文艺家们对爱情与亲情的态度非常冷漠无情。惠美子是银座的一名女

---

①　松本清张著，赵德远译：《砂器》，海口：南海出版公司，2016 年，第 88 页。
②　松本清张著，赵德远译：《砂器》，海口：南海出版公司，2016 年，第 67 页。
③　松本清张著，赵德远译：《砂器》，海口：南海出版公司，2016 年，第 59 页。

招待，她痴迷于关川的才华，对他什么要求也没有，只是一味无私地付出。即便如此，惠美子在关川眼里不过是一个泄欲的工具，他在需要安慰的时候即来，满足之后就离开，从没有关心过惠美子。惠美子第二次怀孕后，关川要求她拿掉胎儿，在被惠美子拒绝后，关川假惺惺允诺她生下孩子，小说写惠美子在得到关川允诺之后的对话："'您所讲的我也都理解，那是理所当然的。不过，唯独这一次我希望能守住自己的小生命。想守住自己的，不，应该说是守住继承您血统的小生命。'惠美子激动得再也说不出话来，连嘴唇都在微微地颤抖。"① 这一番情动于中的话没有打动冷漠自私的关川，他已经下定了决心要使惠美子流产。在惠美子对未来充满无限向往的时候，毫无人性的关川与和贺沆瀣一气利用超声波设备使惠美子流产而死。惠美子的死将新人们的品性败坏一针见血地表现了出来。

和贺英良与关川同属一丘之貉，和贺英良的本名叫本浦秀夫，他出身于一个贫寒的家庭，父亲本浦千代吉患有麻风病，一个令时人闻风丧胆的病。父母离婚之后，千代吉带着秀夫四处飘零，在遇到了好心的三木谦一之后，三木为了孩子着想，劝千代吉去疗养院治病，把孩子留下来，这样对父子都好。秀夫过惯了浮萍浪梗的生活，在三木家没呆多久就跑了，之后去了异地他乡并改名更姓。三木退休之后去外地旅游散心，在伊势市的电影院无意看到了秀夫和田所重喜等人的合影，就按图索骥去东京寻找秀夫。三木一直牵挂着秀夫，希望在外出散心的时候有幸能遇到他，了却滞留在心里的遗憾。却不料秀夫为了自己的前途对三木这个有恩于他的好心人痛下杀手，以掩盖自己出身贫寒的身世。秀夫是一个心机很深的人，在十六岁那年，他向大阪户籍管理部门虚报了自己的身世，在他提供的信息中，父母死于昭和二十年的大空袭中，并且他"忘记"了父母的出生地。本浦秀夫通过这种方式获得了新的身份，这种身份背后是虚无的家庭关系。本浦秀夫凭借这个虚构的身份跻身于社会名流，没人知道他从哪里来。本浦秀夫万万没想到三木谦一会在电影院的一张照片中发现他的踪迹，并不远千里来找他。为了自己来之不易的前途，本浦秀夫用极其凶残的手法杀害了善良的三木谦一。小说写刑警对三木被杀的解释："对此最有力的解释是，两人之间有着很深的仇恨。因为是活活勒死的，所以就此已经达到了目的，因而进一步狠狠打击面部，表明心狠手辣的凶手对被害人抱有相当深的仇恨。"② 而三木在当地是一个闻

---

① 松本清张著，赵德远译：《砂器》，海口：南海出版公司，2016年，第265页。
② 松本清张著，赵德远译：《砂器》，海口：南海出版公司，2016年，第11页。

名遐迩的好人，关于他的好事数不胜数，比如根据三成警察局局长的回忆："那条河发大水，再加上还有山崩，造成很多人死伤，就在那次，三木先生积极投身抢险救灾，共救出了三个人。其中一次是救出了被河水冲走的孩子；再一次就是由于山体滑坡冲倒了房屋，他挺身而出冲进水里，救出了一位老人和一个小孩。"① 这样一个乐善好施的人却被本浦秀夫杀害，可见和贺英良的人性已经严重扭曲，在名利与恩情面前他毫不犹豫地选择了前者，用尽全力致三木谦一于死地。

对爱情和贺英良也是相当冷漠的，他玩弄前卫话剧团的成濑理枝子的感情，不给她任何关于未来的承诺，使甘愿为和贺英良赴汤蹈火的理枝子感到前路无望，在帮助和贺英良处理杀害三木谦一留下的血衣后，她受到良知的深深谴责，最终在爱情与良知的双重夹击下自杀。临死前她还在维护和贺英良的声誉，没有在遗书中指名道姓留下爱人的任何线索，这样一个视爱情高于一切的女人，和贺英良却没有珍惜，他一边和资本家女儿田所佐知子订婚，为自己步入豪门步步经营，一边利用成濑理枝子的感情，让她帮助自己处理杀人的证据。某种意义上说，是和贺英良的冷漠自私杀害了理枝子，他开给了理枝子一张兑现无期的爱情空头支票，使她为这个虚有其表的承诺苦苦守候，夜不能寐，在遗书中理枝子深情又绝望地写道："我们的爱已经持续了三年，却没有任何结果。未来也还会是毫无结果地持续下去吧！他说会绵绵无绝期。面对这种空洞的承诺，我体会到的只是一种犹如细沙不断从自己手指缝里流出去的空虚。绝望每天夜里都要把我从噩梦中惊醒。但是，我无论如何也不能失去勇气，必须活下去并信任他，必须自始至终苦守着这孤独的爱，必须拿孤独劝说自己，并在其中喜悦，必须在自己勾画的虚幻世界里独自挣扎着求生。这种爱总是要求我做出牺牲，对此我甚至还必须保持着某种殉教般的欢喜。"② 和贺英良这样一个心思缜密的人不但会虚构自己的人生，还会虚构感情的幻象，理枝子就这样一步一步陷入本浦秀夫设置的乌托邦，最终在苦苦寻觅一无所获后失去了活下去的动力。理枝子死后，和贺英良并没有感到内疚，他还是照常开音乐会，利用未来岳父的影响力推动自己的事业发展，和贺英良被众人簇拥着享受着成功的喜悦，全然忘却了为他而死的理枝子的悲惨。

像和贺英良、关川这样的新人，他们的精神世界犹如空中楼阁，他们对

---

① 松本清张著，赵德远译：《砂器》，海口：南海出版公司，2016 年，第 155 页。
② 松本清张著，赵德远译：《砂器》，海口：南海出版公司，2016 年，第 186 页。

传统道义采取了激进的反对态度，而同时又缺乏能够坚守的底线——关川先对和贺英良的音乐进行了尖锐的嘲讽，在两人有利益来往后，关川在短时间内摇身一变成为和贺英良音乐的吹捧者，这让今西荣太郎感到迷惑不解。关川这类人对社会并没有什么正面价值，他们在乎的是自己的功成名就，并不考虑对社会的贡献。就和贺英良的音乐来说，它建立在对传统音乐颠覆的基础上，因此理解起来相当困难，"乐曲的音调或呻吟，或震颤，又或在吵闹叫喊，在随波逐流，整支曲子就是音响一会强一会儿弱的组合。有类似金属发出的声响，也有沉闷的低音，还有近似人们哄堂大笑的杂乱的混声，所有这些声音都当场被拆分，又被综合到一起，有时显得急不可待，有时又表现出闲散放任；一会儿戛然而止，一会又节奏急促"①。这种音乐并没有什么实质性的内容，它既流于形式又激进，像是一种急功近利、急于求成的心态，它还像当时日本熙熙攘攘的社会状态。松本清张表面上看是写音乐，其实写了很多内容。音乐将世态、人心、社会熔为一炉，尤其将本浦秀夫等人的复杂内心表现得淋漓尽致。这种新人并不能带给社会多少有价值的东西，他们不过在哗众取宠，吊诡的是，这样的人却频频出现在媒体上，成为人们竞相追捧的对象，松本清张的言下之意是——社会病了。松本清张曾在《推理小说的魅力》（1958 年 5 月《妇人公论》）一文中说："我主张在犯罪动机上添加上社会性，这样推理小说的路子会更宽、意义会更深远，并有可能时而提示出重大的社会课题。"② 将个人犯罪与社会背景结合在一起使松本清张的推理小说不拘泥于对个人内心世界的探索，而具有广阔的社会与时代的内容。这推动了推理小说的发展。

为了平衡社会的秩序，小说将维护传统道义与法治的责任留给了今西荣太郎等刑警。今西荣太郎是传统老派的中年男人，他热爱生活，喜欢买花将家里的院子摆得满满当当的；他对妻子、妹妹有着浓浓的亲情，出差的时候他不忘记给妻子送一份和服带扣的礼物；因为工作忙碌他没有时间照顾孩子，为此感到非常内疚；今西荣太郎的家里有着温馨的感觉。这与关川等新人形成尖锐的对比。今西荣太郎身上有着人道主义情怀——这也是新人们所不屑的东西。关川常常对惠美子说："我必须要求你为我做出牺牲。我现在正处在即将扬名于世的关键时刻。"③ 他们只知道一味索取而寡爱少情。涂

---

① 松本清张著，赵德远译：《砂器》，海口：南海出版公司，2016 年，第 214 页。

② 秦刚：《松本清张的〈砂器〉与战后日本社会》，《日语学习与研究》，2009 年第 1 期，第 15 页。

③ 松本清张著，赵德远译：《砂器》，海口：南海出版公司，2016 年，第 124 页。

尔干认为："惩罚的本质功能，不是使违规者通过痛苦来赎罪，或者通过威胁去恐吓可能出现的仿效者，而是维护良知，因为违规行为能够而且必然会搅乱信念中的良知，即使它们本身并没有意识到这一点；这一功能需要向它们表明，这种信仰仍然是正当的……"①《砂器》对关川与和贺英良等人的批判主要集中在他们的道德缺陷上，因此需要对他们的恶进行惩罚来维持社会的良知。松本清张通过不少细节来表现今西荣太郎的良善，他对弱势群体有着深深的同情心，在调查和贺英良身世的关原某村子里，今西荣太郎离开的时候见到一个独眼的男孩，"今西感到很不自在，一种莫名的沉重心理久久挥之不去。他脑海里联想到了自己的儿子太郎，因为这两个孩子的年龄相仿"②。这一段描写细腻而深刻地将今西荣太郎的善良与社会责任感表现了出来。今西荣太郎这样一个具有传统特征的男人不仅承担着家庭的担子，还担负着寻找罪恶之源的重任，为此他不惜跋山涉水，寻找犯罪留下的蛛丝马迹，甚至用自己不多的私房钱去调查。小说写今西荣太郎寻找血衣的场面，"今西一步一步地往前走着，实在是太辛苦了。炎热的阳光直射在头顶上，还有聚精会神地盯住热辣辣的地面，走着走着，最后连头都有些发晕了，线路上的铁轨也灼热烫人"③。今西身上有着锲而不舍的精神，他不畏艰难险阻捍卫着社会的正义，这与沉沦在名利漩涡中的关川等人截然不同。或者说，他们是形如水火的两类人。当关川听惠美子说今西找她谈过话，并了解到他是警视厅的刑警后，"表情一下子变得复杂起来。……他取出一支香烟，点上火，沉思似的默不作声"④。

在侦破关川与本浦秀夫的案件中，今西荣太郎在山重水复中坚持不懈，抽丝剥茧般发现了犯罪的真相。在缉拿和贺英良的时候，他没有居功自傲，而是谦虚地将领功的机会让给了年轻的同事吉村。他说："我就不动手了，未来已经是你们年轻人的时代了。"⑤ 这是新旧之间的交接仪式，小说暗喻着今西荣太郎的精神会延续到年轻一代身上。今西荣太郎的行为就像道家文化所提倡的功成身退。关川与和贺英良那样不择手段追名逐利的人社会应该引以为戒，钱红日指出："随着日本经济的高速发展，垄断资本更加集中，政经一体化，资本主义的政治经济领域的斗争更为强烈和复杂，现实主义作

---

① 涂尔干著，陈光金等译：《道德教育》，上海：上海人民出版社，2006 年，第 123 页。
② 松本清张著，赵德远译：《砂器》，海口：南海出版公司，2016 年，第 356 页。
③ 松本清张著，赵德远译：《砂器》，海口：南海出版公司，2016 年，第 174 页。
④ 松本清张著，赵德远译：《砂器》，海口：南海出版公司，2016 年，第 256 页。
⑤ 松本清张著，赵德远译：《砂器》，海口：南海出版公司，2016 年，第 464 页。

家对此有着清醒的估计，敏感地把握这一时代的特征，不断深化对这一社会生活的认识。他们透过社会现实矛盾的表象深入探索当代垄断资本主义社会问题的实质，特别是不回避矛盾，勇于闯进'禁区'，涉及比较复杂的政治界上层和金融界的敏感领域，并按照现实生活的本来样式予以真实、客观的反映。可以说，这是当代现实主义深化重要的表现。"① 在和贺英良被抓的时候，今西荣太郎一言不发，眼睛湿润了，那是正义胜利的喜悦，也是他卸下重担并后继有人的释然。松本清张将今西荣太郎这一人物形象塑造得真实而丰满，他并非无所不能的英雄，有着普通人的窘迫，在案情面前今西也曾数度束手无策，但他坚持了下去，这也似乎暗喻着日本战后经济突飞猛进的根源正是今西荣太郎这种坚韧的精神。松本清张研究专家藤井淑祯指出："在深警且敏锐地把握住日本经济高速增长期的时代本质与社会核心问题方面，没有任何一位作家能超过松本清张。"②

第六节　云雾人心——评宋诒瑞的小说《灵堂人生》

　　香港作家宋诒瑞的短篇小说《灵堂人生》写的是生死。小说里的章先生生前有很好的声誉，他经营有方，待员工友好，教育子女有道，夫妻相敬如宾，人间的美好几乎他都占有了。这样一个人的离去，自然让人叹息不已，尤其是他的夫人更是在灵堂前追思往事痛彻心扉哭得死去活来，若没有儿女相劝，章太太差点寻了短见。章先生的员工也对老板的离去难过不已。

　　这种感伤情绪随着人们对章先生生前事迹的回想变得浓厚起来。章先生是一个几乎没有瑕疵的完美之人，他对家庭有责任感，夫妻俩平时和和睦睦，少有争吵，即便偶有矛盾，章先生也会迁就夫人，从而使平常夫妻之间常有的唇枪舌剑得以化解。章先生没有不良生活习气，每天除了上班就是在家陪伴家人，"章先生天天在八时晚饭前准会回家，饭后与子女对弈聊天，同欣赏电视影片……上哪找这样的好爸爸！"③ 长辈的以身作则为儿女们树立了良好的典范，章先生的几个儿女各自成材，成家立业，惹人称羡。这样

---

① 钱红日：《日本概况》，天津：南开大学出版社，2004年，第220页。
② 秦刚：《松本清张的〈砂器〉与战后日本社会》，《日语学习与研究》，2009年第1期，第17页。
③ 巴桐等：《香港当代文学精品》（短篇小说卷），武汉：长江文艺出版社，1994年，第151页。

一个人的离去自然让亲朋好友叹息不已。他们谈起章先生的品行不免辅以一声长叹，顿生高山仰止之情。

晚上九点钟时，章太太的情绪释放得差不多了，她先前寻死觅活的强烈情绪渐趋平静，这时候小说写道："几个大些的孙儿们在往火炉膛里扔纸箔、金银元宝之类，供祖父在阴间使用，少不更事的孩子们少有如此玩火的机会，见到膛内火舌飞舞，魔术般迅速吞噬着这些闪光彩纸，往往不自主地嬉笑起来。"① 这一段是通过章太太的视角来写的，情绪的舒展使她有心情去看孙儿们烧钱纸，对孙儿们少不更事的薄嗔一来显出她对先生的深厚情感，二来使小说具有生活的气息。漫不经心的几笔，将人物情绪的变化细致地传达出来。

到这里，小说像是从高潮回复到谷地，该说的似乎都说完了，剩下的是细节末枝的内容了。恰在这时，一个少妇领着两个孩子不期而至，"少妇牵着孩子，在众目睽睽之下，一步步地向供桌走去，墙上章先生的遗像还是展露着那宽厚慈祥的笑容，像是在鼓励她迎接她向前走来"②。章太太满腹疑问，这女人与孩子看起来很陌生，不知道是什么亲戚。片刻思忖，章太太打了个冷战，她不敢继续想这个女人与章先生之间的关系。少妇领着孩子行完礼后往章太太跪坐的这一边走过来，这一行为使大家大概明白了事情的原委，儿女们往章太太身边靠过来，他们知道母亲即将面临一场大的危机，想要给她一些精神上的扶助。这里的描写非常具有画面感，我们在文字中也能感受到章太太彼时忐忑不安的心绪，那种山雨欲来的压抑感跃然纸上。

小说写少妇"走到章太跟前，低垂着双眼开口轻声说道：'章太我……对不起，我……本来是不应该来这里的……对不起……可是，这……这孩子，他……他一定……一定要……要最后再见一次……他的爸爸！'少妇像是下了狠心说出这最后几个字，这最具爆炸性的几个字！"③ 这番话彻底击垮了章太太内心的堤坝，她的情绪瞬间崩溃了。小说再一次呈现出高潮，我们能够想象那个圣人一般的章先生的高大形象分崩离析时众人内心的震撼。作者仅仅用了一句话就解构了一个伟岸高大的人物形象。这一幕来得猝不及

---

① 巴桐等：《香港当代文学精品》（短篇小说卷），武汉：长江文艺出版社，1994 年，第 152 页。

② 巴桐等：《香港当代文学精品》（短篇小说卷），武汉：长江文艺出版社，1994 年，第 152 页。

③ 巴桐等：《香港当代文学精品》（短篇小说卷），武汉：长江文艺出版社，1994 年，第 153～154 页。

防，那种突如其来的冲击使小说充满了内在的张力。

故事到这里可以结束了，应该批判的都表现出来了。然而，作者没有戛然而止，她继续安排故事发展下去。在少妇噙着热泪带着孩子转身离去的时候，章先生的女儿追了上去，她问少妇的住址，少妇以为她是来兴师问罪的，解释说是孩子坚持要来看看父亲。章先生的女儿说了一番令人感动的话："我知道，我也没别的意思，以后，我可能会来看看你们看看……弟弟!"① 这番话化解了人与人之间的紧张，呈现出温馨而又伤感的色彩。这种描写既使叙事的节奏张弛有度，又使人性得以细致的表现。宋诒瑞的短篇小说常带着细腻的感情。在她的另一篇《一块臭豆腐》中，仅仅因为渡轮边的老板允许女主人公可少一角港币买一块臭豆腐，并特别给了她一块大的，还坚持给臭豆腐加酱，这让女主人公"捧着温手的小纸袋上了巴士。嚼着松脆嫩滑的臭豆腐，一腔热泪不觉涌了上来……"② 作者的细腻与敏感于此充分表现出来。

温情不意味着章先生的问题涣然冰释，小说中女儿问清了少妇的住址，作者用电影特写般地将那个地址表现出来，原来，这就是章先生章太太住处的下面那层楼。章先生近在咫尺的金屋藏娇竟然瞒过了所有人，须知，香港这个地方大部分人住在狭小的空间里，彼此很容易窥见对方的生活，在刘以鬯的小说《蟑螂》中，主人公丁普身居斗室，邻里之间的房子相距甚小，几无秘密可言，"……哪一个窗户里的主妇常常击打孩子；哪一个窗户里的两夫妇常常吵架；哪一个窗户里住着单身女子……"③ 丁普都清清楚楚。曾敏之写香港令人难以忍受的空间："空间，按理说存在于天空与地上，可是，在这里，这样的空间是越来越狭小了，似有一只贪婪的巨掌在遮蔽与霸有空间，使人焦躁、气闷以至艰难于呼吸。"④ 而《灵堂人生》中的章先生竟然在楼下组建了一个家庭并且能瞒天过海密不透风，这需要多深的城府与心机，于此，章先生先前那些好老板、好父亲、好丈夫的形象被彻底揭穿，仿佛一场飓风过后留下的一地狼藉。作者为了凸显出这种讽刺，最后还不忘让章先生带着笑容出现在照片中。小说的讽刺堪称铿锵有力。

① 巴桐等：《香港当代文学精品》（短篇小说卷），武汉：长江文艺出版社，1994年，第154页。
② 周文彬编：《梅莉的晚约：台湾微型小说精选》，广州：花城出版社，1990年，第165页。
③ 刘以鬯：《刘以鬯小说自选集》，天津：百花文艺出版社，2007年，第87页。
④ 卢建红编：《珠江文港——香港澳门作家记住乡愁作品选析》，广州：广东旅游出版社，2018年，第20页。

宋诒瑞的《灵堂人生》主要通过气氛来表现人物，这种理念与方式与汪曾祺的小说观很相似，汪曾祺谈起小说人物的写作时说："不直接写人物性格、心理活动。有时候只是一点气氛。但我以为气氛即人物。一篇小说要在字里行间都浸透了人物。"① 在《寒风吹在脸上如刀割》中，刘以鬯写在上海与母亲的分别，他没有过多写母亲的心理，而是通过母亲送"我"时的行为来表现她对"我"的万般不舍，作者不断重复着这样的描写："车夫继续跑了几十步，我回头观看，母亲依旧站在人行道上，向我挥手。车夫继续跑了几十步，我回头观看，母亲依旧站在人行道上，向我挥手。车夫继续跑了几十步，我回头观看，母亲依旧站在人行道上，向我挥手。车夫继续跑了几十步，我回头观看，母亲依旧站在人行道上，向我挥手。车夫将车子拉到爱文义路口，转弯。我趁此侧过脸去眺望，母亲依旧站在人行道上，向我挥手。"② 在充满分别伤感的氛围中，母亲的爱被深刻表现了出来。《灵堂人生》在气氛的肃穆与骚动中写出了一群人的心理及变化，这使小说产生丰富的象外之旨、言外之意引人想象的效果，读者对人物的评价在这样的气氛中也自然而然地形成了。

第七节 迷离情爱——评刘以鬯的小说《吵架》

刘以鬯的《吵架》是一篇构思巧妙的短篇小说。作者通过对环境不厌其烦地描写来表现一对夫妻间的矛盾。小说采用了悬疑小说的手法来展现夫妻间的关系，它的大半部分文字都是对环境的描写，在这些细致的环境描写文字中，我们能够想象到这个家庭出了问题，而且问题比较严重。这与一般小说通过唇枪舌剑来写夫妻间矛盾的表现方式不同，可见刘以鬯在小说创作方面过人的艺术想象才华。

小说开头像电影的画面，"墙上有三枚钉。两枚钉上没有挂东西；一枚钉上挂着一个泥制的脸谱。那是闭着眼睛而脸孔搽得通红的关羽，一派凛然不可侵犯的神气，令人想起'过五关'、'斩六将'的戏剧。另外两个脸谱则掉在地上，破碎的泥块，有红有黑，无法辨认是谁的脸谱了"③。这一段文

---

① 汪曾祺：《汪曾祺文集 文论卷》，南京：江苏文艺出版社，1991年，第194页。

② 卢建红编：《珠江文港——香港澳门作家记住乡愁作品选析》，广州：广东旅游出版社，2018年，第17页。

③ 刘以鬯：《刘以鬯小说自选集》，天津：百花文艺出版社，2007年，第39页。

字纡徐曲折表明了房屋主人的关系，三张脸谱位置的改变表明某种和谐关系的破裂，红脸关公暗示着房屋主人之间的矛盾。这种表现创造了丰富的想象空间，这比直接写两人的争执更耐人寻味。

被打碎的不止脸谱，房屋里的灯也破了，玻璃杯被打碎了，花瓶裂开了，衬衣被剪开了，屋内一片狼藉，这表明屋内主人的矛盾似乎到了不可调和的地步。通过摆放在餐桌上的照片，我们得知这是一对夫妻，照片被撕成了两半。房屋内一片沉寂。刘以鬯将"一切景语皆情语"的理念淋漓尽致展现了出来，他反复渲染这种狼藉，屋内的氛围将一个女人情绪的宣泄表现得无以复加。

居室内被弄得杂乱无序，就像女主人的情绪，她找不到可以倾吐的对象。小说写道："电话铃响了。没有人接听。这电话机没有生命。电话机纵然传过千言万语，依旧没有生命。在这个饭客厅里，它还能发出声响。它原是放在门边小几上的。那小几翻倒后，电话机也跌在地板上。电线没有断。听筒则搁在机上。"① 可以推测，女主人原来给丈夫打过电话，但是没有接通，在无处倾诉的情况下，她一腔怒火无处发泄，于是这些无生命的物件变成了她的出气筒。这些物件变成了情绪的象征物，它们被弄得七零八落的现状表明女主人曾经经过了歇斯底里的情绪爆发。

与屋内的狼藉构成某种对比的是照片上笑靥如花的夫妻二人，这种对比凸显出爱情的复杂性，正如叔本华指出的："人在堕入情海的时候，往往表现出滑稽可笑甚或悲剧性的情境。这是因为他们已丧失其本来面目，而受族类的精神所支配。他们的行动遂与芸芸众生大不相同。当恋爱向纵深发展时，人的思想不但表现出一些充满诗意的色彩，而且也带着一些崇高的气质，有一种超凡脱俗的倾向。若能达到恋情之高峰，人的想象中即会放射出灿烂之光辉；如果中途受挫，他们就会顿觉人生无望、生活毫无乐趣，甚至生命本身也没有什么使人留恋的了。所以，对生的厌倦遂压倒了对死的惧怕，不知不觉中便加速了死亡过程。"②

虽然两人不在现场，刘以鬯富于创造地借助于器物的特征来表现夫妻二人的性格与气质。这让人想起《红楼梦》里的描写，大观园里的日常用品与建筑对应着女性的不同性情与气质，比如薛宝钗："蘅芜苑中的这些香草异香扑鼻，说明薛宝钗品格端方，有大家闺秀之君子风范。不仅愈来愈苍翠，

---

① 刘以鬯：《刘以鬯小说自选集》，天津：百花文艺出版社，2007 年，第 40 页。
② 熊红编：《情爱百论》，武汉：湖北教育出版社，1996 年，第 118 页。

而且都结了实，暗示薛宝钗像藤蔓一样善于攀缘和编织社会关系，最终成家生子。但是宝钗的房间无论是墙壁、几案、床铺衾褥都过分朴素，从色彩看，均属于冷色调，给人以冷凝压抑之感，暗示薛宝钗在性格沉静稳重、行为端正大方之余具有冷静的头脑和冷酷的内心世界，是个名副其实的'冷美人'。"① 刘以鬯也许从《红楼梦》中获得了启发，他写道："墙上挂着一幅油画，这是一幅根据照片描出来的油画。没有艺术性。像广告画一样，是媚俗的东西。"② 与这种俗的气质相匹配的是散落在地上的麻将牌与筹码，这表明夫妻二人平时重要的消遣方式是搓麻将，这是具有香港特色的一种市井生活方式。

作者继续对二人的审美品位做出含蓄的勾勒。饭厅内的摆设体现出中西合璧的特点，北欧制的沙发旁边摆着红木坐地灯，捷克出品的水晶烟碟旁边放着一只古瓷的窑变，客厅的墙壁上并设着耶稣像与观音菩萨的神龛，中国山水画旁边是廉价的米罗复制品，这样违和的搭配还有带着铝制架子的热带鱼缸与白瓷水盂，"情形有点像穿元宝领的妇人与穿迷你裙的少女在同一个场合出现"。这些描写在形象生动表现出香港社会中西文化交融的特点外，夫妻附庸风雅的品位也呼之欲出。

《吵架》写了三次电话铃声，作者每次都用不同的比喻强调这种声音的刺耳，这对前面偏重视角表现的内容起到了补充，电话铃声刺耳的声响暗示两人如果对话必然会有一番激烈的吵闹。对电话铃声的数次描写容易使我们想起张爱玲对上海电车声的偏爱，在后者那里，电车声意味着某种根植内心挥之不去的都市情愫③。正当我们认为夫妻二人的感情前途多舛之际，一张女主人的留言条产生了柳暗花明又一村的效果，女主人的狮子吼瞬间变成了绕指柔，作者以充满戏剧性的文字写道："我决定走了。你既已另外有了女人，就不必再找我了。阿妈的电话号码你是知道的，如果你要我到律师楼去签离婚书的话，随时打电话给我。电饭煲里有饭菜，只要开了掣，热一热，就可以吃的。"④

《吵架》这种曲笔叙事手法颇有些福楼拜的影子。福楼拜在《包法利夫人》中写艾玛与莱昂幽会，没有一处直接写两人的耳鬓厮磨，都是从间接角度来表现的，起到曲径通幽的效果，极大激发了读者的想象力，成为文学史

---

① 鲁彩苹：《红楼梦中的写作学管窥》，兰州：甘肃人民出版社，2016年，第161页。
② 刘以鬯：《刘以鬯小说自选集》，天津：百花文艺出版社，2007年，第41页。
③ 任剑涛、彭玉平主编：《论衡》第3辑，广州：中山大学出版社，2006年，第290页。
④ 刘以鬯：《刘以鬯小说自选集》，天津：百花文艺出版社，2007年，第43页。

上的经典片段：

> "先生到哪里去？"马车夫问道。
>
> "随便哪里都行！"莱昂把艾玛推上车说。
>
> 于是老马破车走了。
>
> 马车走下了大桥街，走过艺术广场、拿破仑码头、新桥，走到皮埃尔·高乃依的雕像前站住了。
>
> "往前走！"车子里面的声音说。
>
> 马车又往前走，从拉·法耶特十字路口起走下坡路，一口气跑到了火车站。
>
> "不要停，一直走！"车里的声音说。
>
> 马车走出了栅栏门，不久就上了林荫大道，在高大的榆树林中慢步跑着。马车夫擦擦额头，把皮帽子夹在两腿中间，把马车赶到平行侧道外边，顺着水边的草地走。
>
> 马车沿河走着，走上了拉纤用的碎石路，在瓦塞尔这边走了很久，连小岛都走过了。
>
> 忽然一下，车子跑过了四水潭、愚人镇、大堤岩、埃伯街，第三次在植物园前站住了。
>
> "怎么不走呀！"车里的声音发火了。
>
> 马车立刻继续走了，走过了圣·塞韦尔、居朗洁码头、石磨码头，再过了一次桥，又走过校场，走到广济医院花园后面，园里有些黑衣老人沿着长满了绿色常春藤的平台在太阳下散步。车再走上布弗勒伊马路，走完了科镇马路，走遍了理布德坡，一直走到德镇坡。
>
> 马车又往回走，车夫也没有了主意，不知道哪个方向好，就随着预马到处乱走，车子出现在圣·波尔，勒居尔，加冈坡，红水塘，快活林广场；在麻风病院街，铜器街，圣·罗曼教堂前，圣·维维延教堂前，圣·马克卢教堂前，圣·尼凯斯教堂前——海关前——又出现在古塔下，烟斗街，纪念公墓。车夫在车座上，碰到小酒馆就要看上几眼，露出倒霉的神气。他莫名其妙，以为他的乘客得了火车头一样的毛病，一开动了就不能停下来。只要他一想停车，就听见后面破口大骂。于是他又使劲抽一鞭子，打在两匹满身大汗的劣马身上，但是他不再管车子颠不颠，随它东倒西歪也不在乎，垂头丧气，又渴又累，难过得几乎要哭了。
>
> 在码头上的货车和大桶之间，在街头拐角的地方，有些庸人自扰，

睁大了眼睛看这内地少见多怪的平常事，瞧着这辆走个不停的马车，窗帘拉下，关得比墓门还更紧，车厢颠簸得像海船一样。①

这一段文字描写的地名、行人的反应、车夫的莫名惊诧，都为艾玛与莱昂的偷情起了很好的辅助作用，车内的两人与外面的世界看似隔膜，其实形成了不可分割的一体，这样的构思兼顾了道德的律令与文学的想象，令人不得不服膺于福楼拜的超脱常人的文学才华。有着很好的西方文化功底的刘以鬯，应该从中获取了丰富的营养。

---

① 福楼拜著，许渊冲译：《包法利夫人》，南京：江苏凤凰文艺出版社，2018 年，第 267～268 页。

主要参考书目

阿来，1998. 尘埃落定 [M]. 北京：人民文学出版社.

阿乙，2012. 模范青年 [M]. 北京：海豚出版社.

福柯，1999. 疯癫与文明 [M]. 刘北成，杨远婴，译. 北京：读书•生活•新知三联书店.

福柯，2018. 惩罚的社会　法兰西学院课程系列　1927—1973 [M]. 陈雪杰，译. 上海：上海人民出版社.

福斯特，1984. 小说面面观 [M]. 苏炳文，译. 广州：花城出版社.

海德格尔，2011. 人，诗意地安居 [M]. 郜元宝，译. 上海：上海远东出版社.

加塔利，2011. 资本主义与精神分裂：千高原（卷2）[M]. 姜宇辉，译. 上海：上海书店出版社.

卡西尔，1985. 人论 [M]. 甘阳，译. 上海：上海译文出版社.

克尔凯郭尔. 1992. 一个诱惑者的手记——克尔凯郭尔文选 [M]. 徐信华，余灵灵，译. 上海：上海三联书店.

李洱，2018. 应物兄（上、下）[M]. 北京：人民文学出版社.

路内，2014. 少年巴比伦 [M]. 北京：北京十月文艺出版社.

路内，2016. 在屋顶上牧云：路内短篇小说选 [M]. 上海：华东师范大学出版社.

路内，2016. 慈悲 [M]. 北京：人民文学出版社.

路内，2018. 花街往事 [M]. 北京：人民文学出版社.

路内，2018. 十七岁的轻骑兵 [M]. 北京：人民文学出版社.

路内，2018. 云中人 [M]. 北京：人民文学出版社.

路内，2019. 天使坠落在哪里 [M]. 北京：人民文学出版社.

路内，2019. 追随她的旅程 [M]. 北京：人民文学出版社.

路内，2020. 雾行者 [M]. 上海：上海三联书店.

绿妖，2015. 少女哪吒 [M]. 桂林：广西师范大学出版社.

莫迪亚诺，2017. 暗店街 [M]. 王文融，译. 北京：人民文学出版社.

莫迪亚诺，2010. 青春咖啡馆 [M]. 金龙格，译. 北京：人民文学出版社.

莫迪亚诺，2012. 地平线 [M]. 徐和瑾，译. 上海：上海译文出版社.

莫迪亚诺，2014. 缓刑 [M]. 严胜男，译. 上海：上海译文出版社.

莫迪亚诺，2015. 八月的星期天 [M]. 黄晓敏，译. 合肥：黄山书社.

萨弗兰斯基，1999. 海德格尔传 [M]. 靳希平，译. 北京：商务印书馆.

萨尼尔，1988. 雅斯贝尔斯 [M]. 张继武，倪梁康，译. 北京：生活·
读书·新知三联书店.

萨特，2015. 存在主义是一种人道主义 [M]. 周煦良，汤永宽，译. 上海：
上海译文出版社.

松本清张，2016. 砂器 [M]. 赵德远，译. 海口：南海出版公司.

王安忆，2018. 69届初中生 [M]. 北京：人民文学出版社.

夏志清，2016. 中国现代小说史 [M]. 杭州：浙江人民出版社.

雅思贝斯，2014. 生存哲学 [M]. 王玖兴，译. 上海：上海译文出版社.

伊瑟尔，2003. 虚构与想像——文学人类学疆界 [M]. 陈定家，汪正龙，
译. 长春：吉林人民出版社.

余秋雨，1983. 戏剧理论史稿 [M]. 上海：上海文艺出版社.

泽塔勒，2018. 大雪将至 [M]. 刘叶秋，译. 海口：南海出版公司.

张嘉佳，2018. 云边有个小卖部 [M]. 长沙：湖南文艺出版社.

中共中央马克思恩格斯列宁斯大林著作编译局，1982. 马克思恩格斯全集：
第40卷 [M]. 北京：人民出版社.

朱光潜，1980. 朱光潜美学文学论文选集 [M]. 长沙：湖南人民出版社.

后 记

　　这本书的大部分内容是在溽暑蒸人的夏季完成的。

　　原来我并没有写这样一本书的计划，但在仔细读了路内的几本小说后，产生了强烈的共鸣，并萌生了写文章的冲动，而且一发不可收拾，于是就累积形成了这本书的初稿。写书就像开疆拓土，作者需要在一片荒凉的土地上清除荆棘，破除巉岩，开出通衢大道，这是一个非常艰难的过程。写作并非时时都有倚马可待、一蹴而就的灵感眷顾，遇到阻碍，"雪拥蓝关马不前"，"拔剑四顾心茫然"，越是焦虑不安，越是寸步难行。以前觉得古人矫情，认为"吟安一个字，捻断数茎须"这样的抱怨不过是作者强调诗的特殊价值，哪会那么苦？直到自己基于职业与兴趣的合力操觚染翰时，才真真切切体会到了写作难以言喻的苦楚。

　　我写书的时候，儿子在旁边听网络课程，妻子在一边追剧，这样的氛围不仅没有干扰我的思维，相反使我获得了心灵上的宁静。记得写博士论文时，也是这样的环境，我一边查文献，一边写文章，一点一点完成了毕业论文。那时孩子还小，他每天拿着玩具开开心心地玩耍，时而会来我身边看看，虽然不懂，却也知道他的父亲在做一件不容易的事情。一转眼，孩子长大了，时间匆匆，让人顿生流光一瞬的幻觉。往事作为一张记忆的底片映衬着当下生活的色彩。

　　谢谢四川大学出版社的陈克坚老师为本书所付出的劳动，这是我与他合作的第二部作品，第一次合作陈老师给我留下了深刻的印象，他具有非常优秀的专业素养，由于前部书稿完成得比较仓促，无论在语言还是形式上都有不少瑕疵，陈老师一字一句地推敲、审核书稿，然后督促我改正。我有时候还嫌他啰唆，三番五次强调自己太忙没时间，暗示他网开一面，放我一马，但陈老师并没有因此松懈，一如既往地从严要求。书出版之后我将其与原稿逐一对照，感慨多亏有陈老师的严格审稿才使我免去了贻笑大方的尴尬。在此我对陈克坚老师表示深深的敬意与谢意。

赵洪涛

2021 年 4 月 28 日